KB238755

절망

DESPAIR
by Vladimir Nabokov

Copyright © Vladimir Nabokov, 1965, 1966
Korean translation copyright © MUNHAKDONGNE Publishing Corp., 2011
All rights reserved.

Korean translation rights by arrangement with The Wylie Agency (UK) LTD
through Milkwood Agency.

이 책의 한국어판 저작권은 밀크우드 에이전시를 통해
The Wylie Agency (UK)와 독점 계약한 (주)문학동네에 있습니다.
저작권법에 의해 한국 내에서 보호를 받는 저작물이므로 무단 전재와 무단 복제를 금합니다.

이 도서의 국립중앙도서관 출판예정도서목록(CIP)은 서지정보유통지원시스템 홈페이지(http://seoji.nl.go.kr)
와 국가자료공동목록시스템(http://www.nl.go.kr/kolisnet)에서 이용하실 수 있습니다.
(CIP제어번호: CIP2011001889)

세계문학전집
071

Владимир Набоков : Отчаяние

절망

블라디미르 나보코프 장편소설

최종술 옮김

문학동네

나의 아내에게 바친다

차례 ▮

절망   9

1장

나는 뛰어난 역량을 갖춘 작가이다. 더없이 우아하고 생생하게 표현해내는 능력은 경이롭기까지 하다. 내가 이 점을 조금이라도 의심한다면…… 나는 대략 이렇게 이 이야기를 시작하려고 했다. 그런 다음 나한테 이 탁월한 작가적 역량과 표현력 및 여타 자질이 없었다면 최근에 일어난 일련의 사건을 묘사하려고 하지 않았을 뿐만 아니라, 묘사할 게 아예 없었으리라는 점에 독자의 주의를 돌렸을 것이다. 왜냐하면, 친애하는 독자여, 아무런 일도 일어나지 않았을 것이기 때문이다. 어리석은 소리일지는 몰라도 그건 분명한 사실이다. 최근에 일어난 일들은 오직 삶의 술수를 꿰뚫어 보는 나의 재능에, 부단한 창작에 대한 나의 타고난 애착에 힘입어 일어난 것이다…… 이 지점에서 나는 피가 조금만 흘러도 야단법석인 법규의 위반자를 시인에, 배우에 견주었을 것이다…… 하지만 내 불쌍한 왼손잡이 녀석이 말하곤 했듯이 철학은 돈 많은 족속의 발명품이다. 타도할지어다.

나는 단지 이야기의 실마리를 어떻게 풀어야 할지 모르는 것 같다. 중년의 남자가 볼살을 출렁이며 힘찬 걸음으로 달려가 막차를 따라잡는다. 하지만 머뭇머뭇하다 움직이는 버스에 뛰어오르지 못하고 겸연 쩍은 미소만 짓는다. 겁을 내다 결국 무기력하게 뒤처진다. 꼴이 참 우습다. 정말 나는 뛰어오를 수 없는 걸까? 울부짖는다. 속도를 낸다. 내 이야기의 기운찬 버스. 지금 모퉁이를 돌아 돌이킬 수 없이 멀어져 갈 것이다. 꽤 거대한 형상이다. 나는 여전히 뛰어간다.

고인이 된 내 아버지는 레발* 태생의 독일인이었는데 농학을 공부 했다. 어머니 역시 세상을 떴다. 어머니는 순수 러시아인으로 오래된 공후(公侯) 가문 태생이었다. 그래, 더운 여름날이면 어머니는 연보 라색 비단옷을 입고 기운 없는 모습으로 흔들의자에 반쯤 누워서 부 채를 부치며 초콜릿을 마셨다. 연자주색 커튼이 풀 내음 머금은 바람 에 돛처럼 잔뜩 부풀곤 했다. 전쟁중에 나는 막 페테르부르크 대학에 입학한 상태였는데 독일 국적이었던 관계로 구금되어 모든 것을 내팽 개쳐야 했다. 1914년 말부터 1919년 중엽에 이르기까지 나는 많은 책 을 읽었다. 세어보니 1018권이었다. 독일로 가는 길에 모스크바에 석 달 동안 발이 묶였고 그곳에서 결혼했다. 1920년부터는 베를린에서 산다. 1930년 5월 9일 내 나이는 이미 서른다섯을 넘겼다……

작은 일탈. 어머니에 관한 말은 거짓말이다. 사실 그녀는 소부르주

---

* 에스토니아의 수도 탈린의 옛 독일어 지명.

아의 딸로, 지저분한 카차베이카*를 입은 단순하고 천박한 여인이었다. 물론 나는 부채와 관련된 꾸며낸 이야기를 지울 수도 있을 테지만 일부러 남겨둔다. 나의 주된 자질들 중 하나인 영감에 찬 가벼운 허위를 보여주고 싶어서이다. 그건 그렇고, 1930년 5월 9일, 바로 그날 나는 일이 있어 프라하에 있었다. 초콜릿 사업이었다. 초콜릿은 좋은 물건이다. 오직 쓴 부류만을 사랑하는 숙녀들이 있다. 오만한 미식가들이다. 도대체 무엇 때문에 내가 이런 어조를 취하는지 알 수 없는 노릇이다.

손이 떨린다. 고함치고 싶다. 아니면 뭐라도 박살 내고 싶다. 바닥에 내동댕이치고 싶다…… 이런 기분으로는 이야기를 차분히 펼쳐나갈 수가 없다. 심장을 긁어댄다. 끔찍한 느낌이나. 신정해야 한다. 평정을 유지해야 한다. 이런 식으로는 안 된다. 태연자약할 것. 주지한 바와 같이 초콜릿은…… (초콜릿 생산 장면을 상상해보시라.) 우리 제품의 포장지에는 연자주색 옷을 입고 부채를 든 부인이 그려져 있다. 체코에 진출하는 방편으로 우리는 파산 지경에 이른 외국 회사를 설득해서 초콜릿 생산 설비를 넘겨받으려고 했다. 이 일로 나도 프라하에 오게 되었다. 5월 9일 아침, 나는 택시를 타고 호텔을 출발했다…… 아, 이딴 걸 다 기록하는 건 따분하다. 견딜 수 없이 따분하다. 나는 서둘러 중요한 대목에 다다르고 싶다. 하지만 실로 약간의 사전 설명이 필요하지 않은가! 요컨대 사무실은 도시 외곽에 있었고, 나는 만나야 할 사람을 만나지 못했는데, 아마 그는 한 시간쯤 후에

---

* 러시아 전통 의복으로 짧고 헐렁한 털 재킷.

올 거라 들었다……

나는 방금 긴 간극이 있었음을 독자에게 알릴 필요를 느낀다. 그사이 후지 산을 닮은 산 위에 떠 있는 연노란색 구름들을 불태우며 길을 가던 태양이 졌다. 무거운 피로감에 잠겨 한동안 나는 앉아 있었다. 소음과 바람 소리에 귀 기울이거나 여백에 코를 그리기도 하고, 선잠이 들락 말락 하다 갑자기 진저리를 치기도 했다. 내면을 긁는 느낌이, 참을 수 없이 가려운 느낌이 다시 자라났다. 지독한 의지박약. 끔찍한 공허. 나는 등불을 켜고 새 펜촉을 끼우는 데 큰 노력을 들여야 했다. 낡은 펜촉은 갈라지고 구부러져 이제는 맹금의 부리를 닮아 있었다. 아니다. 이건 창작의 고통이 아니다. 이건 전혀 다른 것이다.

요컨대 나는 그 사람을 만나지 못했고, 그는 한 시간 후에 올 거라 했다. 할 일도 없는데 좀 거닐까 하고 밖으로 나갔다. 바람이 불었다. 날은 쾌청했다. 얼룩덜룩한 그림자가 여기저기 드리워 있었다. 여기서 부는 바람의 먼 친척뻘인 바람이 좁은 거리를 따라 날아다녔다. 구름이 부단히 태양을 휩쓸었고, 태양은 마술사의 동전처럼 다시 나타나곤 했다. 장애인들이 휠체어를 타던 공원에는 라일락이 한창이었다. 나는 간판들을 보았다. 낯선 의미가 멋대로 웃자라 있긴 했지만, 내겐 익숙한 어근이 숨어 있는 단어들이 눈에 들어왔다. 노란색 새 장갑을 끼고 손을 흔들며 정처 없이 걷기 시작했다. 그러다 갑자기 주택가가 끝나고 공터가 펼쳐졌는데, 무척이나 매혹적인 자유로운 시골의 대지를 만난 느낌이었다. 백마를 밖으로 끌어내는 중인 병사가 있던 병영을 지나치자, 나는 이미 푹신하고 질척거리는 땅을 따라 걷고 있었다. 민들레들이 바람에 몸을 떨었고, 구멍 난 구두 한 짝이 담장 곁에서 태양의 온기에 나른해하고 있었다. 저 멀리에서는 멋지게 생긴 가파른 산이 벽이 되어 하늘 위로 솟구쳐 있었다. 산을 오르기로 했다. 산의 장관은 눈속임이었다. 계단이 난 오솔길이 키 작은 너도밤나무와 딱총나무 사이를 지그재그로 지나고 있었다. 자, 자! 이제 금방이라도 경이로운 야생의 아름다움을 간직한 어떤 장소에 다다를 것만 같았다. 하지만 그곳은 내내 모습을 드러내지 않았다. 그 멋대가리 없이 헐벗은 식물들은 나를 만족시키지 못했다. 관목들은 벌거벗은 땅 위에서 꼿꼿하게 자라고 있었다. 종잇조각에 넝마 조각에 쓰레기까지 주위는 온통 오물투성이였다. 산속 깊숙이 난 계단을 벗어나자 갈 곳은 아무 데도 없었다. 양옆의 흙벽에는 뿌리와 주접이 든 썩은 이끼가 낡은 가구의 스프링처럼 튀어나와 있었다. 마침내 정상에 다다르자 비뚤비뚤한 작은 집들이 모습을 드러냈다. 빨랫줄 위에서 속바지들이 허위의 삶으로 부풀어오르고 있었다.

나는 옹이투성이인 난간에 팔꿈치를 괸 채 저 아래 옅은 안개에 덮인 프라하를 내려다보았다. 희미한 지붕들, 연기 나는 굴뚝들, 병영, 작은 백마. 다른 길로 돌아가기로 했다. 조그만 판잣집들 뒤에서 발견한 한길을 따라 내려가기 시작했다. 풍경이 지닌 유일한 아름다움은 저 멀리 언덕 위에 자리 잡은 가스탱크였다. 거대한 축구공을 닮은 둥근 가스탱크는 푸른 하늘에 감싸여 불그스레했다. 나는 한길을 벗어나 풀이 듬성듬성 난 비탈을 다시 오르기 시작했다. 음산한 불모의 땅. 내가 벗어난 길에서 트럭이 내는 굉음. 트럭의 반대편에서 연이어 오는 마차와 자전거 탄 사람. 이어 래커 공장의 몹시 흉한 무지갯빛 자동차.

한동안 나는 비탈에 서서 도로를 내려다보았다. 그러고는 등을 돌려 계속 걷기 시작했다. 낙타 혹을 닮은 헐벗은 두 언덕 사이에서 흡사 오솔길 같은 무언가가 눈에 들어왔다. 앉아 쉴 만한 곳을 눈길로 찾았다. 좀 떨어진 곳에 가시덤불이 있었다. 그 근처에 챙 달린 모자로 얼굴을 가린 사람이 다리를 뻗은 채 등을 대고 누워 있었다. 나는 그냥 지나쳐 가려 했다. 그런데 그의 누운 자세에는 이상하게 내 주의를 끄는 무언가가 있었다. 움직임이 전혀 없었던 것이다. 죽은 사람처럼 무릎이 벌어져 있었다. 반쯤 구부러진 팔은 나무 막대기 같았다. 그는 해진 무명 바지와 검은 재킷을 입고 있었다.

"얼빠진 생각 마." 나는 스스로에게 말했다. "저 사람은 자고 있어. 그냥 자는 거야. 뭘 살펴봐. 귀찮게 할 필요 없어." 그럼에도 불구하고 나는 다가가서 내 멋진 구두코로 그의 얼굴에서 모자를 벗겨냈다. 역겨웠기 때문이다.

오케스트라여, 팡파르! 아니 이게 낫겠다. 곡예를 할 때처럼 숨을 헐떡이며 쪼개져라고 북을 쳐라! 믿기지 않는 순간이다. 이게 지금 진짜 일어나고 있는 일인지, 내가 제정신인지 의심스러웠다. 기절초풍할 지경이었다. 자리에 앉았다. 솔직히 다리가 후들거렸다. 다른 사람이 그 모습을 봤다면 폭소를 터뜨렸을 것이다. 나는 아연실색했다. 내가 본 건 미스터리였다. 내가 보는 동안, 내 안에 있는 모든 것이 야단법석을 떨다가 10층 높이에서 맹렬히 뛰어내리는 것 같았다. 난 기적을 보고 있었다. 너무도 완벽해서, 원인도 목적도 알 수 없어서, 기적은 내 안에 일종의 공포를 불러일으켰다.

일단 벌써 중요한 대목에 도달했고 가려움증을 가라앉혔으니, 자,

이쯤에서 내 이야기에 이렇게 명령하는 게 부적절하지는 않을 것이다. 쉬어! 조용히 되돌아가! 그리고 그날 아침 내 기분이 어땠는지, 계약할 사람을 만나지 못한 채 산책하러 나선 길에 언덕을 기어올라서는, 바람 부는 5월 어느 날의 푸른 하늘 사이로 저 멀리 둥글둥글하고 불그스레한 가스탱크를 바라보았을 때 내가 무슨 생각을 했는지 분명히 밝혀! 되돌아가서 밝히자. 자! 아직 나는 목적 없이 배회하고 있다. 아직 누구와도 마주치지 않았다. 과연 나는 무슨 생각을 한 걸까? 다름 아니라 아무 생각도 하지 않았다. 뭔지는 모르지만 받아들여야 할 내용물을 기다리는 투명한 용기같이 나는 완전히 텅 비어 있었다. 나의 일, 얼마 전 손에 넣은 자동차, 내가 걷고 있는 곳의 이런저런 특색 등과 관련된 생각의 연무(煙霧). 이 생각들의 실안개가 내 주위를 맴돌았다. 만약 광활한 내 내면의 황무지에서 무언가가 울림을 지니기도 했다면, 그건 단지 나를 유혹하는 어떤 힘의 알 수 없는 느낌일 뿐이었다. 1919년 모스크바에서 알고 지내던 영리한 한 레트인*이, 때때로 나를 휘감는 까닭 모를 우수는 내가 정신병동에서 삶을 끝낼 징조라고 말한 적이 있다. 물론 그의 말은 지나쳤다. 올 한 해 나는, 강하게 발달했지만 지극히 정상적인 내 정신이 골몰해 세운 저 논리의 집이 지닌 놀라운 명확성과 조화를 철저히 시험했다. 직관의 유희, 창작, 영감, 내 생을 치장해온 고상한 모든 것이, 말하자면 문외한에게는, 심지어 똑똑한 문외한에게도 가벼운 광기의 서곡으로 비칠 수 있으리라. 하지만 진정하시라. 내 건강 상태는 완벽하다. 내 몸은

---

* 라트비아 인구의 4분의 3을 차지하는 민족. 발트족.

겉도 속도 깨끗하다. 걸음은 가볍다. 술은 마시지 않고 담배는 적당히 피운다. 방탕한 생활도 하지 않는다. 잘 차려입은, 아주 젊어 보이는 건강한 내가 방금 묘사한 곳들을 배회하고 있었다. 그리고 은밀한 영감은 나를 기만하지 않았다. 나는 무의식적으로 찾고 있던 것을 찾아냈던 것이다. 되풀이해서 말하지만, 믿기지 않는 순간이었다. 나는 기적을 보고 있었다. 너무도 완벽해서, 원인도 목적도 알 수 없어서, 기적은 내 안에 어떤 공포를 불러일으켰다. 하지만 이미 그때 그 순간에 내 이성은 완벽함을 시험하고, 원인을 찾고, 목적을 규명하기 시작한 것 같다.

그는 코를 벌름거리며 숨을 깊이 들이쉬었다. 생의 파문이 얼굴에 일었다. 그로 인해 약간 흐릿해지긴 했지만, 기적은 사라지지 않았다. 그는 눈을 뜨고 곁눈질로 나를 보더니 몸을 일으켰다. 하품을 주체하지 못하며 기름진 어두운 금발 머리를 긁기 시작했다.

이 인간은 내 또래로 비쩍 말랐고 지저분했다. 한 사흘 면도하지 않은 모습이었다. (핀은 꽂혀 있지 않았지만 핀을 꽂는 작은 구멍 두 개가 나 있는, 부드러운) 겉옷 옷깃 아래쪽 가장자리와 셔츠 위쪽 가장자리 사이로 분홍빛 피부가 언뜻 보였다. 얇은 니트 타이는 헝클어져 있었다. 셔츠 앞부분에 단추라곤 하나도 없었다. 재킷 단춧구멍에 꽂힌 흰제비꽃 몇 송이가 시들어 있었다. 삐져나온 한 송이는 고개를 늘어뜨리고 있었다. 끊어진 부분을 다른 끈으로 묶은 가죽 끈이 달린 서양배 모양의 해진 배낭이 곁에 놓여 있었다. 나는 뭐라 말할 수 없을 정도로 놀라서 부랑자를 살펴보았다. 그는 마치 조야하고 어리석은 가면무도회에 가려고 일부러 그렇게 차려입은 듯했다.

"담배 있습니까?" 체코어로 그가 물었다. 예기치 못하게 낮고 차분하기까지 한 목소리였다. 그는 두 손가락을 벌려 담배 피우는 시늉을 했다.

나는 내 커다란 가죽 담뱃갑을 그에게 내밀었다. 그에게서 한순간도 눈길을 떼지 않았다. 그는 손바닥을 땅에 짚고 조금 움직였다. 그사이에 나는 그의 귀와 움푹 들어간 관자놀이를 살펴보았다.

"독일제구먼." 그가 말하며 미소 지었다. 잇몸이 드러났다. 그 모습은 나를 실망시켰다. 하지만 다행히도 미소는 이내 사라졌다. (이제나는 기적과 헤어지기 싫었다.)

"당신 독일 사람이오?" 담배를 손가락으로 돌려 밀도를 높이며 그가 독일어로 물었다.

나는 그렇다고 대답한 다음 그의 코앞에 라이터를 대고 딸깍거렸다. 그는 심하게 흔들리는 작은 불꽃을 손바닥으로 둥글게 감쌌다. 애를 태웠다. 손톱은 검푸르고 네모졌다.

"나도 독일 사람이오." 연기를 내뿜고는 그가 말했다. "말하자면 아버지는 독일인이고, 어머니는 플젠* 출신 체코인이지요."

나는 그가 돌연 놀라서 소리치지 않을까 기대했다. 폭소를 터뜨릴지도 몰랐다. 하지만 그는 표정의 변화가 없었다. 이미 그때 나는 이 작자가 얼마나 명청한지 알아차렸다.

"음, 푹 잤다." 얼빠진 만족감에 젖어 그가 혼잣말을 했다. 그러고는 멋 부리듯 침을 뱉었다.

---

* 체코 서부 보헤미아 지방의 도시. 독일어로 필젠.

내가 물었다. "당신 뭐요, 하는 일 없소?"

그는 애처롭게 고개를 끄덕끄덕하더니 다시 침을 뱉었다. 하층민은 침이 어쩌면 그리 많이 나는지 나는 항상 놀란다.

"나는 내 부츠보다 더 오래 걸을 수 있지요." 자기 두 발을 바라보며 그가 말했다. 그의 신발은 정말로 보잘것없었다.

그는 천천히 몸을 돌려 엎드려 눕더니 저 멀리 있는 가스탱크와 초원에서 날아오른 종달새에게 차례로 눈길을 건네며 꿈꾸듯 말을 이었다.

"작년에 작센 주에서 좋은 일을 했었소. 국경에서 멀지 않은 곳이었는데 정원사로 일했지요. 그보다 더 좋은 일이 어디 있겠습니까? 그다음에는 제과점에서 일했지요. 일이 끝나면 동료와 함께 매일 국경을 넘었어요. 맥주 한잔 하려고 9베르스타* 거리를 왕복했지요. 맥주는 체코가 더 쌉니다. 한때 바이올린도 켰지요. 그리고 하얀 쥐도 길렀어요."

우리 이제 측면에서 바라보자. 하지만 얼굴은 들여다보지 말고 대충 훑어보자. 여러분, 얼굴은 들여다보지 말자고요. 얼굴을 봤다간 놀라 자빠질 테니까. 뭐 아무렇지 않을지도 모르지. 모든 일이 일어난 후에 알게 되었다. 아, 인간의 시력이란 얼마나 나쁘고 불완전한지. 그건 그렇고. 두 사람은 시들시들한 풀 위에 있다. 노란 장갑으로 자기 무릎을 연신 치고 있는 잘 차려입은 신사와 엎드려 누워 생을 한탄하는 얼빠진 부랑자, 심하게 바스락거리는 가시덤불, 달려가는 구름, 말가죽이 떨듯 바람에 움찔하는 5월 한낮, 멀리 도로 쪽에서 들려오

---

* 1베르스타는 약 1.067킬로미터.

는 트럭의 핑음, 하늘의 종달새 소리. 부랑자는 간혹 침을 뱉으며 말을 끊었다 이었다 했다. 이러쿵저러쿵 이러니저러니…… 우울한 한숨을 내쉬었다. 엎드려 누워 다리를 까딱거리곤 했다.

"이보시오." 나는 참지 못했다. "정말 당신은 아무것도 모르겠소?" 그가 몸을 돌려 일어나 앉았다. "뭘 말입니까?" 그가 물었다. 미심쩍어하는 음울한 표정이 그의 얼굴을 스쳐갔다.

내가 말했다. "눈이 멀었구먼."

한 십 초 남짓 우리는 서로의 눈을 바라보았다. 나는 천천히 오른손을 들어올렸다. 그러나 그의 왼손은 들리지 않았다. 거의 그걸 기대했는데. 나는 왼쪽 눈을 게슴츠레 떠보았지만, 그의 두 눈은 열린 그대로였다. 나는 그에게 혀를 보여주었다. 그가 다시 중얼거렸다. "뭐가 문제요? 무슨 일이오?"

내 주머니에 거울이 있었다. 나는 그에게 거울을 주었다. 거울을 쥐자마자 그는 다섯 손가락을 활짝 펴 얼굴을 문지른 다음 손바닥을 살펴봤다. 피도 오물도 묻어 있지 않았다. 그는 빛나는 유리에 비친 자기 모습을 보더니 어깨를 으쓱하고는 거울을 돌려주었다.

"너하고 나는, 이 멍청아!" 나는 고함을 쳤다. "도대체 너하고 나는, 이 멍청아, 정말 안 보여? 날 좀 잘 보란 말이야……"

나는 그의 머리를 내 머리 쪽으로 당겨서 관자놀이를 맞댔다. 거울 속에서 두 쌍의 눈이 춤추듯 헤엄치듯 움직였다.

거들먹거리며 그가 말했다. "부자가 가난뱅이를 닮을 리가 있겠소. 잘 알면서 그러시네…… 그러고 보니 저잣거리에서 봤던 쌍둥이가 떠오릅니다. 1926년 8월인가 9월이었소. 아니 8월이었던 것 같네요.

거기서는 정말 그 둘을 분간할 수 없었소. 다른 점을 찾는 사람에게 100마르크를 걸었지요. '좋소' 하고 붉은 머리의 프리츠가 말하더니 느닷없이 쌍둥이 중 한 녀석의 귀싸대기를 찰싹 때리는 겁니다. 그러고는 말하길, '보세요. 이 사람은 귀가 빨간데, 저 사람은 그렇지 않아요. 당신 100마르크 이리 주세요.' 배꼽을 잡았지요!"

그의 눈길이 내 값비싼 연회색 양복을 쓱 훑더니 소매를 따라 달리다 금시계에 꽂혔다.

"나한테 일자리를 마련해줄 수 없겠소?" 고개를 곧추세우고 그가 물었다.

우리의 닮음에서 프리메이슨 교단 같은 은밀한 유대를 먼저 느낀 쪽은 내가 아니라 그였다는 점을 지적해야겠다. 그의 무의식적인 계산에 따르면 이 닮음을 확립한 건 나였기 때문에 나는 그에 대한 미묘한 예속 상태에 놓여 있었다. 마치 나는 복사판이고 원판은 그인 듯했다. 물론 누구나 이렇게 말하고 싶어한다. "그는 당신을 닮았소." 반대의 경우, 즉 "당신은 그를 닮았소"라고 말하는 것은 좋아하지 않는다. 이 하찮은 사기꾼은 내게 도움을 호소하면서 앞으로의 요구들을 위한 기반이 마련되었다고 느꼈다. 그가 자기 실존을 통해 내가 그를 닮을 가능성을 후하게 주고 있으므로 나는 그에게 감사해야 한다는 생각이 그의 혼란스러운 뇌에 어른거렸을 것이다. 내가 보기에 우리의 닮음은 불가사의한 힘의 유희였다. 그는 우리의 닮음에 내 의지가 관여하고 있음을 감지했다. 내가 본 그는 나의 분신, 즉 육체적으로 나와 동일한 존재였다. 바로 이 완전한 동일성이 그토록 고통스럽게 나를 뒤흔들었다. 반면 그의 눈에 비친 나는 미심쩍은 모방자였다. 하지만 나는 그의 이런 생각들은 몽매하다는 것을 강조하는 바이다. 그는 물론 너무도 어리석은 나머지 그의 생각에 대한 내 논평을 이해하지 못할 것이다.

"현재로선 자넬 도와줄 길이 전혀 없네." 나는 냉담하게 대답했다. "하지만 나한테 자네 주소를 줘보게." 나는 수첩과 은 연필을 꺼냈다.

그가 쓴웃음을 지었다. "지금 별장에서 산다고 말해봐야 소용없는 노릇이겠지요. 숲보다는 건초 더미 위에서 자는 게 더 낫지요. 그렇지만 딱딱한 벤치보다는 숲에서 자는 게 더 낫소."

"하지만 그래도 자넬 어디서 찾을 수 있을지 알고 싶군." 내가 말했다.

잠시 생각하더니 그가 내답했다. "가을에는 아마 작년 가을에 일했던 마을에 있을 거요. 그곳 우편사서함을 주소지로 하시지요. 타르니츠*에서 멀지 않아요. 주세요, 적어드리죠."

그의 이름은 펠릭스로 밝혀졌다. '행복한 사람'이란 뜻이다. 성은, 독자여, 당신이 알 바 아니다. 굽이마다 삐걱거리는 굼뜬 필체다. 그는 왼손으로 썼다.

떠날 시간이었다. 그에게 10크라운을 주었다. 그는 거들먹거리듯 싱긋 웃으며 반쯤 누운 채로 내게 손을 내밀었다.

ㅣ나는 서둘러 한길을 향해 가기 시작했다. 고개를 돌려 덤불 사이로 까무잡잡하고 비쩍 마른 그의 모습을 보았다. 그는 다리를 꼬고 손으로 머리를 괸 채 드러누워 있었다. 불현듯 힘이 빠져서 기진맥진한 느

---

* 독일어 tarnen(가리다, 감추다)과 Netz(덫)를 조합하여 만든 듯한 허구의 지명.

낌이 들었다. 장시간 계속된 불쾌한 술판이 끝난 것처럼 머리가 빙빙 돌았다. 그가 자기도 모르게 정신이 없어 그런 척 그토록 태연하게 은연필을 호주머니에 집어넣었다는 사실이 내게 달콤하고도 혼탁한 여운을 남겼다. 나는 갓길을 따라 걸으며 이따금 눈을 가리곤 했고, 하마터면 배수로에 빠질 뻔했다. 얼마 후 사무실에서 사무적인 대화를 나누던 중 나는 갑자기 상대방에게 이렇게 말해주고 싶은 강한 충동에 사로잡혔다. "믿기지 않는 일이 제게 일어났습니다. 생각 좀 해보세요……" 하지만 나는 아무 말도 하지 않았고, 이로써 비밀의 선례를 만들었다. 마침내 내 방으로 돌아왔을 때, 꼬불꼬불한 청동 틀에 둘러싸인 펠릭스가 수은 같은 그림자들 틈에서 나를 기다리고 있었다. 그는 심각하고 창백한 얼굴로 내게 바싹 다가섰다. 이제 그는 깔끔하게 면도하고 머리카락을 가지런히 빗어 넘긴 모습이었다. 연회색 양복, 연보라색 타이. 나는 손수건을 꺼냈다. 그도 또한 손수건을 꺼냈다. 휴전, 협상……

교외의 먼지가 밀려들어 콧구멍이 꽉 막혔다. 코를 풀며 침대 끝에 걸터앉아 거울에 비친 내 모습을 계속 바라보았다. 콧속의 가려움, 허기, 레스토랑에서 먹은 송아지 커틀릿의 불그레한 맛 같은 존재의 사소한 징후들이 이상하게 내 주의를 끌었던 것이 기억난다. '나는 나'라는 증거들을 찾고 있었고, 찾아내기라도 했다는 듯이 말이다(그럼에도 약간의 의심은 있었다). 품격 있는 중견 사업가인 나는 실제로 호텔에 머물고 있고, 점심을 먹으며 일에 대해 생각하고 있을 뿐, 지금 어딘가 교외의 덤불 가에 널브러져 있는 부랑자와는 아무런 공통점이 없다는 증거들을 말이다. 그리고 갑자기 기적의 느낌이 다시 가슴을 옥죄어왔다. 실로 그 사람은 특히 자고 있을 때, 이목구비의 움직임이 없을 때, 내 얼굴을, 내 마스크를, 티 없이 깨끗한 내 시체의 모습을 보여주었다. 내가 시체라고 말하는 이유는 오직 내 생각을 극도로 선명하게 표현하기 위해서이다. 무슨 생각? 바로 이런 생각 말이다. 우리는 똑같은 이목구비를 지녔다. 그리고 완전한 수면 상태에서 이 동일성은 아주 분명해졌다. 죽음, 그것은 얼굴의 안식, 얼굴의 예술적 완벽이다. 생은 그저 내 분신을 망칠 따름이다. 그렇게 바람은 나르시스의 행복에 안개를 드리운다. 그렇게 화가가 없을 때, 그의 제자가 들어와서 시키지 않은 덧칠로 대가의 초상화를 망친다. 또 나는 내 얼굴을 특히 사랑했고 잘 알았던 나야말로 다른 사람보다 더 쉽게 내 분신을 알아보았다는 섬을 생각했다. 사실 모두가 그렇게 주의 깊은 것은 아니니까. 실로 닮았다는 사실을 서로 의심하지 않는(그러나 누가 닮았다고 하면 짜증을 내며 그 사실을 부인할) 안면이 있는 두 사람에 대해 흔히 "꼭 닮았다!"라고 말하곤 하지 않는가. 하지만 나는 나와 펠릭스의 경우와 같은 완전한 닮음이 있을 수 있다고는 이제껏 한 번도 생각해보지 못했다. 나는 닮은 형제들을, 쌍둥이들을 보아왔다. 영화에서 자기 분신을 만나는 사람을, 즉 두 배역을 연기하는 배우를 본 적이 있는데, 우리 경우처럼 사회적 지위의 차이가 적나라하게 강조되어 있었다. 한쪽은 틀림없이 가난하고, 다른 쪽은 부유하다. 한쪽은 챙 달린 모자를 쓰고 셔츠를 풀어헤친 채 돌아다니는 부랑자이고, 다른 쪽은 자가용을 굴리는 견실한 부르주아이다. 마치 서로 닮은 부랑자 한 쌍이나 신사 한 쌍은 재미가 덜할 거란 듯이 말이다. 실제로 그렇다. 그래, 나는 이 모든 것을 보아왔다. 하지만 쌍둥이의 닮음은 혈연관계의 소인(燒印) 때문에 망가졌다. 반면 누구도 두 배역을 연기하는 영화배우에게 속지 않는다. 설령 그가 동시에 두 인물을 연기하더라도, 장면 중간 부분에 이음선이 느껴지기 때문이다. 하지만 우리의 경우에는 쌍둥이한테 있는 빈혈도(둘이 피를 나눠 가졌으니까) 마술사의 트릭도 없었다.

나는 어떤 대가를 치르더라도 여러분 모두를 납득시키고 싶다. 불한당인 당신들을 강제로라도 믿게 만들고 싶다. 나는 그렇게 할 것이다. 하지만 말 그 자체의 본성 탓에 닮은 두 얼굴을 말로는 완전히 묘사할 수 없다는 점이 두렵다. 그러니까 말이 아니라 물감으로 그들을 나란히 그려야 하지 않을까? 그래야 말하는 바가 관객에게 분명해지지 않을까? 독자를 관객으로 탈바꿈시키는 것은 작가가 가장 바라는 바다. 언제 이를 성취할 수 있을까? 문학 속 인물들의 핏기 없는 유기체는 작가의 감독하에 자양분을 공급받으며 살아 있는 독자의 피로 가득 채워진다. 그러므로 작가의 천재성이란 인물들이 이 양식 덕분에 생기를 얻고 오래도록 생명을 유지할 수 있게 하는 데 있다. 하지만 지금 내가 필요로 하는 것은 문학이 아니라 단순하게 대충 그린 회화의 선명함이다. 자, 여기 내 코가 있다. 코뼈는 단단하고 외피는 거의 직사각형 모양인 북방 타입의 큰 코다. 자, 이건 그의 코다. 어느 한구석도 틀림없이 내 코와 같다. 자, 이건 양쪽 입가에 자리한 선명한 두 주름과 혀로 핥아먹은 듯 얇은 입술이다. 보다시피 그의 것도 그렇다. 자, 이건 광대뼈…… 하지만 이건 여권상의 이목구비 목록이다. 이런 부조리한 관례는 아무것도 말해주지 않는다. 한번은 어떤 사람이 내가 아문센*을 닮았다고 말한 적이 있다. 그럼 펠릭스도 아문센을 닮았다. 그러나 모두가 아문센의 얼굴을 기억하는 건 아니다. 지금 내 기억도 희미하다. 아니, 나는 아무것도 설명할 수 없다.

나는 잔뜩 거드름을 피우고 있다. 내가 내 주장을 입증했음을 알기 때문이다. 모든 상황이 멋지다. 독자여, 그대는 이미 우리를 보고 있다. 둘이지만 하나인 얼굴! 하지만 가능한 결함들을, 자연의 책에 존재하는 사소한 오식들을 내가 부끄러워하지 않는다고 생각지는 마시라. 유심히 보시라. 내 치아는 크고 누렇다. 반면 그의 치아는 더 조밀하고 하얗다. 그러나 과연 이게 중요한가? 내 이마에는 다 그리지 못한 '생각' 같은 혈관이 부풀어오른다.** 하지만 내가 잘 때 내 이마는 내 분신의 이마처럼 매끈하다. 그리고 귀…… 내 귀에 비해 그의 귓바퀴는 굴곡이 훨씬 덜하다. 내 귀는 주름이 잡혀 있고, 그의 귀는 매끈하다. 눈 모양은 똑같다. 속눈썹이 드문드문 난 가늘고 튀어나온 눈. 색깔은 그의 눈이 좀더 흐릿하다. 그래, 처음 만났을 때 파악할 수 있었던 차이점이라고는 이게 다인 것 같다. 그날 저녁, 그리고 그날 밤, 나는 이성의 기억으로는 이 아주 사소한 결함들에 대한 검토를 그치지 않았지만, 그 모든 것에도 불구하고 눈의 기억으로는 부랑자의 불쌍한 모습 속에서 나 자신을, 움직임 없는 얼굴과 문상 가서 철야한 듯 턱과 뺨에 꺼끌꺼끌한 그늘을 지닌 나 자신을 보았다…… 왜 나는 프라하에서 지체했던 걸까? 일은 끝났다. 나는 자유롭게 베를린으로 돌아갈 수 있었다. 그런데 왜? 왜 다음날 아침 나는 다시 도시 외곽으

---

* 노르웨이의 극지 탐험가 로알 아문센.
** 이마에 혈관이 불완전한 M자 모양으로 부풀어오른다는 뜻. '생각'을 뜻하는 러시아어 '미슬'과 러시아어 철자 M의 옛 명칭 '미슬레테'를 연관시킨 언어유희.

로 향했고, 낯익은 도로를 따라 걷기 시작했을까? 나는 그가 어제 널브러져 있던 장소를 쉽게 찾아냈다. 그곳에서 황금색 담배꽁초와 체코 신문 조각, 그리고 평범한 행인이 덤불 아래 남기는, 특정 개인과 상관없는 초라한 흔적을 발견했다. 에메랄드빛 파리 몇 마리가 그 광경을 마저 채우고 있었다. 그는 어디로 떠났을까? 어디서 밤을 지새웠을까? 풀리지 않는 무의미한 의문들. 마음이 불편해졌다. 멍했고 무거운 짐을 진 것 같았다. 일어난 모든 일이 몹쓸 짓이었던 듯했다. 나는 호텔로 돌아가 가방을 챙겨서 서둘러 역으로 갔다. 플랫폼 입구 옆에는 사람의 굴곡진 등뼈에 알맞게 구부러진 낮고 편안한 벤치들이 두 줄로 놓여 있었다. 벤치에 사람들이 앉아 있었고, 조는 사람도 있었다. 이런 생각이 들었다. 바로 지금 나는 단춧구멍에 온전히 남은 마지막 제비꽃을 꽂은 채 팔을 늘어뜨리고 자고 있는 그를 보게 될 것이다. 사람들이 나란히 있는 우리를 주목하고 벌떡 일어나 에워싼 다음 경찰서로 끌고 가지는 않을까? 왜? 왜 나는 이 글을 쓰는 걸까? 그저 익숙한 펜 놀림인가? 아니면 두 사람이 두 방울의 피처럼 서로 닮았다는 것 자체가 실제로 이미 범죄인 걸까?

2장

나는 거리를 두고 나 자신을 바라보는 데, 스스로의 모델이 되는 데
몹시 익숙해져버렸다. 바로 그 까닭에 내 문체는 꾸밈없는 자연스러
움의 은총을 잃어버렸다. 나는 이제 도무지 원래의 내 껍질 속으로 돌
아가서 옛 자아 안에 편안히 기거할 수 없다. 그곳은 엉망이 돼버렸
다. 가구는 재배치되었고, 램프는 다 타서 꺼져버렸다. 내 과거가 산
산조각 나버린 것이다.

나는 꽤나 행복했다. 베를린에는 크진 않지만 마음에 드는 아파트
가 있었다. 방 세 개에 작은 구석방 하나, 해가 잘 드는 발코니, 온수
와 중앙난방, 아내 리다와 가정부 엘자. 차고가 이웃하여 있었다. 차
고에는 내가 할부로 산 마음에 쏙 드는 감청색 이인승 자동차가 서 있
었다. 발코니에는 머리가 둥글고 툭 불거진 흰털선인장이 비록 더디

지만 잘 자라고 있었다. 나는 늘 같은 가게에서 담배를 사곤 했는데, 행복한 미소가 변함없이 날 맞아주었다. 버터와 달걀을 사던 가게에서도 그와 같은 미소가 아내를 맞이했다. 토요일이면 우리는 카페에 가거나 영화를 보러 갔다. 우리는 중산층 중에서도 잘사는 축에 속했다. 적어도 그렇게 보일 수 있었다. 하지만 나는 사무실에서 돌아오면 신발을 벗고 소파에 누워 석간신문을 펼치지 않았다. 아내와 내가 나누는 대화가 시시콜콜한 숫자들로만 이루어진 건 아니었다. 내 생각이 내가 만드는 초콜릿의 모험에만 가 있는 것도 아니었다. 고백건대, 나는 약간의 보헤미안 기질이 낯설지 않았다. 나는 신(新) 러시아에 대한 내 태도와 관련하여 아내와 시각이 달랐다고 지체 없이 말할 것이다. '볼셰비키'라는 용어는 그녀의 립스틱 칠한 입술을 거치면 습관적이고 하찮은 증오의 뉘앙스를 띠었다. 아니, 여기에서 '증오'는 너무 강렬한 단어인 것 같다. 그건 뭔가 가정적이고 기초적이며 여자들한테나 어울리는 것이었다. (특히 일요일이면) 비나 (특히 새 아파트에서) 빈대를 좋아하지 않듯이, 아내는 볼셰비키를 좋아하지 않았다. 그녀에게 볼셰비즘은 감기처럼 자연스럽고 불쾌한 것이었다. 그런 시각의 토대는 자명한 것이어서 그걸 두고 왈가왈부할 필요가 없었다. 볼셰비키는 신을 믿지 않는다. 아, 얼마나 나쁜 사람들인가! 그들은 대개 깡패이며 사디스트이다. 궁극적으로 공산주의는 위대하고 필요한 것이며, 비록 서구인들에게는 이해되지 않고, 극빈에 처한 원통한 러시아 망명자들은 받아들일 수 없는 것이라 해도, 젊은 신 러시아는 훌륭한 여러 가치를 창조하고 있다고, 또 그와 같은 열정과 고행 그리고 사심의 억제를, 곧 도래할 균일한 세상에 대한 그와 같은 신념을 역사는 단 한 번도 경험한 적이 없었다고 나는 말하곤 했는데, 그럴 때면 아내는 차분한 어조로 이렇게 대답하곤 했다. "날 약 올리려고 그렇게 말하는 거라면, 좋지 않아요." 그러나 나는 정말 그렇게 생각한다. 다시 말해 잡다하게 얽히고 꼬여 규정하기 어려운 우리의 삶에는 정말 무언가 그와 같은 근본적인 변화가 필요하다고. 실제로 공산주의는 떡 벌어진 어깨와 커다란 머리를 지닌 건장한 사람들 일색인 아름다운 사각의 세계를 창조하리라고 나는 생각한다. 공산주의에 대한 혐오는 유치한 선입견이다. 그건 흡사 내 아내가 거울로 자기 모습을 볼 때마다, 심지어 거울 앞을 지나가다가도, 콧구멍을 꽉 막고 한쪽 눈썹을 추켜올려 짓는 찡그린 표정 같다(그렇게 해서 아내는 유치하고 편견에 사로잡힌 요부의 모습을 띠곤 한다).

자, 나는 이 말을 좋아하지 않는다. 이건 끔찍하다. 면도를 그만둔 뒤부터 나는 이 말을 쓰지 않는다. 하여간 이걸 떠올리기만 하면 나는 끔찍한 충격에 사로잡혔고 이야기의 흐름이 끊겼다. (다음에 무슨 이야기가 나와야 할지 떠올려보시라. 그건 거울의 역사다.) 굽은 거울도 있다. 괴물 거울이다. 목이 살짝만 비쳐도 목은 갑자기 아래로 길어진다. 아래쪽에서는 목을 맞이하여 어디서 나타났는지 모를 불그레한 마르치판* 빛 나체가 위로 쭉 늘어난다. 둘이 합쳐진다. 굴절된 거울은 인간을 빨가벗기거나 찌부러뜨리기 시작한다. 그리고 무수한 거울의 압력에 의해, 이야, 황소 인간이, 두꺼비 인간이 만들어진다. 아니면 밀가루 반죽처럼 늘어나다가 둘로 찢어진다. 관두자, 관둬. 나는

---

* 아몬드를 설탕과 같아 만든 페이스트.

박장대소할 줄 모른다. 이 모든 것은 돼지 새끼 같은 당신들이 생각하는 것처럼 단순하지 않다. 그래, 난 욕설을 퍼부을 것이다. 누구도 내가 욕하는 것을 금할 수 없다. 그리고 나는 방에 거울을 두지 않을 것이다. 이 또한 내 권리다. 그래, 하지만 결국 거울과 맞닥뜨리게 되면 (나는 정말 이걸 두려워하는 걸까?) 수염이 덥수룩한 낯모르는 사내가 어른거릴 것이다. 이놈의 수염은 정말 잘 자랐다. 그토록 짧은 기간에 나는 다른 사람이, 완전히 다른 사람이 되었다. 내 눈에 비친 나는 내가 아니다. 땀구멍마다 수염이 돋아나고 있다. 내 안에는 엄청난 양의 털이 비축되어 있는 것 같다. 내게서 자라난 자연적인 숲속에 나는 은신한다. 무서울 게 없다. 어리석은 미신! 자, 나는 다시 이 단어를 쓸 것이다. 거울, 거울. 그리고 아무 일도 일어나지 않았다. 거울, 거울, 거울. 실컷 지껄여들 보라지. 난 두렵지 않다. 거울.* 거울에 비친 내 모습 보기. 아내에 관해 언급할 때 이미 나는 이 단어를 말했다. 계속 내 말을 끊으면 말하기 힘들다.

그건 그렇고 아내도 쉽게 미신에 사로잡혔다. 악운아, 물러가거라. 아내는 입술을 꽉 다문 채 결연한 표정으로 앙상하게 메마른 나무를 허둥지둥 찾곤 했다. (반짝반짝 윤이 나는 딸기색 매니큐어를 칠했지만 아이 손톱처럼 늘 그다지 깨끗하지 않은) 손톱 주위가 도톰한 짧은 손가락들로 나무를 가볍게 두드리기 위해서였다. 행복에 대한 언급이 대기 속에서 차갑게 식기 전에 어서 두드리기 위해서였다.** 아내는

---

* 러시아어 원문은 '올라크레스, 제르칼로'이다. '거울'을 뜻하는 러시아어 '제르칼로(зеркало)'를 거꾸로 읽으면 '올라크레스(олакрез)'로, 왼쪽과 오른쪽이 뒤바뀌는 '거울상'을 뜻한다.

꿈을 믿었다. 이가 빠지는 꿈을 꾸면 아는 사람이 죽는다. 피 묻은 이는 친지의 죽음이다. 진주, 그것은 눈물. 하얀 옷을 입고 탁자 머리에 앉은 자신을 보는 것은 아주 좋지 않다. 진흙탕은 부(富), 고양이는 배신, 바다는 영혼의 동요. 아내는 자기 꿈을 오랫동안 상세히 이야기하길 좋아했다. 아, 이런, 나는 아내에 관해 과거시제로 쓰고 있다. 내 이야기의 벨트를 구멍 하나 더 조이자.

아내는 로이드 조지를 증오한다. 그 사람 때문에 러시아가 파멸했단다.*** 그리고 이렇게 말하곤 한다. "내 손으로 목 졸라 죽여버려도 시원찮을 영국 놈들." 독일인들은 밀폐된 열차 때문에 혼이 난다. (그건 레닌이 수입한 볼셰비즘의 통조림이다.)**** 프랑스인들은 이래서 혼이 난다. "그거 알아요? 아르날리온이 말해줬는데, 피란중에 걔네들이 더할 수 없이 비열하게 행동했대."***** 더불어 아내는 영국인 중에서 세상에서 (나 다음으로) 가장 잘생긴 얼굴형을 발견하고, 음악적이고 믿음직하다는 이유로 독일인을 존경하며, 언젠가 나와 함께 며칠을 보냈던 '파리를 숭배한다'. 아내의 이러한 확신은 꼭 맞는 자리에 놓인 조각상처럼 요지부동이다. 반면 러시아 민족에 대한 아내

** 일종의 미신적 행위로 자기 자랑이나 행운에 대한 언급 후 그 상태를 지속시키기 위한 것. 베어튼 나무는 띤함없이 안성된 상황을 상성한다.
*** 소비에트 혁명 직후 벌어진 내전 당시(1918~1922) 영국의 총리로 볼셰비키와의 전쟁에 소극적이었다는 이유로 러시아 망명자들의 증오를 샀다.
**** 1917년 2월 혁명 직후 스위스에 머물던 레닌과 볼셰비키 혁명가들은 독일제국 정부가 독일 영토를 통과하는 것을 허가해준 덕분에 러시아로 돌아올 수 있었다. 독일 정부는 레닌이 독일인들과 접촉하는 것을 방지하기 위해 밀폐된 열차를 제공했다.
***** 내전에 반(反)소비에트 연합군의 일원으로 참전했던 프랑스군에 대한 묘사.

의 태도는 그럼에도 불구하고 다소간의 진화를 거쳤다. 1920년*에 아내는 여전히 이렇게 말했다. "진정한 러시아 남자는 군주주의자다." 이제 그녀는 이렇게 말한다. "진정한 러시아 남자는 죽었다."

아내는 교육을 제대로 받지 못했고 관찰력이 부족하다. 한번은 그녀가 '신비주의자'라는 말을 항상 지소사로 이해하고 있었고, 그래서 검은 토가를 두른, 얼굴이 별처럼 초롱초롱하고 몸집 큰 어떤 진정한 '신비주의자'가 존재한다고 생각했음**을 알게 된 적이 있다. 그녀가 알아보는 유일한 나무, 그건 자작나무다. 아내의 말에 따르면 우리 러시아의 자작나무다. 그녀는 독서광이다. 하지만 쓰레기들만 닥치는 대로 읽는다. 아무것도 기억에 새기지 않으며 장황한 묘사는 건너뛰어버린다. 아내는 책을 읽으러 러시아 도서관에 다닌다. 도서관 책상에 붙어 앉아서 오랫동안 책을 고른다. 감촉을 느껴보고 책장을 넘겨본다. 씨앗을 찾는 암탉처럼 곁눈질로 책을 유심히 들여다보다 치우고 다른 책을 잡아 펼친다. 이 모든 게 책상 위에서 한 손으로 이루어진다. 책을 거꾸로 펼쳤음을 알았을 때는 90도로 돌린다. 그 자리에서 또 사서가 다른 부인에게 권하려던 책으로 재빨리 손을 뻗친다. 이 모든 게 한 시간 이상 지속된다. 무엇이 그녀의 최종 선택에 영향을 미치는 걸까? 모르긴 해도 아마 제목일 것이다. 한번은 기차여행에서 돌아오는 길에 표지에 검은 거미줄에 매달린 붉은 거미가 그려진 형편없는 범죄소설을 사다준 적이 있다. 아내는 읽기 시작하더니 무척

---

* 내전이 사실상 종결되는 시점.
** '신비주의자'를 뜻하는 러시아어 '미스티크'의 '이크'를 지소(指小) 접미사로 착각했고, 그래서 진정한 '큰' 신비주의자인 '미스트'가 따로 있다고 생각했다.

이나 재미있어했다. 그녀는 결말이 궁금해 도무지 견딜 수가 없었다. 하지만 결말을 들춰보면 모든 것을 망칠 테니, 눈을 게슴츠레 뜨고 책 등을 두 부분으로 찢더니 결말 부분을 감췄다. 그런데 어디다 감췄는지 잊어버렸다. 아내는 바로 자기가 숨겨둔 범죄자를 찾으러 오래오래 이 방 저 방 돌아다녔다. 그러면서 가는 목소리로 되풀이해 말했다. "이건 정말 재밌어. 정말 재밌단 말이야. 찾아내지 못하면 난 죽을 거야."

이제 아내는 안다. 모든 걸 해명해주는 그 페이지들은 잘 감춰져 있었다. 그녀는 용케 전부 찾아냈다. 한 페이지는 없어진 것 같았다. 일어난 많은 사건이 이제 대체로 적절히 해명되었다. 그녀가 무엇보다 두려워하는 일이 일어난 적도 있다. 모든 징조 중 가장 끔찍한 것이있다. 깨진 거울. 그래, 거울이 깨진 적도 있었는데, 여느 깨진 거울과는 좀 달랐다. 고인이 된 불쌍한 여인!

티, 리, 봄. 한 번 더, 봄! 아니, 난 미치지 않았다. 그저 조그마한 기쁨의 소리를 내고 있을 뿐이다. 누굴 속이면 그렇게 신나기 마련이지. 난 방금 누군가를 정말 제대로 속여 넘겼지. 그게 누굴까? 독자여, 거울에 비친 자기 모습을 보시라. 이왕 그대가 거울을 그토록 좋아하니 말이지.

그런데 지금 갑자기 우울해졌다. 이번엔 진짜다. 문득 몹시도 생생히 떠오르는 것들이 있다. 발코니의 이 선인장, 우리의 이 푸른 방들, 현대적 스타일을 따라 널찍한 박스형으로 설계한, 번쩍번쩍하는 싸구려 장식을 배제한 이 새로 지은 아파트. 그리고 깔끔하고 청결한 나의 세계에 리다가 펼쳐놓았던 무질서, 그녀의 천박한 향수 냄새. 그러나 그녀의 결점들은, 성스러운 아둔함은, 기숙사 여학생처럼 베개에 얼굴을 묻고 킥킥거리는 습관은 날 화나게 하지 않았다. 우리는 한 번도 다투지 않았다. 나는 결코 단 한 번도 그녀에게 불평하지 않았다. 그녀가 사람들 앞에서 어떤 허튼소리를 내뱉든, 얼마나 천박한 옷을 입든, 나는 결코 단 한 번도 아내를 질책하지 않았다. 불쌍한 여자. 아내는 색채의 미세한 차이를 분간할 줄 몰랐다. 그녀는 색깔을 통일하기만 하면 목적이 달성되었다고, 완벽한 조화가 이루어졌다고 보았다. 그래서 그녀는 올리브그린색이나 옅은 녹색 원피스에 에메랄드그린 펠트 모자를 쓰고 활보하곤 했다. 아내는 모든 것이 '되풀이되는 걸' 좋아했다. 예를 들어 머리띠가 검은색이면 그 즉시 목 주위에 검은 술이나 주름을 달아야 했다. 결혼 초에 아내는 스위스 자수가 놓인 속옷을 입었다. 올이 성긴 원피스에 두꺼운 겨울 부츠를 신는 것도 전혀 꺼리지 않았다. 그래, 그녀에게는 조화의 비밀에 대한 개념이라곤 눈곱만큼도 없었다. 끔찍하리만치 어수선하고 지저분한 그녀의 모습은 그 점에서 비롯되었다. 걸음걸이부터가 그녀의 단아하지 못한 모습을 보여주었다. 왼쪽 구두 뒤꿈치가 순식간에 다 닳곤 했다. 장롱 서랍 안으로는 눈길이 스치는 것조차 끔찍했다. 누더기, 끈, 천 조각, 여권, 좀먹은 모피 쪼가리 따위와 부인용 각반 같은 시대착오적인 물건들. 한마디로 신만이 아실 온갖 잡동사니가 뒤엉켜 꿈틀댔다. 또 더러운 레이스 손수건이나 올 나간 스타킹 한 짝 따위가 가지런히 정돈된 내 물건들의 왕국을 빈번히 방문하곤 했다. 아내의 스타킹은 신자마자 구멍 나기가 일쑤였다. 열나게 바쁜 그녀의 종아리에서 타버리는 듯했다. 아내는 살림의 기초도 몰랐다. 손님 접대는 끔찍했다. 무슨 영문인지 가난한 시골 가족이 그러듯 막대 밀크초콜릿을 조각내 작은 접시에 담아 차와 곁들여 내곤 했다. 나는 때로 자문했다. 도대체 왜 그녀를 사랑하지? 아마도 풍성한 속눈썹에 덮인 따스한 갈색 눈동자 때문일 것이다. 아무렇게나 빗은 밤색 머리카락의 자연스러운 옆 물결 때문일 것이다. 아니면 통통한 어깨가 지닌 풍부한 표정 때문일 것이다. 아니, 엄밀히 말해, 나에 대한 아내의 사랑 때문에 나는 그녀를 사랑하는 것이리라.

아내에게 나는 이상적인 남자였다. 나는 명석하고 결단력이 있다. 게다가 나보다 더 맵시 있게 차려입는 사람은 아무도 없었다. 통 큰 바지에 새 턱시도를 걸쳤던 때가 기억난다. 그녀는 조용히 두 손을 꼭 쥐더니 살짝 기운이 빠진 듯 의자에 주저앉아 소곤거렸다. "오, 세르만!……" 그건 천국의 비애에 가까운 환희였다.

아내가 사랑하는 사람의 이미지를 만들며 그녀와 타협하고 있다는 느낌, 그리고 그건 그녀의 행복을 위한 선하고 유용한 일이라는 느낌, 아마도 나는 이런 분명치 않은 느낌과 함께 쉽게 믿는 그녀의 성향을 이용하고 있었다. 그리고 나는 우리가 함께 산 십 년 동안 나 자신과 과거와 나의 모험들에 관해 거짓말을 너무 많이 해왔는데, 그 모든 게 다 연결되도록 기억하고 있어야 했다면 나 스스로가 감당할 수 없었을 것이다. 하지만 아내는 죄다 잊어버리곤 했다. 아내의 우산은 우리가 아는 모든 사람의 집을 돌아다녔다. 그녀는 조간신문에서 읽은 사건을 저녁에 대략 이런 식으로 알려주었다. "아이, 어디서 읽었더라, 뭐였더라…… 기억이 날락 말락 하네. 제발 힌트 좀 줘봐." 아내에게 편지를 부치라고 맡기는 건 빠른 물살과 수신인의 낚시 취미에 기대

강에 편지를 던지는 일과 마찬가지였다. 그녀는 날짜를, 이름을, 얼굴을 혼동했다. 나는 뭔가를 지어내고 나면 그것을 결코 되새기지 않았다. 아내는 곧 잊어버렸다. 이야기는 그녀의 의식 밑바닥에 가라앉았다. 하지만 영원히 그치지 않는 작은 경탄의 잔물결이 표면에 남았다. 나를 향한 아내의 사랑은 그녀의 다른 모든 감정의 한계선을 넘어섰다. 지극히 안정된 그녀의 생각들은 달빛 어린 여름밤이면 소심한 유목민으로 변하곤 했다. 그러나 오래 지속되지 않았다. 그녀의 생각들은 멀리 돌아다니지 않았다. 세계는 다시 닫혔다. 아주 단순한 세계였다. 그 세계에서 가장 복잡한 것은 그녀가 도서관에서 빌려 본 책 어느 페이지엔가 적어놓은 지인의 전화번호를 찾는 일이었다. 그 사람에게 전화해야 했는데, 마침 그 사람이 책을 빌려간 거였다.

조건 없이 맹목적으로, 일종의 자연적인 헌신으로 아내는 나를 사랑했다. 내가 왜 다시 과거시제로 빠졌는지 모르겠다. 하지만 뭐 상관없다. 그게 더 쓰기 편하다. 그래, 그녀는 날 사랑했다. 사랑에 충실했다. 아내는 내 얼굴을 이쪽저쪽 찬찬히 뜯어보기를 좋아했다. 그녀는 엄지와 검지로 컴퍼스 모양을 만들어 내 이목구비를 쟀다. 좀 꺼끌꺼끌한, 가운데 긴 홈이 난 입술 윗부분. 눈썹 위 언저리가 약간 불거진 넓은 이마. 그리고 간지럼을 타지 않는 꽉 다문 입의 양쪽 입꼬리 사이를 손톱으로 따라가며 느껴보기도 했다. 주문을 받아 빚어낸 듯 단조롭지 않은 큰 얼굴. 광대뼈 부분의 윤이 나는 피부와 보조개가 살짝 들어간 뺨. 면도한 지 이틀째 되는 날 뺨은 빛을 받아 불그스레한 수염으로 뒤덮이곤 했는데, 이건 마침 그의 수염과 똑같았다. 눈도 닮았다(사실 눈의 닮음은 불완전하다). 눈까지 닮은 것은 호사이다. 그래

어쨌든 그가 내 앞에 누워 있었을 때 그의 눈은 감겨 있었고, 비록 나는 내 감긴 눈꺼풀을 내 눈으로 한 번도 본 적이 없고 단지 느낄 수 있을 뿐이지만, 나는 내 눈꺼풀이 그의 눈의 처마와 다르지 않음을 안다. 눈의 처마! 이거 괜찮은 표현이다. 격조 높은 내 소설에 썩 잘 어울린다. 아니다, 난 흥분하지 않았다. 조금도 흥분하지 않았다. 내 자기제어는 완벽하다. 아마 까다로운 독자는 울타리 뒤에서 불쑥 튀어나오듯 이따금 튀어나오는 내 얼굴에 짜증이 날 수도 있겠지만, 그건 오직 독자를 도우려고 그러는 것이다. 그러니 독자가 내게 익숙해질지어다. 그러는 동안 나는 그게 내 얼굴인지 펠릭스의 얼굴인지 독자가 모른다는 점을 조용히 즐길 것이다. 얼굴을 내밀고는 감출 것이다. 그건 내가 아니었던 거다. 오직 이 방법을 봉해서만 녹자에게 가르침을 줄 수 있고, 이 닮음이 가상이 아니라 실제로 가능함을, 그래, 그래, 그래, 이 닮음이 아무리 상상 속에서나 가능할 것 같고 터무니없어 보여도 실제임을 입증해줄 수도 있다.

내가 프라하에서 베를린으로 돌아왔을 때 리다는 부엌에 있었다. 컵에 달걀을 풀어 고골모골* 거품을 내고 있었다…… "목이 아파요." 그녀가 걱정스레 말했다. 레인지 모서리에 컵을 세워두고 손등으로 노란 입술을 닦더니 내 손에 입을 맞추었다. 장밋빛 원피스, 장밋빛 스타킹, 다 떨어진 슬리퍼…… 지녁 햇실이 부엌에 가득했다. 아내는 다시 걸쭉한 노란 반죽을 숟가락으로 휘젓기 시작했다. 설탕이 으드득 으스러졌다. 아직 끈적거렸다. 숟가락이 매끄러운 타원형을 그려

---

* 달걀에 설탕 등을 넣어 거품을 낸 음료로 목이 쉬거나 아플 때 치료 수단으로 쓰인다.

야 하는데 움직임이 부드럽지 않았다. 레인지 위에 너덜너덜한 책이 펼쳐져 있었다. 필체로 보아 모르는 사람이 뭉툭한 연필로 여백에 휘갈겨 쓴 메모. "아아, 슬프지만, 이건 맞는 말이야." 그리고 점들이 옆으로 삐져나온 세 개의 느낌표. 나는 아내보다 먼저 책을 읽은 사람들 중 하나가 그토록 마음에 들어한 구절을 읽었다. "이웃에 대한 사랑은, 레지널드 경이 말했다, 오늘날 인간관계의 증권거래소에서 시세가 매겨지지 않는다."

"어땠어요, 잘 다녀왔어요?" 분쇄기를 무릎 사이에 단단히 끼고 기운차게 손잡이를 돌리며 아내가 물었다. 원두가 타닥거렸다. 향기가 진했다. 분쇄기가 굉음을 내며 안간힘을 썼다. 별안간 소음이 줄어들었다. 저항이 없다. 공허……

왠지 뒤죽박죽이다. 이건 마치 꿈속 같다. 아내가 만드는 건 커피가 아니라 고골모골이었다.

"그저 그렇지 뭐. 당신은 어떻게 지냈어?"

왜 나는 믿기지 않는 내 모험에 관해 아내에게 말하지 않았을까? 그녀에게 터무니없는 이야기를 수없이 해온 터라, 내 더럽혀진 입으로 기적 같은 사실을 알려줄 엄두를 내지 못했던 것 같다. 아니면 아마 다른 것이 나를 붙들었을 수도 있다. 작가는 끝내지 않은 초고는 공개하지 않는 법이다. 미개인은 성향이 미심쩍은 기이한 사물을 만나면 그것에 이름을 지어 붙이려 하지 않는다. 무엇보다도 리다 자신이 이제 막 분명해진 사건에 성급히 명칭을 부여하는 걸 좋아하지 않았다.

나는 그 만남에 며칠을 짓눌려 있었다. 지금 내 분신이 내가 모르는 길을 따라 터덜터덜 걷고 있고, 잘 먹지 못하고 추위에 떨고 비에 젖고 있으며, 오한에 떨고 있을지도 모른다는 생각이 이상하게 나를 불안하게 만들었다. 나는 그가 일을 찾기를 간절히 바랐다. 그가 아늑하고 따뜻하게 지낸다고, 하다못해 안전히 감옥에라도 갇혀 있다고 확인할 수 있다면야 기분이 좀 나으련만. 그럼에도 불구하고 나는 그가 처한 상황을 호전시키기 위한 어떠한 방안도 강구하지 않았고, 생활비를 대주고 싶은 마음도 전혀 없었다. 부랑자들이 득시글거리는 베를린에서 그가 할 일을 찾는 것도 불가능했다. 그리고 그와 가까이 있으면 우리의 닮음이 풍기는 매력이 파괴되기라도 할까봐, 대체로 그가 내게서 좀 떨어져 있는 편이 더 나아 보였다. 그가 파멸하지 않도록, 먼 방랑길에 쓰러져 엉엉 사라지시 않도록, 그리하여 내 얼굴의 살아 있는 충실한 복제로 세상에 남을 수 있도록, 아마 나는 가끔씩 약간의 돈을 그에게 보낼 것이다…… 쓸데없는 호의다. 그에게는 일정한 주소가 없으니까. 그러니 꾸물대며 그가 작센 주의 황량한 마을 우체국에 들를 어느 가을날까지 기다리기로 하자.

5월이 지나갔고, 펠릭스에 관한 기억이 아물었다. 그냥 재미 삼아 위 구절이 지닌 매끄러운 리듬에 대해 이야기해보자. 첫 두 단어에서 느껴지는 진부한 서술 어조, 그리고 이어지는 천치 같은 자족의 긴 한숨. 하지만 논란을 좋아하는 사람들은 '아무는' 것은 사실 기억이 아니라 상처임을 지적하는 데나 관심 있을 것이다. 그러나 이건 그저 말이 나온 김에 한 말이지 별 뜻은 없다. 또 이제는 왠지 글을 쓰는 게 좀 수월해졌고, 내 이야기가 움직이기 시작했음을 언급해야겠다. 서두에 언급했던 그 버스에 나는 이미 올랐다. 서서 가지 않고 안락한 창가

자리에 앉아 간다. 차를 구입할 때까지 나는 아침마다 그렇게 사무실에 갔다.

그해 여름 차는 꽤 많이 움직여야 했다. 그래, 나는 이 빛나는 푸른 장난감에 매료되었다. 아내와 나는 자주 온종일 교외를 쏘다니곤 했다. 우리는 늘 아내의 사촌인 아르달리온을 태우고 다녔다. 그는 온순하고 재능 없는 화가였다. 어떻게 보아도 그는 참새처럼 불쌍했다. 누군가가 그에게 초상화를 그려달라고 했다면, 그건 자비 때문이거나 의지가 약해서였다(아르달리온은 끔찍이도 집요하게 굴곤 했다). 나한테, 어쩌면 리다한테도 50페니히나 1마르크씩 푼돈을 꾸곤 했다. 그리고 물론 어떻게든 우리 집에 눌러앉아 저녁 끼니를 때우려고 했다. 몇 달치 방세가 밀려 있기 일쑤였고, 생기 없는 현물*이 방세를 대신하기도 했다. 비스듬한 테이블보 위에 흩어져 있는 네모난 사과나 반점이 박힌 삐딱한 꽃병에 꽂혀 있는 진홍 라일락이었다.** 그의 집주인 여자가 자비(自費)로 이 그림들을 액자에 끼웠다. 집주인 여자의 부엌은 미술관을 방불케 했다. 아르달리온은 언젠가 그가 '작살냈던'*** 작은 러시아 선술집에서 끼니를 때웠다. 그는 모스크바 출신이었다. 그래서 익살과 재기가 번뜩이는 모스크바 속어로 넘쳐나는 호화로운 말을 사랑했다. 그리고 자, 쥐뿔도 없는 주제에 무슨 술수를 부린 건지 베를린에서 차로 세 시간 거리에 있는 조그마한 땅을 손에

---

* '정물화'를 말함. 프랑스어 nature morte의 문자 그대로의 의미를 이용한 언어유희.
** 작가의 서명이 숨겨져 있는 구절. '라일락'의 러시아어 '시렌'에는 필명상의 성 '시린'이, '삐딱한'의 러시아어 '나보코이'에는 본명상의 성 '나보코프'가 숨겨져 있다.
*** 벽을 칠했다는 뜻.

넣었다. 사실인즉슨 보증금 100마르크를 용케 마련해 내더니 앞으로 불입해야 할 돈은 걱정하지 않았다. 아르달리온은 처음에 자기가 낸 돈 덕에 땅이 비옥해졌으니까 그 땅은 이미 영원히 자기 것이 되었다고 간주했다. 따라서 단 한 닢도 더 들이려 하지 않았다. 그 땅은 테니스 코트의 두 배 반 크기였고 예쁘장한 작은 호수와 맞닿아 있었다. 단짝을 이룬 두 그루의(호수에 비친 것까지 치면 네 그루) 자작나무와 군데군데 있는 갈매나무 덤불. 조금 떨어진 곳에는 소나무 다섯 그루가 자라고 있었고, 멀찍이 뒤쪽으로는 히스 꽃이 드문드문 군락을 이루고 있었다. 주위의 숲이 베푼 호의다. 땅 주위에는 울타리가 없었다. 돈이 충분치 않았던 것이다. 필경 아르달리온은 이웃한 두 터에 울타리가 먼저 생겨서 자기 땅의 경계를 합법화하는 울타리가 그저 자동으로 주어지기를 기다리는 것이었다. 그러나 이웃한 두 터는 아직 매매가 안 된 상태였다. 전반적으로 이 지역 땅은 거래가 부진했다. 눅눅하고 모기가 들끓는 데다 마을에서도 상당히 멀다. 대로로 나가는 길도 여태 없고, 길이 언제 닦일지도 몰랐다.

6월 중순 우리는 (아르달리온의 열렬한 설득에 못 이겨) 처음 그곳에 갔다. 내 기억으로는 일요일 아침이었다. 아르달리온을 태우러 그의 집에 들러서 창을 바라보며 연신 경적을 빵빵댔다. 창은 깊이 잠들이 있었다. 리다가 손으로 확성기를 만들이 소리를 질렀다. "아르달리오샤!" 술집 간판 바로 위에 있는 아래쪽 창에서 커튼이 사납게 홱 젖혀졌다. 간판 모양새를 보니 아르달리온이 그곳에서 빚 많이 졌겠다 싶었다. 말했다시피 커튼이 홱 젖혀지더니 가운을 입은 웬 늙은 비스마르크가 화난 표정으로 우리를 내다보았다.

차는 덜덜거리다 조용해졌다. 나는 차 안에 리다를 남겨둔 채 아르달리온을 일으키러 갔다. 그는 자고 있었다. 수영복을 입은 채 잠들어 있었다. 그는 침대에서 구르다시피 해서 나오더니 말없이 재빨리 슬리퍼를 신고 레오타드 수영복 위에 플란넬 바지와 푸른 셔츠를 서둘러 걸쳤다. 그러고는 수상하게 불룩 튀어나온 서류가방을 덥석 집어들었다. 우리는 내려갔다. 엄숙하면서도 졸린 표정은 코가 두툼한 그의 얼굴에 별다른 매력을 더하지 못했다. 아르달리온은 뒤쪽 럼블시트*에 앉았다.

나는 길을 몰랐다. 아르달리온은 '주기도문'만큼이나 길을 잘 안다고 말했다. 베를린을 벗어나자마자 우리는 헤매기 시작했다. 남은 여정을 물어물어 가야 했다. 차를 세워 길을 묻고는 낯선 마을 한복판에서 차를 돌렸다. 조심조심 움직여도 뒷바퀴로 닭을 치기도 했다. 나는 좀 짜증이 나서 핸들을 거칠게 돌렸다 바로 하곤 했다. 그러다 갑자기 속도를 높여 맹렬하게 길을 재촉했다.

"내 땅이다! 이제 알겠어!" 정오 무렵 쾨니히스도르프를 지나 아르달리온이 아는 큰길로 접어들었을 때 그가 환호성을 질렀다. "어디서 돌려 들어가야 할지 알려드리지요. 안녕, 안녕, 내 오랜 나무들아!"

"아르달리온칙, 바보짓 좀 하지 마." 리다가 차분하게 말했다.

길 양쪽에 펼쳐진 울퉁불퉁한 황무지, 모래밭과 히스 꽃 군집. 작은 소나무들이 간간이 섞여 있었다. 이어 정경이 다소 매끄러워졌다. 들판. 여느 들판과 다름없었다. 들판 너머 어둑어둑한 숲 가장자리. 아

---

* 초창기 자동차의 트렁크 자리에 달려 있던 접는 보조 좌석.

르달리온이 다시 호들갑을 떨기 시작했다. 도로 오른쪽 끄트머리에 서 있는 샛노란 푯말이 눈에 들어왔다. 그 지점에서 간신히 눈에 띄는 길, 옛길의 환영(幻影)이 큰길과 직각을 이루며 뻗어 있었는데, 그 길은 곧장 쇠뜨기와 야생 귀리에 파묻혀 사라져갔다.

"자, 핸들을 꺾으시지요." 거드름을 부리며 아르달리온이 말했다. 그리고 무심결에 끙 앓는 소리를 내더니 나를 덮쳤다. 내가 브레이크를 밟았기 때문이다.

독자여, 그대 입가에 미소가 번졌겠지? 사실 어찌 미소를 짓지 않을 수 있겠는가? 상쾌한 여름날, 평화로운 정경, 선량하고 바보스러운 화가, 그리고 길가 푯말. 오, 이 노란 푯말…… 토지중개인이 세운 이 푯말은 눈부신 고독 속에서 불쑥 튀어나와 있다. 이곳에서 발다우 마을 쪽으로 7베르스타 거리에 있는 더 비싸고 구미가 당기는 땅의 입구에서 보초를 서고 있는 다른 황토색 푯말들의 방탕한 형제. 이것이, 이 고독한 푯말이 차후 내 강박관념이 되었다. 산만한 정경 가운데 도드라지게 노란 이 푯말은 내 꿈속에서 자라났다. 내 환상은 이것에 초점이 맞춰져 있었다. 내 모든 생각이 그것으로 회귀하곤 했다. 푯말은 내 추측의 암흑 속에서 믿음직한 불빛이 되어 빛났다. 지금 나는 그것을 첫눈에 알아본 것만 같은 느낌이 든다. 그건 미래의 일로서 내게 친숙했다. 어쩌면 칙칙일 수도 있다. 아마 나는 그걸 무심고 보기만 했고, 차를 돌리며 흙받기로 그걸 건드리지 않을 궁리만 했을 수도 있다. 하지만 마찬가지다. 이제 나는 이 푯말을 떠올릴 때, 그 첫 모습을 그것의 다 자란 모습과 분리할 수 없다.

이미 말한 바와 같이, 길은 사라져 흔적도 없었다. 차가 울퉁불퉁한 땅 위에서 흔들거리며 불만스럽게 삐걱거리기 시작했다. 나는 시동을 끄고 어깨를 으쓱했다.

리다가 말했다. "아르달리오샤, 우리 그냥 큰길로 곧장 발다우로 가는 게 어때. 거기 큰 호수랑 카페가 있다고 했잖아."

"절대 안 돼." 아르달리온이 흥분해서 반대했다. "첫째, 그 카페는 이제 막 설계에 들어갔다고. 그리고 둘째, 내 땅에도 호수가 있어. 자, 자, 어서요!" 그가 내 쪽을 보며 말을 이었다. "앞으로 쭉 가세요. 후회하지 않을 겁니다."

삼백 걸음 남짓 앞에서 소나무 숲이 시작되었다. 나는 그쪽을 바라보았고, 맹세컨대, 이 모든 것을 나는 이미 알고 있다고 느꼈다! 그래, 바로 그거다! 이제 분명히 기억난다. 정말 그런 느낌이 들었다. 이건 나중에 꾸며낸 기억이 아니다. 그리고 그 노란 푯말…… 내가 뒤돌아 흘낏 보았을 때, 그건 얼마나 의미심장하게 나를 바라보았던가. 마치 이렇게 말하는 것 같았다. "나 여기 있어요. 날 마음대로 부리세요." 저 앞에는 불그스름한 뱀 껍질을 씌운 듯한 소나무 가지들과 바람이 성나게 한 솔잎의 초록 모피, 그리고 숲 가장자리에는 벌거벗은 자작나무…… '벌거벗은'은 왜? 아직 겨울이 아니지 않은가. 겨울이 되려면 아직 멀었다. 훈훈하고 거의 구름 한 점 없는 날이었다. 말더듬이 귀뚜라미가 부아가 치밀어 "찌찌찌" 소리를 길게 뽑아내고 있었다…… 그래, 이 모든 건 의미로 가득 차 있었다. 이 모든 건 다 까닭이 있었다……

"도대체 어디로 움직이라는 거요? 길이 보여야 말이지."

"까다롭게 굴지 맙시다." 아르달리온이 말했다. "달리라고요, 이 양

반아. 자, 물론 곧장 앞으로. 바로 저기, 저 밝은 데로. 충분히 헤쳐나
갈 수 있어요. 저기서 숲길로 가면 멀지 않아요."

"내려서 걸어가는 게 어떨까요?" 리다가 제안했다.

"당신 말이 맞아. 누가 새 차를 훔칠 생각을 하겠어?" 내가 말했다.

"그래, 이건 위험해." 그녀가 즉시 동의했다. "그럼 당신들 둘이서
갔다 오는 게 어때? (그가 끙 하고 앓는 소리를 내뱉었다.) 아르달리
온이 당신에게 땅을 보여주고, 난 여기서 당신들을 기다리지 뭐. 그다
음에 발다우로 가서 수영하고 카페에 좀 앉아 있자."

"무례하군요, 마담!" 격한 어조로 아르달리온이 말했다. "난 정말
당신들을 내 땅에 초대하고 싶단 말이오. 당신들을 위한 깜짝 선물도
준비되어 있는데. 이러면 정말 속상합니다."

차를 몰며 내가 말했다. "좋소. 하지만 차가 망가지면 당신이 책임
져요."

차가 덜컹거려 몸이 튀어올랐다. 옆에 앉은 리다도 튀어올랐다. 뒤
에서는 아르달리온이 튀어오르며 말을 계속했다. "지금 우리는 (쿵)
숲으로 들어가고 있어요. (쿵) 숲에는 (쿵쿵) 히스 꽃이 깔려 있어 좀
수월할 겁니다(쿵)."

차를 몰고 들어갔다. 처음에는 모래땅에 빠졌다. 엔진이 울부짖었
다. 바퀴가 빌버둥치다가 마침내 빠져나왔다. 그다음에는 나뭇가지들
이 달려들어 흙받기와 차체를 때려댔다. 그 바람에 페인트칠이 긁혔
다. 어쨌든 오솔길 비슷한 게 눈에 띄었다. 메말라 바스락거리는 히스
에 뒤덮여 있다가 다시 빽빽한 나무 사이로 구불구불 드러나곤 했다.

"오른쪽으로 더 트세요." 아르달리온이 말했다. "약간만 더 오른쪽

으로. 자, 이제 도착합니다. 느껴들 보세요. 이 경이로운 소나무 향내를 어찌 말로 할까? 멋지지 않아요? 내가 멋질 거라고 했죠? 자, 이제 세워요. 난 정찰하러 갑니다."

그는 차 밖으로 기어 나가더니 한껏 고무되어 뚱뚱한 엉덩이를 흔들며 숲속으로 걸어 들어갔다.

"기다려, 같이 가!" 리다가 소리쳤다. 하지만 아르달리온은 이미 돛을 활짝 펼치고 가버렸고 이내 나무들 뒤로 사라졌다.

엔진이 잠시 찰칵찰칵하더니 잠잠해졌다.

"어쩜 이리 황량할까." 리다가 말했다. "정말이지 나한테 여기 혼자 있으라면 무서울 거야. 강도를 만날 수도 있고, 살해될 수도 있고, 뭐든 당할 거야."

정말 황량한 곳이었다. 바람이 쏴쏴 소나무 가지를 살며시 스쳐갔다. 눈 덮인 땅에 헐벗은 검은 땅이 드문드문 드러나 있었다…… 말도 안 돼, 6월에 어디서 눈이 내린단 말인가? 저건 지워야 할 거다. 아니, 그건 죄악이다. 내가 쓰는 게 아니라 참을성 없는 내 기억이 쓰고 있으니 말이다. 마음대로 생각하시라. 내 알 바 아니다. 노란 푯말도 눈(雪) 무르몰카*를 쓰고 있었다. 미래가 그렇게 어렴풋이 빛난다. 자, 그만. 이만하면 됐지 싶다. 그래, 그 여름날은 다시 주목의 대상이 될 테니까. 점점이 드리운 햇살. 푸른 자동차 표면에 내려앉은 나뭇가지 그림자. 어느 훗날 전혀 예기치 못한 물건이 놓여 있게 될 발판 위의 솔방울. 면도솔.

---

* 벨벳 등으로 만든 정수리 부분이 높고 평평한 러시아 전통 남성용 모자.

"언제 오기로 했지요?" 아내가 물었다.

내가 대답했다. "수요일 저녁."

침묵.

"난 그놈은 다시 데려오지 않았으면 싶은데." 아내가 말했다.

"음, 데려올 거야…… 당신은 상관없지 않아?"

침묵. 타임* 위에 앉은 작은 파랑 나비들.

"그런데, 게르만, 수요일 확실해요?"

(괄호를 열 만한 가치가 있을까? 시시콜콜한 얘기를 나누었다. 몇몇 지인들에 관한, 그리고 파티에 참석한 모든 사람의 주의를 끌었던 작고 사나운 개에 관한 얘기였다. 리다는 '혈통 있는 큰 개'만 좋아했다. '혈통'을 말할 때면 콧구멍이 커지곤 했다.)

"대체 뭐 하느라 안 돌아오는 거야? 길을 잃고 헤매는 거 아닐까?"

나는 차에서 나와 잠시 주위를 서성거렸다. 흠집투성이였다.

무료해하던 리다가 아르달리온의 불룩한 서류가방을 만지작거리더니 열어보았다. 나는 몇 걸음 물러섰다. 아냐, 아냐, 기억이 나지 않는다. 무슨 생각을 했는지 도통 기억이 나질 않는다. 발에 밟힌 잔가지를 살펴보고는 돌아왔다. 리다는 차 발판에 걸터앉아 휘파람을 불었다. 둘이서 담배를 피워 물었다. 침묵. 그녀는 입을 일그러뜨리며 옆으로 연기를 내뿜었다.

아르달리온의 쩌렁쩌렁한 고함 소리가 멀리서 들려왔다. 일 분 후 그가 숲속 빈터에 나타나 따라오라고 손짓했다. 나무를 피하며 천천

---

* 백리향과 유사한 허브의 일종.

히 차를 몰았다. 아르달리온이 사무적이고 확고한 모습으로 앞장서 갔다. 이내 호수가 빛났다.

나는 이미 아르달리온의 땅을 묘사했다. 그는 내게 땅의 경계를 정확히 가리켜주지 못했다. 단호한 큰 걸음으로 미터를 재며 돌아다니다 반쯤 구부린 다리로 몸을 지탱한 채 돌아보곤 했다. 그리고 머리를 흔들더니 그에게 표지가 되어주었던 어떤 그루터기를 찾으러 갔다. 자작나무들이 물에 어렸다. 새의 솜털이 떠다녔다. 갈대가 어슴푸레 빛났다. 아르달리온이 약속한 깜짝 선물은 보드카 한 병이었다. 하지만 리다는 그가 없는 틈을 타 보드카를 숨겨놓았다. 그녀가 깔깔대며 깡충깡충 뛰어다녔다. 허리 둘레에 빨갛고 파란 줄무늬가 있는, 꽉 끼는 연노랑 레오타드 수영복을 입은 모습이 꼭 크로케* 공 같았다. 그녀는 느릿느릿 헤엄치는 아르달리온 등에 올라타서 ("아이고, 이 여자야, 꼬집지 마. 계속 그러면 내동댕이쳐버린다.") 실컷 악을 쓰고 식식대며 놀다가 뭍으로 나왔다. 털투성이 다리였다. 곧 물기가 말랐고 은은한 금빛이 돌았다. 아르달리온은 다이빙하기 전에 십자가를 그었다. 정강이를 따라 세로로 아문 흉터가 있었다. 내전이 남긴 자국이었다. 그의 목에 걸린 볼품없는 농민 양식 십자가는 역겨우리만치 축 늘어진 레오타드 수영복 소매 밖으로 계속 튀쳐나왔다.

리다는 공들여 크림을 바르고 나서 햇살에 몸을 내맡긴 채 벌렁 드러누워 있었다. 아르달리온과 나는 리다 가까이에 있는 가장 잘 자란 그의 소나무 그늘 아래 편안히 자리 잡았다. 그는 슬프게도 홀쭉해져

---

* 나무망치와 나무공을 이용해 하는 야외경기.

버린 가방에서 와트만지(紙) 스케치북과 연필들을 꺼냈다. 잠시 후 나는 아르달리온이 나를 그리고 있음을 알아챘다.

"당신 얼굴은 까다롭네요." 그가 눈을 찡그리며 말했다.

"어, 보여줘봐." 손가락 하나 까딱하지 않고 리다가 소리쳤다.

"머리 좀 들어보세요." 아르달리온이 말했다. "그래 그렇게, 됐어요."

"아이, 좀 보여줘." 잠시 후 리다가 다시 소리쳤다.

"내 보드카를 어디다 팽개쳤는지 먼저 보여주시지." 아르달리온이 투덜거렸다.

"내가 두 눈 시퍼렇게 뜨고 있는 한은 안 돼." 리다가 대꾸했다. "넌 내가 있을 때는 술 못 마실 줄 알아."

"별 괴팍한 여자 다 보겠네. 당신은 어떻게 생각합니까, 이 여자가 정말 보드카를 어디다 파묻어버렸을까요? 사실 난 당신과 한잔 쭉 들이켜며 형제애를 나누고 싶었는데 말이죠."

"내가 술 끊게 만들 거야." 번들거리는 눈꺼풀을 들어올리지 않은 채 리다가 고함을 질렀다.

"오라질 년." 아르달리온이 말했다.

"왜 내 얼굴이 까다롭다는 거지요? 어디가 문젭니까?" 내가 물었다.

"모를 일이네요. 연필로는 표정이 안 시는데요. 다음번엔 목탄화나 유화로 시도해봐야겠습니다."

아르달리온이 뭔가를 지우개로 지웠다. 손가락 마디로 지우개 찌꺼기를 털어내고는 고개를 갸우뚱했다.

"내 생각에 내 얼굴은 아주 평범한데. 내 옆얼굴을 그려보는 건 어떻소?"

"그래, 옆얼굴!" 리다가 고함쳤다. (여전히 땅에 큰 대자로 뻗은 채였다.)

"아뇨, 당신 얼굴을 평범하달 수는 없지요. 고개를 약간만 드세요. 오히려 당신 얼굴에는 뭔가 이상한 게 있어요. 뭐랄까, 당신 얼굴선은 그리는 족족 제 연필 밑에서 미끄러집니다. 한번 미끄러지면 없어져버리네요."

"그런 얼굴은 말하자면 흔치 않다, 이 말을 하고 싶은 겁니까?"

"모든 얼굴은 유일무이합니다." 아르달리온이 딱 잘라 말했다.

"어이쿠 맙소사, 타겠네." 리다가 신음했다. 하지만 자세는 바꾸지 않았다.

"그런데 말이오, 모든 얼굴이 정말 유일무이하다고 생각하나요? 우선 실제로 특정한 얼굴형이 있잖소. 이를테면 동물형 얼굴 같은. 유인원같이 생긴 사람도 있고, 쥐같이 생긴 사람도 있고, 돼지형 얼굴도 있고…… 그다음 유명한 사람들의 얼굴형도 있잖습니까. 나폴레옹 타입 남자나, 빅토리아 여왕 타입 여자 같은 경우 말이오. 난 내가 아문센을 떠올리게 한다는 말을 듣곤 했소. 톨스토이풍 코를 난 심심찮게 봤어요. 음, 또 미술 작품형도 있지 않소. 성화(聖畵)에 나오는 얼굴. 성모형 얼굴. 생활 방식이나 직업 때문에 닮은 얼굴형은 또 어떻소……"

"또 일본 사람은 모두 닮았다고 말하겠지요. 이보쇼, 신사 양반, 화가가 보는 건 바로 차이라는 것을 당신은 잊고 있소. 문외한 눈에는 다 닮아 보이지요. 바로 리다가 영화관에서 이렇게 소리를 질러대는 경우 아니겠소? '봐, 어쩜 저렇게 우리 가정부 카탸를 닮았다지!'"

"아르달리온칙, 성질 돋우지 마." 리다가 말했다.

"하지만 때로는 바로 닮음이 중요하다는 점에는 동의하셔야지." 내가 말을 계속했다.

"촛대 살 때나 그렇지요." 아르달리온이 말했다.

더는 이 대화를 기록할 필요가 없다.

나는 이 멍청이가 분신에 관한 말을 꺼내길 열망했다. 그러나 내 간절한 바람은 이루어지지 않았다. 잠시 후 아르달리온은 스케치북을 감췄다. 리다가 보여달라고 애걸복걸했다. 그는 보드카를 돌려주면 보여주겠다고 했다. 그녀는 거절했고, 그는 보여주지 않았다. 그날에 대한 회상은 햇살 스민 연무에 잠겨 끝난다. 아니면 그곳으로의 뒤이은 여행에 관한 회상과 어우러진다. 우리는 그곳에 여러 번 갔다. 나는 빛나는 호수를 품은 이 외딴 숲에 대한 고통스럽도록 격심하고 침울한 사랑을 키웠다. 아르달리온은 어떻게든 나를 토지중개인과 인사시켜 내게 이웃한 땅을 사게 하려고 안달했다. 나는 거절했다. 사고 싶었다 해도 나는 마찬가지로 결단을 내리지 못했을 것이다. 그해 여름 내 사업은 그다지 잘 돌아가지 않았고, 나는 왠지 모든 것에 식상했다. 형편없는 내 초콜릿이 나를 파산으로 몰아가고 있었다. 하지만 맹세컨대, 여러분, 내 명예를 걸고 맹세건대, 돈에 눈이 멀어서기 이니오. 돈에 눈먼 탓만은 아니오. 내가 처한 상황을 호전시키고 싶은 욕망 때문만은 아니오…… 그렇다고 뭐 앞질러 갈 필요는 없다.

3장

우리 이 장을 어떻게 시작할까? 몇 가지 제안을 할 테니 골라보시라. 첫번째 안이다. 이건 실제 작가나 작가의 대리인에 의해 서사가 전개되는 일인칭 소설들에서 흔히 만나게 된다.

요즘 날은 맑지만 춥다. 맹렬한 바람이 수그러들 기미를 보이지 않는다. 창밖에서 상록수 잎들이 세차게 흔들린다. 한길에서는 우편배달부가 모자를 움켜쥐고 뒷걸음질 친다. 나는 힘겹다……

이 첫번째 안이 지닌 특색은 꽤 분명하다. 글을 쓰는 동안 작가가 어딘가 특정한 장소에 위치하고 있다는 점이 실로 명백하다. 그는 단순히 페이지 위를 맴도는 어떤 정령이 아니다. 그가 사색하고 쓰는 동안 주변에서는 무슨 일인가가 벌어진다. 바로 지금 부는 이 바람, 창 너머로 보이는 한길 위의 이 먼지 같은 것 말이다. (우편배달부가 돌아서서 몸을 숙인 채 여전히 바람과 싸우며 앞으로 나아가기 시작했다.) 좋은 안이다. 신선하다. 한숨 돌리게 하는 데다 개인의 어조를 살릴 수 있다. 덕분에 이야기가 생기를 띤다. 여타 인물들과 마찬가지로 일인칭 시점의 인물도 가상일 때는 특히 그렇다. 바로 이게 핵심이다. 그런데 이 기법은 남용되어왔다. 작가입네 하고 거짓을 떠벌리는 장사치들이 찢어발겨서 누더기가 되어버렸다. 이건 나한테 어울리지 않는다. 나는 진실해졌으니까. 그럼 이제 두번째 안으로 주의를 돌리자. 요점은 곧장 새 인물을 도입하는 것이다. 그러니까 장을 이렇게 시작하는 것이다.

오를로비우스는 불만스러웠다.

불만스럽거나 근심거리가 있을 때면, 아니 그저 석설한 답변이 떠오르지 않을 때면, 그는 가장자리에 잿빛 털이 난 길쭉한 왼 귓불을 잡아당겼다. 그다음에는 시샘할까봐 길쭉한 오른 귓불도 잡아당겼다. 그러고는 소박하고 정직한 안경 너머로 상대를 보며 뜸을 들이다 마침내 이렇게 대답했다. "말하기 무겁지만, 내가 보기에……"

그에게 '무겁다'는 말은 '어렵다'를 의미했다. 그의 엄숙한 말투 때문에 '무겁다'는 말은 정말 무겁게 느껴졌다.

장 서두를 여는 이 두번째 안도 인기 있는 양질의 기법이다. 그러나 이선 왠지 너무 밋 부리는 것 같다. 게다가 근엄하고 숫기 없는 오를로비우스는 장의 문을 힘차게 열어젖히기에 적합하지 않다. 이제 세번째 안에 주목하시라.

한편…… (말줄임표를 통한 초대의 제스처.)

예전에 이 기법은 비오스코프에서, 즉 일류지온*에서, 다시 말해 영화에서 애용되었다. (첫 장면에서) 주인공에게 이런저런 일이 일어난다. 한편…… 말줄임표. 그러고는 사건의 배경이 시골로 옮겨 간다. 한편…… 새 단락.

……구부러진 새하얀 사과나무 몸통이 길섶으로 다가올 때마다 나무 그늘 속에 머물려고 애쓰며 뜨겁게 달구어진 길을……

아니다. 이건 어리석은 생각이다. 그가 늘 정처 없이 떠돌아다닌 건 아니었다. 농장에 일손이 필요하곤 했고, 제분소에서도 짐꾼이 필요할 때가 있었다. 그의 삶이 잘 그려지지 않는다. 떠돌이 생활을 해본 적이 없으니까. 다른 무엇보다도 내가 떠올리고 싶은 것은 바로 프라하 교외의 채 자라지 않은 풀밭 위에서 흘러간 5월의 어느 날 아침이 그에게 남긴 인상이다. 그는 눈을 떴다. 쫙 빼입은 신사가 그와 나란히 앉아 그를 바라보았다. 담배를 얻어 피울 수 있지 않을까? 신사는 독일인이었다. 귀찮게 굴기 시작했다. 이 사람 좀 정상이 아닌 것 같다. 손거울을 쑥 내밀더니 욕을 해댔다. 자기가 나랑 닮았다는 거다. 닮았으면 닮은 거지, 내 알 바 아니다. 혹 나한테 쉬운 일거리를 주지 않을까? 자, 여기 주소. 뭔가 나올지도 모르잖은가?

"어이, 이봐, (따뜻하고 어두운 밤, 여관 선술집에서 나누는 대화이다.) 일전에 내가 어떤 이상한 녀석을 만났는데 우리가 분신이라는 거야."

어둠 속의 웃음. "이 주정뱅이야, 분신을 본 건 네 눈이지."

여기에 문학적 장치가 또 하나 슬쩍 끼어들었다. 유쾌한 방랑자들,

---

* '비오스코프'와 '일류지온'은 초창기 영화의 명칭.

선량한 젊은이들의 세태를 그리는 외국 소설들의 모방이다. 내 작품에는 모든 장치가 뒤얽혀 있다.

문학과 관련하여 나는 모르는 게 없다. 내겐 늘 이런 기벽(奇癖)이 있었다. 어릴 적 나는 시와 긴 이야기를 쓰곤 했다. 나는 단 한 번도 아버지가 관리인으로 있던 루시스키 지방* 지주의 온실에서 복숭아 서리를 하지 않았다. 고양이를 생매장한 적도 없었다. 나보다 약한 동무들의 팔을 비틀지도 않았다. 나는 시를 지었고, 아는 사람들의 명예를 돌이킬 수 없이, 그리고 아무런 목적도 없이 손상시키는 긴 이야기들을 남몰래 지었다. 하지만 그 이야기들을 기록하지 않았고, 그것들에 관해 아무에게도 말하지 않았다. 거짓말을 하지 않고 지나가는 날이 없었다. 거짓말할 때면 환희에 젖어 나 자신을 잊곤 했나. 내가 창조한 저 새로운 삶의 조화를 향유했다. 그렇게 나이팅게일이 노래하듯 해댄 거짓말의 대가로 엄마에게는 왼쪽 귀를, 아버지에게는 볼기짝을 황소 힘줄로 두들겨 맞곤 했다. 하지만 그건 날 조금도 슬프게 하지 않았다. 오히려 내 상상에 날개를 달아주었다. 한쪽 귀는 먹먹했고 엉덩이는 타는 듯했다. 나는 그 상태로 과수원의 무성한 풀숲에 배를 깔고 누워 태평하게 휘파람을 불며 공상에 잠기곤 했다. 학교에서 내 러시아어 작문은 늘 최하점을 받았다. 우리 고전의 주인공들의 행위를 내 나름내로 개작했기 때문이다. 이를테면 내가 요약한 「미지막한 밤」에서 실비오는 버찌 애호가를 그 자리에서 지체 없이 죽여버렸고, 그와 더불어 나는 뻔히 아는 스토리를 파괴해버렸다.** 리볼버 권

---

* 러시아 북부 레닌그라트 주의 남쪽 지역.

총이 내 수중에 들어왔다. 나는 숲속 사시나무들의 몸통에다 비명을 지르는 추하고 하얀 상판대기들을 분필로 그리고는 그것들에 기계적으로 총을 쏘곤 했다. 어리석은 상황 속에 말을 집어넣기. 말장난의 위장결혼으로 말들을 결합하기. 안팎을 뒤집기. 불시에 덮치기. 내가 좋아했고 지금도 좋아하는 것들이다. '베테리나르'라는 말 속에서 소비에트의 '베테르'는 무얼 하고 있는가? '압토마트' 속의 '토마트'는 어디서 온 걸까? '주브르'로 '아르부스'를 어떻게 만들지?*** 나는 수년간 더없이 기이하고 끔찍한 꿈에 시달려왔다. 나는 끝없이 긴 복도에 서 있는 것만 같다. 바닥에 자리한 문. 문을 열고 싶은 마음이 간절하지만 엄두를 못 낸다. 마침내 결단을 내린다. 다가가서 문을 열어젖힌다. 그와 동시에 신음하며 잠에서 깨어난다. 문 뒤에서 상상할 수 없이 끔찍한 무언가가 모습을 드러냈기 때문이다. 바로 완전히 텅 빈, 백색 도료를 새로 칠한 벌거숭이 방. 더는 아무것도 없다. 나는 그 방이 견딜 수 없이 끔찍했다. 7학년 때부터 나는 꽤 정기적으로 매음굴에 드나들기 시작했다. 거기서 맥주를 마셨다. 전쟁중에는 아스트라한****에서 멀지 않은 어촌에서 무위도식하며 지냈다. 책이 아니었다면 그 무미한 시절을 어찌 견뎌냈을지 모르겠다. 리다와는 모스크바에서 알게 되었다. (내가 소름 끼치는 내전의 야단법석을 뚫고 모스크바에 당도한 건 기적이었다.) 우연히 알게 된 레트인 친구의 아파트에

** 푸시킨의 단편 「마지막 한 발」에서 실비오는 자기가 총구를 겨누고 있는데도 백작이 태평하게 버찌를 먹는 것을 보고 그를 쏘지 않는다.
*** 러시아어로 '베테리나르'는 수의사, '베테르'는 바람, '압토마트'는 자동기계 혹은 기관총, '토마트'는 토마토, '주브르'는 들소 혹은 고수(高手), '아르부스'는 수박이라는 뜻.
**** 러시아 서남부 볼가 강 어귀에 있는 도시.

56

서 묵고 있을 때 처음 만났다. 그 친구는 말수가 적고 안색이 창백했다. 장방형 두개골 위에 삐쭉 선 머리카락은 짧고 뻣뻣했고 차가운 물고기 눈을 하고 있었다. 라틴어를 전공했다. 훗날 그는 꽤 저명한 소비에트 관료가 된다. 그 친구의 집에는 여러 사람이 묵고 있었다. 서로 거의 모르는 사이로 모두 우연히 엮이게 되었다. 개중에 리다의 다른 사촌인, 아르달리온의 친형 인노켄티가 있었다. 그는 우리가 떠난 후에 곧 왠지는 모르지만 총살당했다. 사실 이 모든 건 세번째 장보다는 첫번째 장 서두에 더 적합하다……

껄껄 웃으며, 재치 있게 응답하며
(넌 아주 거리낌 없이 이별하는구나!)
빛에서, 절망에서 왜,
왜 너는 한밤으로 떠나보냈는가?

내 것, 내 것을, 청소년 시절 내 실험들을, 무의미한 소리들에 대한 내 사랑을…… 그건 그렇고 그 시절 나는 이른바 어떤 범죄적 성향을 가졌던 걸까? 지금 나를 골몰케 하는 건 바로 이 물음이다. 겉보기에 따분한, 언뜻 보기에 단순한 내 젊음은 천재적인 범죄의 가능성을 감추고 있었던 게 아닐까? 그게 아니라면 이미 난 꿈에 항상 등장하는 저 평범한 복도를 따라 걸어갔을 것이고, 텅 빈 방을 발견하고 공포에 질려 비명을 질렀을 것이다. 하지만 잊을 수 없는 어느 날, 방은 텅 비어 있지 않았다. 방에서 내 분신이 일어서더니 나를 향해 걸어왔다. 그때 모든 것이 정당화되었다. 그 문을 향한 내 열망도, 괴상한 놀이도, 아무리 공을 들여도 만족스럽지 않은 거짓말에 대한, 그때까지는 목적이 없던 애착도. 게르만은 자신을 발견한 것이다. 영광스럽게도 여러분에게 알려준 바와 같이, 그 일은 5월 9일에 일어났다. 그리고 7월에 이미 나는 오를로비우스를 찾아갔다.

오를로비우스는 내 결정에 동의했고 나는 즉시 실행에 옮겼다. 더욱이 그는 내가 이렇게 마음먹도록 그 자신이 오래전부터 내게 충고해왔던 터이다. 일주일 후 나는 오를로비우스를 우리 집 저녁 식사에 초대했다. 그는 냅킨 한 귀퉁이를 옷깃 속으로 밀어넣었다. 그는 수프를 먹으며 정치적 사건들에 대해 불만을 토로했다. 전쟁이 일어날지, 일어난다면 누구와의 전쟁이 될지 리다가 촐싹대며 그에게 물었다. 그는 안경 너머로 그녀를 바라보며 뜸을 들이다(대략 이런 모습으로 그는 이 장 첫머리에 모습을 드러냈다) 마침내 대답했다.

"말하기 무섭지만, 내가 보기에 전쟁은 일어나지 않습니다. 젊었을 때 나는 최상의 것만을 가정해야 한다는 생각을 갖게 되었습니다. ('최상의 것'은 그의 입에서 극도로 침울하고도 번드르르하게 울려나왔다.) 그때 이후로 이 생각에 변함이 없어요. 내 생각을 지배하는 건 옵티미스무스*입니다."

"당신 직업에 꼭 필요하지요." 미소를 머금으며 내가 말했다.

오를로비우스가 도끼눈으로 나를 바라보더니 진지하게 대답했다.

"하지만 우리에게 고객을 확보해주는 건 페시미스무스**입니다."

---

* '낙관주의'라는 뜻의 라틴어.
** '비관주의'라는 뜻의 라틴어.

유리잔에 담긴 차가 예기치 않게 저녁 식사의 대미를 장식했다. 무슨 영문인지 리다는 식사를 이렇게 끝마치는 게 아주 기발하고 멋지다고 생각했다. 어쨌든 오를로비우스는 만족했다. 그는 유리예프*에 살았던 노모에 관해 차분하고 침울한 어조로 말하며, 설탕이 바닥에 가라앉지 않도록 잔을 살짝 들고 차를 젓곤 했다. 독일식이었다. 즉, 티스푼을 쓰지 않고 손목을 돌려 흔들었다.

그의 회사와 내가 맺은 협약은 내 측에서 보면 모호하기도 하고 딱히 중요하다고도 할 수 없는 행위일 터이다. 그 무렵 나는 우울했다. 말수가 적어졌고 넋이 나가 있었다. 부주의한 내 아내조차 나의 이런 내면의 변화를 알아차렸다. 한번은 한밤중에 아내가 말했다. "게르만, 당신은 지친 거예요. 우리 8월에 바나에 가요." 우리는 잠을 이룰 수 없었다. 창문을 활짝 열어젖혀두었음에도 갑갑해서 숨이 막힐 지경이었다.

"도대체 난 도시에서 사는 게 지긋지긋해." 내가 말했다. 그녀는 어둠 속이라 내 얼굴을 볼 수 없었다. 일 분 후 아내가 말을 이었다.

"리자 숙모 있잖아요, 그 익스에 살았던 숙모. 익스라는 도시가 있어요? 정말 있나?"

"있어."

"지금은," 그녀가 말을 계속했다. "익스기 아니라 니스 근처에 살아요. 프랑스 노인네한테 시집갔는데 농장이 있어요."

아내가 하품을 했다.

---

* 에스토니아의 도시 타르투의 옛 명칭.

"빌어먹을 놈의 초콜릿 사업이 결딴나게 생겼어." 내가 말했다. 나도 하품이 나왔다.

"다 잘될 거예요." 리다가 중얼거렸다. "그냥 좀 쉬어요."

"휴식이 아니라 삶의 변화가 필요해." 거짓 한숨을 내쉬며 내가 말했다.

"삶의 변화라." 리다가 말했다.

내가 물었다. "당신 말이야, 어딘가 양지바른 한적한 곳에 살았으면 싶지 않아? 내가 아무 일도 안 했으면 좋겠지? 돈 좀 쥐고 이자나 받아먹으며 점잖게 사는 거지, 어때?"

"당신과 함께라면 난 어디든 좋아, 게르만. 아르달리온도 데려가지 뭐. 큰 개도 한 마리 사면 좋겠다……"

잠시 침묵이 흘렀다.

"유감스럽게도 우린 아무 데도 못 가. 거의 파산 지경이야. 초콜릿 사업을 접어야 할 것 같아."

행인이 뒤늦게 귀가하고 있었다. 탁. 다시 탁. 지팡이로 가로등 기둥을 치며 가는 모양이었다.

"알아맞혀봐. 자, 첫번째 마디, 이건 프랑스어로 '덥다'는 뜻이야. 두번째 마디는 튀르크인을 꽂아 죽이는 뾰족한 '말뚝'이야. 세번째 마디, 이건 우리가 이르든 늦든 다다르게 될 곳이지. 이것들을 합한 게 날 파멸로 이끌어."*

바스락 소리를 내며 자동차가 지나갔다.

---

* 한 낱말을 여러 마디로 나눠 맞히는 낱말 수수께끼. 각 마디의 발음을 표기하면 쇼-콜-아트(지옥)이고, 전체 단어는 '쇼콜라트', 곧 '초콜릿'이다.

"자, 뭘까? 모르겠어?"

하지만 멍청한 아내는 이미 잠들어 있었다. 나는 눈을 감고 옆으로 돌아누웠다. 나도 잠을 청했다. 그러나 잠이 오지 않았다. 펠릭스가 턱을 내민 채 내 눈을 똑바로 보며 나를 향해 어둠에서 걸어 나오고 있었다. 내게 이르러 그는 흩어져 사라졌다. 길고 긴 텅 빈 길이 내 앞에 펼쳐졌다. 저 멀리 다시 어떤 형체가 나타났다. 길가의 나무를 지팡이로 치며 누군가가 걷고 있었다. 다가오고 있었다. 나는 유심히 보았다. 턱을 내민 채 내 눈을 똑바로 보며 내게 이르러, 아니, 더 정확히 말해 내 안으로 들어오며, 그림자를 꿰뚫듯 나를 꿰뚫고 지나가며, 그는 다시 흩어져 사라졌다. 그다음 기대에 부푼 길이 다시 펼쳐졌다. 저 멀리 어떤 형체가 다시 모습을 드러냈다. 또나시 그였나. 나는 반대쪽으로 돌아누웠다. 한동안은 어둠과 고요뿐이었다. 변함없는 암흑. 하지만 길이 점차 윤곽을 드러냈다. 다른 쪽으로 난 길이다. 이제 내 얼굴 바로 앞에서 배낭을 멘 사람의 뒤통수가 나타났다. 나한테서 나온 듯했다. 그는 서서히 줄어들었다. 그가 멀어져 갔다. 떠나가고 있었다. 이제 홀연 자취를 감출 것이다. 그런데 갑자기 몸을 돌렸다. 그리고 머뭇머뭇하더니 다시 나를 향해 다가왔다. 그의 얼굴이 점점 선명해졌다. 그건 내 얼굴이었다. 나는 등을 대고 반듯이 누웠다. 그러자 어두운 유리 안인 듯, 니스를 칠한 검푸른 하늘이, 길 양쪽에서 서서히 뒷걸음질 치던 비애에 잠긴 나무숲 사이 하늘의 띠가 내 위로 펼쳐졌다. 엎드려 눕자 아래쪽으로 컨베이어처럼 움직이는 자갈길이 보였다. 뒤이어 움푹 팬 물웅덩이가 보였다. 바람이 일으킨 잔물결이 물웅덩이에 비친 내 얼굴을 일그러뜨렸다. 떨리는 얼굴은 거무칙칙했

절망 61

다. 나는 흠칫 놀랐다. 얼굴에 눈이 없었다.

"난 눈은 항상 마지막에 그려요." 아르달리온이 우쭐대며 말했다. 그는 팔을 뻗으면 닿는 거리에 이제 그리기 시작한 초상화를 두고 고개를 이리 숙였다 저리 숙였다 했다. 그는 자주 와서 목탄으로 나를 그리곤 했다. 우리는 보통 발코니에 자리를 잡았다. 지금 나는 시간이 남아돌았다. 그래서 짤막한 휴가 비슷한 뭔가를 궁리해냈다. 리다도 발코니에 있었다. 그녀는 고리버들로 엮은 안락의자에 앉아서 책을 읽었다. 반쯤 찌부러진 담배꽁초가(리다는 꽁초를 완전히 눌러 끈 적이 한 번도 없다) 재떨이에서 끈덕지게 버티며 가늘고 곧은 한 가닥 연기를 피워 올렸다. 대기 중의 작은 동요. 그러다가 다시 곧고 가늘어졌다.

"별로 안 닮았어." 책에서 눈을 떼지 않으며 리다가 말했다.

"닮게 될 거야." 아르달리온이 반박했다. "자, 이제 이 콧구멍을 조금 손볼 건데, 그럼 닮게 될 거야. 오늘은 빛이 좀 재미없는데."

"뭐가 재미없다고?" 리다가 읽다 만 문장을 손가락 하나로 짚고 눈을 들어올렸다.

독자여, 그 여름의 생의 다른 편린 하나에 그대의 주의를 돌리고 싶다. 뒤죽박죽 얼룩덜룩한 내 이야기를 용서하시라. 다시 말하지만 이건 내가 아니라 내 기억이 쓰고 있다. 기억에는 나름의 기질, 나름의 법칙이 있는 법. 자, 나는 다시 아르달리온의 호숫가 숲을 배회하고 있다. 그러나 이번에는 혼자 왔고 차를 가져오지도 않았다. 쾨니히스도르프까지는 기차를 탔고, 그다음 노란 푯말까지는 버스로 왔다. 아르달리온이 어느 날 잊고 우리 집 발코니에 두고 간 지도에 이 지방의 모든 특성이 아주 자세히 나와 있다. 내가 그 지도를 펼쳐 들고 있다고 가정해보자. 그러면 지도에 없는 베를린은 대략 내 왼쪽 팔꿈치 부근에 있다. 지도의 남서쪽 귀퉁이에는 검고 하얀 눈금줄이 된 철길이 이어져 있다. 그 눈금줄은 은연중 베를린을 출발해 내 왼 소매를 따라가는 철길을 나타낸다. 줄은 지도의 남서쪽 귀퉁이에서 쾨니히스도르프라는 조그만 도시로 이어진다. 그리고 방향을 바꾸어 굽이굽이 동쪽으로 이어진다. 그곳에 아이헨베르크라는 곳이 있다. 하지만 지금 우리는 거기까지 갈 까닭이 없다. 우리는 쾨니히스도르프에서 내린다. 동쪽으로 방향을 돌린 철길과 결별한 대로가 북쪽으로 곧장 발다우 마을을 향해 뻗어 있다. 쾨니히스도르프를 출발해 발다우로 가는 버스는 하루에 세 번 있다. (17킬로미터 거리이다.) 말이 나온 김에 하는 말이지만, 바로 발다우에 토지중개소가 자리하고 있다. 알록달록 화사한 조그만 정자, 쾌활한 깃발, 적지 않은 수의 노란 푯말들. 일례로 화살표가 그려진 한 푯말에는 '해수욕장'이라 적혀 있다. 그러나 아직 어디에도 해수욕장은 없다. 큰 호수를 따라 이어진 습지뿐이다. '카지노'를 가리키는 푯말도 있다. 그러나 카지노 역시 없다. 유대인의 성막(聖幕) 비슷한 무언가와 엉성한 카페테리아가 있긴 하다. 운동장으로 초대하는 세번째 푯말. 그곳에는 실제로 복잡한 새 체조 기구들이 비치되어 있다. 기구들은 교수대와 상당히 닮아 있다. 공중그네에 거꾸로 매달려 엉덩이에 덧댄 헝겊 조각을 내보이는 코흘리개 시골 아이가 아니면 그것들을 이용할 만한 사람은 아무도 없다. 사방이 택지다. 절반 정도가 매매되었다. 일요일이면 수영복을 입고 뿔테 안경을 쓴 채 오두막을 세우는 데 골몰해 있는 뚱보들을 볼 수 있다.

어떤 곳에는 꽃을 심어놓았고, 신경 써서 예쁘게 칠한 칸막이 변소도 눈에 띈다.

그러나 우리는 발다우까지도 가지 않을 것이다. 쾨니히스도르프에서 10베르스타 떨어진 곳에 외롭게 서 있는 노란 푯말 근처에서 버스를 내릴 테니까. 이제 다시 지도로 눈길을 돌리자. 오른쪽으로, 그러니까 큰길 동쪽으로 방대한 공간이 펼쳐진다. 온통 점으로 뒤덮여 있다. 이건 숲이다. 이 숲속에 그 작은 호수가 있고, 서쪽 기슭을 따라 십여 군데에 부채꼴로 펼쳐놓은 카드 모양의 부지가 자리하고 있다. 그중 한 곳만 아르달리온에게(그것도 조건부로) 팔렸다. 우리는 가장 흥미로운 지점으로 향하고 있다. 서두에서 우리는 동쪽으로 쾨니히스도르프 다음 역인 아이헨베르크 역에 관해 언급했다. 자, 의문이 든다. 아르달리온의 작은 호수에서 아이헨베르크까지 걸어갈 수 있을까? 대답은 그렇다이다. 남쪽으로 호수를 지나 숲을 통해 곧장 동쪽으로 계속 가야 한다. 4킬로미터를 걸어 숲을 빠져나오면 시골길이 나온다. 이 길의 한쪽 끝은 중요하지 않다. 우리에게 불필요한 마을들로 이끄는 길이다. 다른 쪽 끝이 우리를 아이헨베르크로 이끈다.

내 삶은 온통 망가지고 꼬였다. 그런데도 난 여기에서 이 발랄한 묘사 한 토막과 이 친밀한 일인칭 복수와 여행자에게, 별장의 휴가객에게, 그림같이 어우러진 초목을 사랑하는 사람에게 건네는 이 눈길과 노닥거리는 바보짓을 하고 있다. 하지만, 독자여, 참으시게. 내가 지금 그대를 거슬게 하는 건 다 까닭이 있어서라네. 독자와의 이런 대화들도 쓸데없긴 마찬가지다. 연극의 방백 혹은 힘 있는 쉿 소리. "저런! 누가 오잖아……"

산책…… 나는 노란 푯말 근처에서 버스를 내렸다. 버스가 멀어져 갔다. 버스 안에는 작은 완두콩 무늬의 검은 옷을 입은 세 노파, 벨벳 조끼를 입고 마대 천으로 싼 낫을 든 남자, 커다란 꾸러미를 든 어린 소녀, 불룩한 여행가방을 무릎에 올려놓은 외투를 입은 신사가 남았다. 보아하니 신사는 수의사 같았다. 기계적으로 맨 신사의 넥타이는 옆으로 비뚤어져 있었다. 등대풀과 쇠뜨기 풀숲 사이로 바퀴 자국이 나 있었다. 리다와 아르달리온과 함께 이미 여러 번 울퉁불퉁한 이 길을 지나다녔다. 나는 독일인들이 '크니커보커'라 부르는 헐렁한 반바지를 입고 있었다. 숲으로 걸어 들어갔다. 아내와 내가 아르달리온을 기다렸던 장소에서 멈췄다. 담배를 피워 물었다. 연기가 서서히 길어지며 투명한 주름을 잡더니 대기 속에 녹아 사라지는 모습을 지켜보았다. 목에 경련이 일었다. 호수를 향해 갔다. 검은색과 오렌지색의 필름 포장지가 구겨진 채 모래 위에 뒹굴고 있었다(리다가 우리 사진을 찍은 적이 있었다). 나는 호수 남쪽을 지나 빽빽한 소나무 숲을 뚫고 동쪽으로 걸어갔다. 한 시간 후 길이 나왔다. 나는 길을 따라 걸었고, 또 한 시간 후에 아이헨베르크에 다다랐다. 나는 교외 전차에 몸을 실었다. 베를린으로 돌아왔다.

나는 수차 이 단조로운 산책을 반복했다. 숲에서 단 한 사람도 마주치지 않았나. 오지(奧地). 정직. 호숫가 땅은 한 군데도 팔리지 않았다. 정말이지 사업 전체가 망해갔다. 그곳에 갈 때면 하루 종일 사람이라곤 우리 셋뿐이어서 원하면 발가벗고 수영해도 거리낄 게 없었다. 그리고 보니 생각난다. 한번은 리다가 내 요구에 못 이겨 옷을 다 벗고는, 얼굴을 붉힌 채 아주 상냥한 웃음을 띠며 아르달리온에게 포즈를 취해주었다. 그런데 그는 뭣 때문에 화가 났는지 갑자기 씩씩거렸다. 재능 없는 자신을 탓하는 모양이었다. 그러더니 그리던 그림을 홱 팽개치고 산새버섯을 찾으러 가버렸다. 반면 내 초상화는 끈질기게 그렸다. 8월 내내 나를 그렸다. 그는 목탄의 정직한 선을 감당하지 못했다. 그래서 영문 없이 천박하기 짝이 없는 파스텔로 바꾸었다. 나는 그가 초상화를 마치는 데 시한을 정해두었다. 마침내 래커의 달콤한 배 주스 향을 맡을 수 있었다. 초상화는 액자에 끼웠고, 리다가 아르달리온에게 20마르크를 주었다. 격식을 차리기 위해 봉투에 넣었다. 손님을 초대했다. 오를로비우스도 있었다. 우리는 모두 서서 보았다. 뭘? 내 얼굴에 스민 장밋빛 공포를. 왜 그가 내 뺨에 이 감미로운 색조를 더했는지 나는 모른다. 죽음같이 창백한 뺨이다. 도대체 닮은 구석이라곤 없었다. 예를 들어 안쪽 눈가의 이 선명한 붉은 점은 정말 터무니없다. 삐죽 벌린 입술 새로 언뜻 보이는 치아는 또 어떤가? 초상의 배경은 유행에 따라 그렸는데, 기하학적 형상 혹은 교수대를 암시한다. 우둔해 보일 정도로 근시가 심했던 오를로비우스는 초상화에 바싹 다가가서 이마 위로 안경을 올렸다. (왜 그가 안경을 끼는지 모르겠다. 거치적거리기만 했다.) 그리고 입을 반쯤 벌린 채 가만히 서 있었다. 그는 요기라도 하려는 듯이 그림에 대고 숨을 쉬기 시작했다. "모던 스타일." 역겹다는 듯 내뱉고는 다른 그림으로 발길을 옮겼다. 그 그림도 〈죽음의 섬〉*의 평범한 복제화에 불과했건만 공들여 살펴보기 시작했다.

---

* 스위스의 상징주의 화가 아르놀트 뵈클린의 그림.

자, 이제, 친애하는 독자여, 아무도 없는 건물 6층에 있는 조그마한 사무실을 상상해보자. 타이피스트는 떠났고 나 혼자다. 창에는 구름 낀 하늘. 벽에는 달력. 어쩐지 황소의 혀를 닮은 거대한 검은색 숫자 9. 9월 9일. 탁자 위에는 채권자들이 보낸 편지의 모습을 한 연이은 걱정거리와 나를 배신한 라일락 부인이 그려진 초콜릿 상자. 상징적 으로 비어 있다. 아무도 없다. 타자기의 덮개는 열려 있다. 정적. 내 수첩 어느 페이지엔가 적힌 주소. 제대로 배우지 못해 서투른 필체. 이 필체를 통해 나는 고개 숙인 창백한 이마를, 지저분한 귀를 본다. 고개를 숙인 제비꽃이 단춧구멍에 매달려 있다. 은도금한 내 연필을 손가락이 꾹 누르고 있다. 손톱이 새까맣다.

기억이 떠오른다. 나는 멍한 상태를 떨쳐냈다. 수첩을 주머니에 넣 고 열쇠를 꺼내 죄다 잠그고 떠날 참이었다. 거의 벗어나려는 순간, 그러나 나는 복도에서 멈췄다. 가슴이 두근두근했다…… 떠날 수 없 었다…… 나는 되돌아갔다. 창가에 서서 건너편 집을 바라보았다. 벌 써 램프를 켜놓아 사무실 캐비닛이 훤히 들여다보였다. 검은 옷을 입 은 신사가 한 손을 뒷짐 지고 왔다갔다하고 있었다. 보이지 않는 타이 피스트에게 구술을 하는 듯했다. 그는 나타났다 사라졌다 했다. 창가 에 멈춰 무언가에 골몰하다가는 다시 돌아서서 구술하고, 구술하고, 구술했다. 기침없는 자다! 나는 불을 켜고 있었다. 관자놀이를 눌렀 다. 갑자기 미친 듯이 전화벨이 울려댔다. 그러나 실수였다. 잘못 걸 려온 전화였다. 다시 정적. 오직 밤의 도래를 재촉하며 후두두 떨어지 는 가벼운 빗소리뿐.

4장

"친애하는 펠릭스, 자네를 위한 일을 찾았네. 우선 직접 대면해서 검토해야 할 게 있어. 마침 일이 있어 작센에 갈 예정이야. 그러니 자, 나와 타르니츠에서 만나세. 지금 자네가 있는 곳에서 멀지 않아. 자네가 내 제의에 원칙적으로 동의하는지 않는지 지체 없이 알려주게. 그러면 날짜와 시간, 정확한 장소를 제시하도록 하지. 여비도 보내겠네. 난 늘 돌아다니다보니 일정한 거처가 없네. 그러니 답장은 봉투에 '아르달리온. 유치우편'*이라 써서 사서함으로 보내게. (베를린의 우체국 중 하나의 주소가 뒤따른다.) 그럼 잘 있게. 기다리겠네. (서명은 없다.)"

---

* 우편물을 지정된 우체국 사서함에 유치해두었다가 수취인이 직접 받아 가는 제도.

자, 내 앞에 놓인 이것. 바로 그 1930년 9월 9일 내가 쓴 편지다. 푸른빛이 도는 좋은 편지지로 프리깃함 문양이 들어가 있다. 그러나 지금은 구겨져 있고, 귀퉁이마다 희미한 자국이 남아 있다. 그의 손가락 자국일 것이다. 그러고 보니 나는 이 편지의 발신인이 아니라 수신인인 것 같다. 그래, 결국 그렇게 되어야 한다. 우린, 그와 나는, 처지를 맞바꾸지 않았는가.

나는 같은 편지지에 쓴 편지를 두 통 더 보관하고 있다. 하지만 답장은 모두 파기되었다. 아쉽다. 답장들을 갖고 있었더라면, 짐짓 부주의한 체하며 오를로비우스에게 보여준 지독히도 어리석은 그 편지가 내게 있다면(그러고 나서 그것도 파기했다) 지금부터는 이야기를 서산체로 끌어살 수 있을 텐데 말이나. 서산체는 내난한 업적을 이룬 선통 있는 훌륭한 형식이다. 익스가 이그레크에게.* 친애하는 익스. 위쪽엔 틀림없이 날짜가 적혀 있다. 편지들이 오간다. 흡사 네트를 왔다갔다하는 공 같다. 독자는 곧 날짜는 신경 쓰지 않게 된다. 사실 편지를 9월 9일에 썼든 16일에 썼든 독자가 알 바 아니지 않은가? 하지만 이 날짜들은 환상을 유지하기 위해 필요하다. 그렇게 익스는 이그레크에게, 이그레크는 익스에게 수 페이지에 걸쳐 편지를 주고받는다. 이따금 제삼자인 제트가 끼어들어 편지를 주고받는 데 기여한다. 하지만 그건 이디끼지니 지언스러움을 훼손히지 않고는 설명할 수 없는, 아니면 다른 이유로 익스도 이그레크도 편지에서 설명할 수 없을 사건을 독자에게 (그러나 그를 똑바로 보지는 않고 곁눈질로 힐끗거

* X가 Y에게.

리며) 이해시키기 위한 것이다. 당사자들도 편지를 쓰며 간혹 되돌아
본다. 이 모든 "기억하지? 그때 거기서……(상세한 회상이 뒤따른
다)"는 상대의 기억을 되살리기 위해서라기보다는 독자에게 필요한
정보를 제공하기 위해서 도입된다. 그래서 전반적으로 다분히 희극적
인 광경이 연출된다. 특히, 다시 말하지만, 깔끔하게 써넣은, 아무짝
에도 필요 없는 이 날짜들이 우스꽝스럽다. 그리고 제트가 익스와 이
그레크의 죽음에 관해, 아니면 그들의 축복받은 결합에 관해 개인적
으로 편지를 주고받아온 사람에게(이런 소설에서는 어김없이 모두가
편지를 주고받으니까) 편지로 알리려고 말미에 불쑥 끼어들 때, 독자
는 갑자기 이 모든 것보다 세무서 직원이 보낸 지극히 평범한 편지가
더 낫겠다는 생각이 든다. 대체로 나는 늘 뛰어난 유머를 구사해왔다.
상상의 재능은 이 유머와 관련 있다. 유머가 따르지 않는 상상은 비통
하다.

잠깐. 베끼던 편지가 어딘가로 사라져버렸다.

이제 다시 쓸 수 있다. 탁자 밑에 떨어져 있었다.

일주일 후 답장이 도착했다. (다섯 번이나 우체국에 들른 탓에 신
경이 몹시 예민해져 있었다.) 감사하는 마음으로 제안을 받아들이겠
노라고 펠릭스가 내게 알려왔다. 못 배운 사람들이 흔히 그렇듯이, 편
지에서 그의 어조는 일상적인 대화를 할 때의 어조와 전혀 달랐다. 편
지에서 그의 목소리는 미세한 떨림을 지닌 팔세토*인데 어느 순간 허
스키한 꾸민 목소리가 나타나곤 한다. 반면 실제 삶에서 그의 목소리

---

* 높고 여린 테너 소리.

는 자기만족적인 바리톤에서 설교하는 투의 베이스로 낮아지곤 했다. 나는 그에게 재차 편지했다. 10마르크를 동봉했고, 타르니츠 역 광장 왼쪽으로 난 큰길 끝에 있는 청동 기마상 곁에서 10월 1일 저녁 다섯 시에 만나자고 했다. 나는 말 탄 사람의 이름도(어떤 공작이다) 길의 명칭도 기억하지 못했다. 하지만 어느 날 아는 상인의 차를 타고 작센 주를 지나가다가 두 시간 동안 타르니츠에 발이 묶인 적이 있었다. 길을 가던 도중에 그 상인이 갑자기 드레스덴에 전화해서 처리해야 할 일이 생겼던 것이다. 그런 연유로 사진기같이 정확한 기억의 소유자였던 나는 길과 동상 및 다른 자잘한 것들까지 찍어두었다. 사진은 크기가 작았지만 사진을 확대하는 방법을 안다면 간판까지 읽어낼 수 있을 정도로 선명했다. 내 사진기는 성능이 탁월했기 때문이다.

16일자 편지는 내가 손수 썼다. 우체국에서 급히 휘갈겨 쓴 것이었다. 9일자 편지에 대한 답장을 받고 너무 흥분한 나머지 타이피스트에게 갈 때까지 기다릴 수가 없었다. 또 내 필체들을(나는 필체가 여러 개이다) 부끄러워할 특별한 이유도 아직은 없었다. 결국은 내가 수신인이 되리라는 것을 알았으니까. 편지를 부치고 나자 반쯤 죽은 나뭇잎이 물 위로 서서히 떨어지는 동안에 느낄 것 같은 그런 느낌이 들었다.

10월 1일을 며칠 잎둔 이느 닐 아침, 나와 아내는 디이가르덴*을 가로질러 걷다 조그만 다리 위에 멈춰 서서 난간에 팔꿈치를 괴었다. 노랗고 붉은 나뭇잎들의 화려한 태피스트리가, 유리같이 맑고 푸른 하

---

* 베를린에 있는 공원.

들이, 난간과 기울어진 우리 얼굴의 어두운 윤곽이 잔잔한 물에 어렸다. 떨어지는 나뭇잎을 맞이하러 그것의 피할 길 없는 분신이 어두컴컴한 물의 심연에서 날아오르고 있었다. 소리 없는 만남이었다. 빙빙 돌며 떨어지는 잎의 정확한 그림자가 빙빙 돌며 잎을 향해 솟구치고 있었다. 나는 이 피할 길 없는 만남들에서 눈길을 뗄 수 없었다. "가요." 리다가 말하고는 한숨을 지었다. "가을, 가을." 잠시 뜸을 들이다 그녀가 말했다. "가을. 그래, 가을이구나." 그녀는 벌써 표범 무늬 모피 코트를 꺼내 입었다. 나는 떨어진 나뭇잎들에 지팡이로 구멍을 내며 뒤처져 걸었다.

"지금 러시아는 얼마나 멋질까." 그녀가 말했다. (그녀는 이른 봄에도 화창한 겨울날에도 같은 말을 하곤 했다. 단 여름 날씨만은 도무지 그녀의 상상력을 자극하지 못했다.)

"……하지만 평정과 의지가 있네. 오래전부터 나는 부러운 운명을 꿈꾸었네. 오래전부터 지친 노예인……"*

"가요, 지친 노예. 오늘 우린 점심을 일찍 먹어야 해."

"……나는 도주를 궁리했네. 궁리했네. 나는. 도주를. 당신은 아마 베를린을 떠나서는, 아르달리온이 지껄이는 상스러운 소리 없이는 무료할 텐데?"

"전혀 아니네요. 나도 끔찍이도 어딘가로 가고 싶어. 내리쬐는 태양, 굽이치는 파도, 즐겁고 아늑한 삶. 당신이 왜 그리 아르달리온을

* 푸시킨의 시 「때가 되었네. 나의 벗이여, 때가 되었어. 가슴이 안식을 구하네」에서 인용. 원문은 다음과 같다. "……오래전부터 나는 부러운 운명을 꿈꾸었네. / 오래전부터 지친 노예인 나는 도주를 궁리했네. / 노동과 순수한 기쁨의 먼 처소로의 도주를."

못마땅해하는지 난 이해가 안 되네."

"……오래전부터 나는 꿈꾸었네, 부러운…… 천만에, 난 그를 못마땅해하지 않아. 그건 그렇고 그 괴물 같은 초상화는 어떡하지. 정말 흉물스러워. 오래전부터 지친 노예인……"

"게르만, 저기 좀 봐요. 말을 타고 있네. 저 촌스러운 뚱뚱한 여자는 자기가 무척 예쁘다고 생각하나봐. 자, 가요, 서둘러요. 당신은 계속 아이처럼 뒤처지네. 몰라, 하지만 난 아르달리온이 정말 좋아. 이탈리아에 다녀오도록 돈을 마련해주는 게 내 간절한 소망이야."

"……소망. 난 운명을 꿈꾸었네. 오늘날 재능 없는 화가에게 이탈리아는 아무 소용 없어. 오래전 한때는 그랬지. 오래전부터 나는 부러운……"

"게르만, 당신 생기가 좀 없어 보여. 좀더 활기차게 걸어봐요."

이제 나는 속내를 완전히 드러낼 것이다. 특별히 쉬고 싶은 마음은 없었다. 하지만 휴식은 최근에 자주 아내와 나의 화제가 되었다. 우리 둘만 있을 때면 나는 그 즉시 대화를 질기고 끈덕지게 '순수한 기쁨의 처소'* 쪽으로 이끌었다. 그러면서 조바심을 내며 날짜를 세었다. 만남을 10월 1일로 미룬 것은 생각을 바꿀지도 몰랐기 때문이다. 내가 생각을 고쳐먹고 타르니츠에 가지 않았더라면, 펠릭스는 여태껏 청동 공자 주위를 맴돌고 있을 거라는 생각이 이제 든다. 그는 벤치에 앉아 지팡이로 땅에 무지개를 왼쪽에서 오른쪽으로 또 오른쪽에서 왼쪽으로 그리곤 할 것이다. 지팡이가 있고 시간이 남아도는 사람은 누구나

---

* 앞의 시에서 인용.

그걸 그리니까. 우리 모두가 갇혀 있는 주변 세계에 대한 우리의 영원한 굴복. 그래, 그는 지금까지도 그렇게 앉아 있을 터, 나는 비통과 격정에 사로잡혀 내내 그에 관한 모든 것을 상기할 것이다. 도무지 뽑아낼 도리가 없는, 자꾸만 쑤셔대는 커다란 이. 내 여자가 되어서는 안될 여인. 악몽의 기이한 지형으로 인해 아무리 해도 닿을 수 없는 곳.

30일 저녁, 그러니까 내가 출발하기 전날 저녁에 아르달리온과 리다는 카드점을 치고 있었다. 반면 나는 방마다 돌아다니며 거울이란 거울은 죄다 들여다보았다. 그때 나는 아직 거울과 사이가 좋았다. 2주간 콧수염을 내버려둔 까닭에 내 외모는 형편없어졌다. 핏기 없는 입술 위쪽으로 검붉은 털이 꺼칠꺼칠하게 돋았다. 수염 한가운데에는 털이 나지 않은 음란한 작은 구멍이 있다. 털을 갖다 붙인 느낌이었다. 그게 아니면 가시 돋친 조그만 짐승이 입술 위에 앉아 있는 것 같았다. 나는 밤마다 비몽사몽간에 얼굴을 와락 움켜쥐곤 했다. 내 손바닥은 얼굴을 감지하지 못했다. 나는 돌아다녔다. 방마다 쏘다녔다. 담배를 피워댔다. 거울마다 급히 분장한 어떤 인물이 겁먹은 심각한 눈빛으로 나를 바라보았다. 아르달리온은 푸른 셔츠에 가짜 스코틀랜드 체크 넥타이를 맸다. 그는 술집에서 도박하듯 카드를 탁탁 치고 있었다. 리다는 다리를 꼬고 탁자에 옆구리를 붙이고 앉아 있었다. 치마가 스타킹 밴드 위까지 올라가 있었다. 그녀는 아랫입술을 쭉 내밀고 담배 연기를 위로 내뿜었다. 눈은 탁자 위 카드에서 떼지 않았다. 바람이 부는 칠흑 같은 밤이었다. 몇 초 간격을 두고 라디오 송신탑의 창백한 빛이 지붕들을 스쳐갔다. 빛의 경련. 서치라이트의 숨죽인 광기. 마당 건너편 어느 창에서 목욕탕의 좁은 창틈으로 디제이의 크림같이 풍부한 목소리가 들려왔다. 주방에서는 램프가 내 무시무시한 초상화를 비추었다. 푸른 셔츠를 입은 아르달리온이 카드를 한 장 한 장 탁탁 치며 내려놓았다. 리다는 탁자에 팔꿈치를 괴었다. 재떨이에서 연기가 피어올랐다. 나는 발코니로 나갔다. "문 닫아요. 바람 불어." 주방에서 리다의 목소리가 울려왔다. 가을밤을 수놓은 별들이 바람에 눈살을 찌푸리며 깜박였다. 나는 방으로 되돌아갔다.

"우리 미남 어디 가나?" 아르달리온이 물었다. 누구한테 묻는 건지 몰랐다.

"드레스덴에." 리다가 대답했다.

리다와 아르달리온은 이제 두라크 놀이*를 하고 있었다.

"시스티나**에 경의를 표하노라." 아르달리온이 말했다. "이설 높은 패로 내면 안 될 것 같고. 어디 보자, 이건…… 이렇게, 그다음 이렇게. 이건 받았어."

"저이 자야 할 텐데. 지쳤어." 리다가 말했다. "이것 봐라, 카드 뭉치는 왜 만져? 몇 장 남았는지 보는 게 어딨어? 정직하지 않잖아."

"그럴 의도는 아니었어." 아르달리온이 말했다. "야, 화내지 마. 그런데 저 사람 오랫동안 가 있는 거야?"

"이것도, 아르달리오샤, 또 이것도, 제발 좀. 이 패는 안 냈잖아."

아내와 아르달리온은 카드에 대해 말하다 나에 대해 말하다 하면서 계속 노닥거렸다. 마치 내가 방에 없는 듯이, 내가 그림자이거나 말

* 소비에트 시대에 유행했던 카드놀이로 손에 쥔 카드를 먼저 내려놓는 쪽이 이긴다. 마지막까지 카드를 쥔 사람이 '두라크(바보)'가 된다.
** 드레스덴 미술관에 전시된 라파엘로의 그림 〈시스티나의 마돈나〉를 말한다.

없는 피조물인 듯이. 그들이 버릇 삼아 하는 이 농지거리에 전에는 관심이 별로 없었는데, 이제는 의미심장해 보였다. 실제로도 여기 있는 나는 내 그림자이고, 내 몸은 멀리 있는 듯했다.

다음날 네시경 나는 타르니츠에서 외출했다. 작은 여행가방을 가져갔는데 그 바람에 이동이 자유롭지 못했다. 나는 손에 뭘 쥐고 다니는 걸 질색하는 남자의 부류에 속한다. 팔을 자유롭게 휘젓고 손가락을 쫙 벌려 값비싼 가죽장갑을 뽐내며 걷기를 좋아한다. 그런 식이다보니 나는 걸음걸이도 멋지다. 키에 맞지 않게 작은 발을 감싼 구두코를 뽐내며 팔자걸음을 걷는다. 얼룩 하나 없이 깨끗한 반짝이는 구두를 신고 쥐색 각반을 찬다. 각반은 장갑과 같다. 각반과 장갑은 남성에게 명품 여행용품들이 지닌 특별한 이미지와 유사한 그윽한 우아함을 부여한다. 나는 여행가방 가게, 여행가방의 드르륵 소리와 냄새, 보호천에 감싸인 돼지가죽의 처녀성을 사랑한다. 그런데 빌어먹을, 주제에서 벗어났다, 벗어났어. 어쩌면 나는 주제에서 벗어나길 원하는지도 모른다. 하지만 뭐 마찬가지다. 신경 쓰지 말고 계속하자. 그러니까 처음에는 가방을 호텔에 두려고 했다. 어떤 호텔? 광장이다. 광장을 가로질렀다. 주위를 둘러보면서. 호텔을 찾으면서 동시에 광장을 기억해내고자 애를 썼다. 여기를 차로 지나간 적이 있으니까. 바로 저기 큰길과 우체국이 있군…… 하지만 기억을 시험할 시간이 없었다. 호텔 간판이 언뜻 눈에 들어왔기 때문이다. 문 양옆에 놓인 커다란 원통형 화분에 어린 월계수가 두 그루 심어져 있었다. 그러나 이 호사의 징조는 거짓이었다. 안으로 들어서자마자 부엌에서 풍기는 지독한 악취에 기절할 지경이었다. 콧수염을 기른 두 얼간이가 바에서 맥주를 마시고 있었다. 늙은 웨이터는 쪼그리고 앉아 겨드랑이에 끼운 냅킨 끝을 흔들며, 역시 꼬리를 흔들고 있던 하얀 배불뚝이 강아지를 이리 저리 뒹굴게 하고 있었다. 나는 방이 있는지 물었고, 동생이 내 방에서 밤을 보낼지도 모른다고 미리 이야기했다. 나는 침대가 두 개 있고 약국에서 볼 수 있는 둥근 탁자 위에 죽은 물이 담긴 유리병이 놓여 있는 꽤 넓은 방을 받았다. 웨이터가 나가고 나 홀로 방에 남았다. 귀가 울었다. 기묘하리만치 놀라운 느낌이 스며들었다. 내 분신은 내가 있는 도시에 이미 와 있을지도 모른다. 아마 벌써 기다리고 있겠지. 그렇다면 이 도시에서 나는 둘이다. 만약 콧수염과 옷의 차이가 없다면 호텔 직원들은…… 그런데(이런저런 생각이 꼬리에 꼬리를 물었다) 그의 모습이 변하지는 않았을까? 그래서 더이상 나를 닮지 않게 되지는 않았을까? 그렇다면 나는 이곳에 괜히 온 게 된다. "하느님, 제발!" 나는 힘주어 말했다. 그리고 왜 그 말을 내뱉었는지 스스로도 이해가 되지 않았다. 나의 살아 있는 그림자가 있다는 사실이 그야말로 지금 내 삶의 모든 의미 아닌가? 대체 왜 나는 존재하지 않는 신의 이름을 들먹였을까? 왜 내 그림자가 일그러졌으면 하는 어리석은 희망이 불현듯 뇌리를 스쳤을까? 창으로 다가가 밖을 바라보았다. 밖은 황량한 마당이었다. 수가 놓인 스컬캡*을 쓴, 등이 굽은 타타르인이 맨발의 여자에게 푸른색 삭은 가셋을 보여주고 있었다. 나는 여인을 알아보았다. 타타르인도 아는 얼굴이었다. 마당 한구석에 떼를 이룬 저 우엉도, 먼지 소용돌이도, 가벼이 부는 바람도, 청어같이 창백한

---

* 머리에 꼭 맞는 반구형의 모자.

하늘도 구면이었다. 그 순간 노크 소리가 들렸다. 호텔 청소부가 침구를 들고 들어왔다. 다시 창밖으로 눈길을 돌리자 이미 타타르인은 마당에서 사라지고 멜빵을 파는 이 지방의 떠돌이 장사꾼이 있었다. 여자는 어디에도 없었다. 그러나 밖을 내다보는 동안, 다시 모든 것이 결합되고 형체를 갖추어 뚜렷한 기억을 이루어갔다. 마당 구석에서는 우엉이 무더기로 자라고 있었다. 붉은 머리의 흐리스티나 포르스만*이 카펫을 만져보고 있었다. 그리고 모래바람이 일었다. 나는 주위에 존재하는 이 모든 것을 낳은 게 무엇인지, 이 모든 형상을 싹 틔우고 길러낸 바로 그 씨앗이 어디에 있는지 이해할 수 없었다. 나는 갑자기 죽은 물이 든 유리병을 바라보았다. 감춘 물건 알아맞히기 놀이를 할 때처럼 유리병이 "따뜻해"라고 말했다. 아마 나는 내가 무의식적으로 알아챈, 일순간 기억의 기계에 발동을 건 저 하찮은 물건을 결국 찾을 것이다. 어쩌면 찾지 못할 수도 있다. 독일 시골 호텔의 이 방 안에 있는 모든 것이, 창밖 풍경마저도, 어쩐지 아주 오래전 러시아에서 이미 보았던 무언가와 어렴풋이 그리고 꼴사납게 닮아 있었다. 이쯤에서 퍼뜩 정신이 들었다. 그를 만나러 갈 시간이었다. 장갑을 꽉 끼며 서둘러 나섰다. 큰길 쪽으로 돌아 우체국을 지나쳤다. 바람이 불었다. 거리를 비스듬히 가로지르며 나뭇잎들이 흩날렸다. 나는 조바심이 났지만 평소와 같은 관찰력을 유지했다. 행인들의 얼굴. 베를린의 전차에 비하면 이곳 전차는 장난감 같았다. 상점들. 칠이 벗겨진 벽에 그린 거대한 실크해트. 간판들. 빵집 위에 적힌 카를 슈피스라는 이름.

---

* 철자를 재배열하면 '시린의 소설'이라는 뜻이 된다.

그 이름은 볼가 강변 마을에서 알게 된 카를 슈피스라는 사람을 떠올리게 했다. 그도 빵을 팔았다. 마침내 큰길 저 끝에서 청동 말이 딱따구리처럼 꼬리를 기둥에 대고 앞다리를 들어올렸다. 만약 말 탄 공작이 더 활기차게 팔을 뻗었더라면, 흐릿한 저녁 빛을 받은 기념비는 페테르부르크의 기마상이라 해도 믿겼을 것이다. 벤치에 앉은 어느 노인이 종이 봉지에서 포도를 꺼내 먹고 있었다. 다른 벤치에는 중년 여인 두 명이 앉아 있었다. 몸집이 어마어마하게 큰 불구의 노파가 휠체어에 비스듬히 누워 눈을 휘둥그레 뜨고 그들의 대화를 듣고 있었다. 나는 두 번 세 번 기마상 주위를 맴돌았다. 말발굽에 짓눌린 뱀을, 돌기둥에 새겨진 라틴어 문구를, 검은 별 모양 박차가 달린 군화를 관찰했다. 실은 뱀은거녕 그 비슷한 것도 없었다. 내 환상이었다. 그러고 나서 빈 벤치에 앉아서(벤치는 모두 해봐야 여섯 개였다) 시계를 보았다. 다섯시 삼분. 잔디밭 여기저기서 참새들이 깡충깡충 뛰고 있었다. 기괴하게 굽은 화단에 세상에서 가장 끔찍한 꽃인 개미취가 피어 있었다. 십 분 남짓 흘렀다. 너무 흥분되어 앉은 채로 기다릴 수 없었다. 게다가 담배도 떨어졌다. 담배를 피우고 싶어 미칠 지경이었다. 고풍스러움의 허세를 부리는 검은 루터교 교회를 지나쳐 큰길가 골목으로 들어가자 담배 가게가 나왔다. 들어갔다. 자동 초인종이 윙윙댔다. 문을 꼭 닫지 않아서였다. "문 좀 닫아주실래요?" 계산대 뒤에서 안경 낀 여자가 말했다. 나는 돌아서서 문을 쾅 닫았다. 문 위쪽에 아르달리온의 정물화가 걸려 있었다. 녹색 천 위에 놓인 담배 파이프와 장미 두 송이.

"이게 어떻게 댁한테?……" 웃음을 터뜨리며 내가 물었다. 그녀는 처음에는 영문을 모르더니 알아듣고서 대답했다.

"이건 제 조카딸이 그렸어요. 얼마 전에 죽었지요."

이런 젠장. 나는 생각했다. 정말 꼭 닮았는데 아르달리온의 집에서 본 것하고 똑같은 게 아니란 말이지. 말도 안 돼……

"뭐 어쨌든 좋습니다." 나는 큰 소리로 말했다. "담배나 주쇼……" 내가 피우는 담배 상표를 일러주고는 값을 치르고 나왔다.

다섯시 이십분.

여전히 약속된 장소로 돌아갈 엄두가 나지 않았다. 나는 운명에 계획을 변경할 시간을 주었다. 아직 아무것도, 짜증도 안도도 느끼지 못했다. 그렇게 나는 꽤 오랜 시간 거리를 따라 걸으며 기마상에서 멀어져 갔다. 두 발짝 걷다가는 멈춰서 담뱃불을 붙이려고 애를 썼다. 그러는 족족 바람이 불을 앗아갔다. 급기야 건물 현관으로 몸을 피했다. 바람에 헛바람을 불어넣었다. 이 무슨 말장난이란 말인가! 현관에 선 채 근처에서 놀고 있는 두 여자아이를 바라보았다. 안에 알록달록한 불꽃 무늬가 든 유리구슬을 번갈아 던지고 있었다. 쪼그리고 앉아서 손가락으로 구슬을 튕기기도 하고, 양발 사이에 끼고 폴짝폴짝 뛰기도 했다. 이 모든 것이 두 갈래로 뻗은 자작나무 아래 파놓은 작은 구멍에 구슬을 넣기 위해서였다. 말없이 세심한 주의를 기울여 놀이에 몰두하는 두 아이를 가만히 지켜보고 있자니, 나는 왠지 펠릭스가 오지 못하리라는 생각이 들었다. 순전히 나 자신이 그를 생각해냈기 때문에, 그는 그림자를, 반복을, 가면을 갈망하는 내 환상의 산물이기 때문에. 내가 여기 이 외딴 작은 도시에 있다는 사실이 터무니없고 무시무시하기까지 했다.

지금 나는 그 작은 도시를 떠올린다. 그러자 이상한 당혹감이 엄습한다. 전에 내가 어디선가 본 것들과 끔찍이도 불쾌하게 닮은 것을 그 도시에서 또 찾아 보여줄 필요가 있을까? 심지어 내 눈에 그 도시는 내 과거의 쓰레기 조각들로 건축된 것 같았다. 영문을 알 수 없이 몹시도 친근하게 다가오는 사물들을 목도하곤 했기 때문이다. 그때마다 소름이 돋았다. 나지막한 연푸른색 집. 그 분신을 나는 오흐타* 강가에서 보았다. 고인이 된 내 지인들의 양복이 걸려 있던 헌옷 가게. 모스크바에서 내가 묵었던 집 앞 가로등과 번호가 같은 가로등. (난 항상 가로등 번호를 눈여겨본다.) 그리고 가로등 곁에 쇠 코르셋을 입고 서 있는, 두 갈래로 뻗은 헐벗은 자작나무도 똑같다. (그래서 번호도 살펴보았다.) 예를 더 많이 들 수도 있다. 하지만 다른 예들은 워낙 미묘해서, 너무, 뭐랄까, 추상적으로 개인적이어서, 내가 유모처럼 노심초사하며 돌봐주는 독자는 이해할 수 없을 것이다. 게다가 나는 이 현상들이 예외적인 것이라고 전적으로 확신하지도 않는다. 하지만 혜안을 지닌 사람이면 누구나 익명으로 다시 이야기되는 그의 과거 가운데 이 대목들을, 결백한 것 같지만 역겨운 표절의 기미를 보이는 이 디테일들의 조합을 안다. 이것들은 운명의 양심에 맡겨두고, 무겁게 내려앉은 가슴을 안고, 따분한 일인 데다 내키지 않지만 큰길 끝에 있는 기마상으로 돌아가자.

노인은 포도를 다 먹고 떠났다. 몸에 물이 차서 붓는 병으로 죽어가던 여인은 휠체어에 실려 갔다. 한 사람을 제외하고는 아무도 없었다.

---

* 페테르부르크 동쪽 지역을 흐르는 강.

그는 마침 내가 조금 전까지 앉아 있던 그 벤치에 앉아서, 몸을 약간 앞으로 숙이고 무릎은 벌린 채 참새들에게 빵 부스러기를 던져주고 있었다. 벤치에 아무렇게나 기대놓은 그의 지팡이가 내 눈에 띈 순간 서서히 움직이기 시작했다. 지팡이는 미끄러지기 시작하더니 자갈 위로 툭 떨어졌다. 참새들이 날아올라 아치를 그리고는 주변 덤불 위에 자리를 잡았다. 그가 나를 향해 고개를 돌린 것을 나는 느꼈다······

그렇다, 독자여, 그대는 틀리지 않았다.

5장

나는 시선을 땅에 두고 왼손으로 그의 오른손과 악수했다. 그와 동시에 떨어진 그의 지팡이를 주운 다음 그와 나란히 벤치에 앉았다.

"늦었군." 그를 바라보지 않고 내가 말했다.

그는 웃음을 터뜨렸다. 나는 여전히 눈을 맞추지 않은 채 외투 단추를 풀고 모자를 벗었다. 손바닥으로 머리를 쓸었다. 왠지 후텁지근했다.

"당신을 금방 알아봤지요." 아둔한 공모자의 아첨하는 어조로 그가 말했다.

이제 나는 손아귀에 쥔 지팡이를 내려다보았다. 빛바랜 굵은 보리수 지팡이로 한쪽에 눈금이 있었다. 이름을 정성 들여 새겨놓았다. 아무개 펠릭스. 그 밑에는 연도와 마을 이름이 있다. 나는 지팡이를 옆으로 치웠다. 순간 이 사기꾼 녀석이 걸어왔을 거라는 생각이 뇌리를 스쳤다.

마침내 결단을 내린 나는 그를 향해 몸을 돌렸다. 곧바로 그의 얼굴을 보지는 않았다. 카메라 감독이 으스댈 때 그러듯 다리부터 살피기 시작했다. 우선 눈에 띈 것은 먼지투성이 부츠와 대충 끌어올린 두꺼운 양말. 이어 반들반들한 청색 바지(전에 입고 있던 코르덴 바지는 썩어서 버린 것 같았다). 그리고 말라비틀어진 빵 조각을 쥔 손. 그다음엔 청색 재킷. 재킷 속에는 은회색 니트 조끼를 입었다. 좀더 위쪽에는 전에 봤던 옷깃. 지금은 비교적 깨끗하다. 이 지점에서 나는 멈췄다. 그를 머리 없이 남길 것인가, 아니면 계속 빚을 것인가? 나는 손으로 얼굴을 가리고 손가락 사이로 그의 얼굴을 바라보았다.

순간 이런 생각이 들었다. 이전의 모든 것은 망상이다. 환각이다. 그는 내 분신일 리 없다. 눈살을 찌푸린 이 얼간이를 보라. 기대에 차서 히죽거리는, 아직 어떤 표정을 지어야 할지 확실히 모르고 있는. 그래서 신중을 기하려고 눈썹을 추켜올린 거다. 순간, 말한 바와 같이, 그가 날 닮았을 가능성은 여느 누가 날 닮을 가능성 그 이상도 이하도 아닌 것 같았다. 그러나 놀란 가슴을 쓸어내리며 참새들이 돌아왔을 때, 나는 의혹을 떨칠 수 있었다. 참새들 중 한 마리는 아주 가까이서 깡충거리고 있었는데, 그게 그의 관심을 끌었다. 그러자 그의 이목구비가 제자리를 되찾았다. 다섯 달 전에 보았던 경이를 나는 다시 보았다.

그는 빵 부스러기를 한 움큼 참새들에게 던졌다. 그중 한 마리가 부리로 정신없이 쪼아댔다. 빵 부스러기가 튀었다. 다른 녀석이 그것을

84

낚아채 날아가버렸다. 이젠 준비된 듯 기대에 찬 표정으로 펠릭스가 다시 내게 몸을 돌렸다.

"저 녀석은 빈손이네." 외따로 서서 소득 없이 쪼아대는 참새를 손가락으로 가리키며 내가 말했다.

"어린 놈입니다." 펠릭스가 살펴보았다. "보세요, 꼬리가 거의 없어요. 저는 새를 좋아한답니다." 그가 덧붙였다. 찡그린 표정이 감미롭다 못해 느끼했다.

"전쟁터에 있어봤나?" 나는 그렇게 묻고 몇 차례 연달아 헛기침을 해댔다. 목이 쉬었다.

"예." 그가 대답했다. "근데 왜요?"

"아니, 그냥. 숙을까봐 정말 부서웠겠어, 그렇지?"

펠릭스가 찡긋 윙크하더니 알 듯 모를 듯한 말을 했다.

"모든 쥐는 제 집이 있지만, 모든 쥐가 거기서 나오는 건 아니죠."

나는 그가 운을 맞춘 경박한 속담을 좋아한다는 사실을 이미 간파하고 있었다. 그가 표현하고자 한 원래 생각이 무엇인지를 두고 골머리를 썩일 가치는 없었다.

"끝. 더는 없어." 그가 무심코 참새들을 향해 말했다. "다람쥐도 좋아해요. (다시 눈을 찡긋했다.) 숲에 다람쥐가 많을 때가 좋아요. 다람쥐는 지주들에게 밉시니까요. 두더지도 그렇고요."

"참새는?" 내가 상냥하게 물었다. "그건 어때? 지주들에게 맞서나?"

"새 중에서 참새는 거지예요. 거지 중의 상거지죠, 상거지." 그가 되풀이했다. 그는 자기가 보기 드물게 분별 있고 예리한 젊은이라고 생각하는 것 같았다. 하지만 그는 얼간이일 뿐 아니라 멜랑콜리한 타입의 얼간이였다. 그의 미소조차 침울해서 바라보기만 해도 넌더리가 났다. 그럼에도 불구하고 나는 탐욕스럽게 바라보았다. 우리의 이 기묘한 닮음이 그가 우연히 짓는 찡그린 표정 때문에 파괴되는 것이 나는 무척 흥미로웠다. 그가 노인이 될 때까지 살아 있다면, 나는 생각했다, 우리 얼굴에서 닮은 구석은 완전히 사라질 것이다. 하지만 지금 우리의 닮은 정도는 완벽의 경지에 이르렀다.

게르만(장난하는 투로): "이야, 자네, 철학자 같은데."

그는 조금 기분이 상한 듯했다. "철학은 부자들의 발명품입니다." 깊은 확신에 찬 목소리로 그가 반박했다. "그리고 종교, 시…… 도대체 이딴 건 말이지요, 모두 공허한 발명품에 지나지 않아요. 아, 아가씨, 내 이 고통을 어찌하리오, 아, 가련한 내 심장이여…… 난 사랑을 믿지 않습니다. 자, 우정, 이건 다른 문제죠. 우정과 음악 말입니다."

"그러니까." 갑자기 약간 열을 올리며 그가 말했다. "친구를 갖고 싶어요. 언제나 나한테 빵 한 조각을 나눠줄 마음가짐이 되어 있고, 내게 조그만 땅과 집을 남겨주라고 유언을 남길 믿음직한 친구를요. 그래요, 나는 진정한 친구를 원해요. 나는 그 친구 집에서 정원사로 일할 테고, 그러면 그의 정원이 내 것이 되지요. 나는 항상 감사의 눈물을 흘리며 고인을 추모하겠지요. 또 우리는 함께 바이올린을 연주하겠지요. 아니면 그는 피리를 불고, 나는 만돌린을 켤 수도 있죠. 그리고 여자들…… 말씀해보세요, 남편을 배신하지 않을 아내가 과연 있을까요?"

"정말 전부 맞는 말이야. 과연 정말 그렇지. 자네랑 얘기하니 즐겁네. 자네 학교 다녔나?"

"오래 다니지 않았어요. 학교에서 배울 게 뭐 있습니까? 아무것도 없죠. 인간이 영리하다면 배움이 무슨 소용입니까? 중요한 건 천성이죠. 예를 들어 정치는 내 관심사가 아니에요. 그리고, 아시잖아요, 도대체 이놈의 세상은 썩어빠졌어요."

"흠잡을 데 없이 올바른 결론이군." 내가 말했다. "그래, 나무랄 데 없어. 그저 놀라울 따름이야. 자, 똑똑한 친구, 꾸물거리지 말고 내 연필이나 돌려주지그래."

이로써 나는 그를 제대로 궁지에 몰아넣었고 내가 필요로 하는 기분 상태로 이끌었다.

"풀 위에 두고 갔잖아요." 그가 당황해서 중얼거렸다. "당신을 다시 보게 될지 어떨지 몰랐어요……"

"훔쳐서 팔았잖아!" 내가 소리를 질렀다. 심지어 발까지 굴렀다.

그의 대답이 가관이었다. 처음에는 고개를 저었다. 그건 '훔치지 않았어요'를 의미했다. 그러고는 즉시 고개를 끄덕였다. 그건 '팔았어요'를 의미했다. 내가 보기에 그의 내면에는 인간의 모든 어리석음이 다발을 이루어 모여 있었다.

"망할 자식. 다음번엔 좀더 조심하지. 어쨌든 좋아. 담배 피워." 내가 말했다.

내가 화내지 않자 그는 긴장을 늦추고 훨씬 웃었다. 감사를 표하기 시작했다. "감사합니다, 감사합니다…… 정말 당신과 나는 쏙 빼닮았다니까요. 정말 닮았어요…… 우리 아버지랑 당신 어머니가 정분이 난 줄 알겠어요!" 그러고는 자기 농이 흡족해서 굽실거리며 웃음을 터뜨렸다.

"일 얘기를 하지." 짐짓 아주 진지한 표정으로 내가 말했다. "아무리 유쾌하기로서니 관념적인 한담이나 나누자고 자넬 이리로 초대한 게 아니야. 내가 자네에게 도움을 줄 수 있다고, 자네를 위한 일을 찾았다고 편지한 바 있네. 하지만 우선 자네한테 묻고 싶어. 정확히 그리고 솔직히 묻는 말에 대답하게. 자네는 내가 어떤 사람 같나?"

펠릭스가 나를 훑어보더니 고개를 저으며 어깨를 으쓱했다.

"자네한테 수수께끼를 내는 게 아니야." 나는 참을성 있게 말을 계속했다. "내가 실제로 누구인지 자네가 알 턱이 없다는 걸 나는 아주 잘 아네. 어쨌든 자네가 그토록 재치 있게 언급한 가능성은 제쳐두세. 펠릭스, 우린 다른 핏줄이야. 이보게, 피가 다르지, 달라. 난 자네 요람에서 천 베르스타 떨어진 곳에서 태어났네. 그리고 자네 부모님도 그렇기를 바라 마지않네만, 우리 부모님의 명예는 흠잡을 데 없네. 자네, 외아들이지. 나도 그래. 그러니 나한테도 자네한테도, 이를테면 아이 적에 집시들이 훔쳐 간 불가사의한 형제 따위는 나타날 리 없지. 우린 어떤 연(緣)도 없어. 그러니까 자네에 대해 난 아무런 의무도 없지. 내 말 잘 들어. 그 어떤 의무도 없어. 내가 자넬 위해 하려는 것은 모두 내 자유의지에 따른 거야. 이 모든 걸 명심하게. 이제 다시 자네에게 묻겠네. 자네는 내가 어떤 사람 같나? 자네 눈에 난 어떤 모습으로 비치나? 대체 어떤 것이든 나에 대한 견해가 생겼을 것 아닌가, 그렇지 않은가?"

"아마 당신은 배우일 테지요." 미심쩍어하며 펠릭스가 말했다.

"내가 자넬 제대로 이해했다면, 친구, 그러니까 자넨 우리가 처음 만났을 때 대충 이렇게 생각했겠군. '아, 그래, 아마 저 사람은 연극배우일 거야. 고집 세 보이고 괴짜에다 멋쟁이군. 유명 인사일지도 모르지.' 어때, 맞나?"

펠릭스는 발로 자갈을 톡톡 차며 구두코에서 시선을 떼지 않았다. 그는 약간 긴장된 표정을 띠었다.

"아무 생각도 안 했는데요." 그가 의기소침해서 말했다. "그냥 봤어요. 웬 신사가 관심을 보이네, 뭐 그 비슷한 느낌이 들었죠. 그런데 당신 같은 배우들은 벌이가 좋습니까?"

작은 주석 하나. 그가 내게 들려준 생각은 미묘한 느낌으로 다가왔다. 나는 그 느낌을 시험해보기로 했다. 그 생각의 아주 흥미로운 한 굽이가 내 주된 계획과 맞닿아 있었다.

"자네 일아차렸군!" 나는 환호성을 질렀다. "일아차렸어. 그렇다네, 나는 배우야. 더 정확히 말하면 영화배우지. 그래, 맞아. 자네 말 잘했네. 아주 멋졌어! 그럼 계속해보지. 나에 대해 또 뭘 더 말할 수 있겠나?"

이 지점에서 나는 그가 왠지 풀이 죽어 있음을 알아챘다. 내 직업이 그를 실망시킨 모양이었다. 그는 피우다 만 담배를 엄지와 검지 사이에 끼고 얼굴을 찌푸린 채 앉아 있었다. 돌연 그가 머리를 들고 눈을 찡그렸다······

"그런데 내게 어떤 일을 제안하고 싶은 거요?" 한신을 사려는 상냥함이 가신 어조로 그가 물었다.

"기다리게, 기다려. 모든 건 때가 있는 법이야. 내가 자네에게 묻지 않았나. 나에 대해 또 무슨 생각을 했나? 자, 어서."

"내가 알아 뭣합니까? 당신은 돌아다니길 좋아합니다. 이게 내가 아는 다요. 그 이상은 모른다고요."

그사이 저녁이 되었다. 참새들은 오래전에 사라졌다. 기마상이 어둑해졌고 왠지 더 커진 듯했다. 검은 죽음의 나무 뒤에서 뚱뚱한 달이 음울한 표정을 지으며 소리 없이 나타났다. 구름이 지나가며 달에 가면을 씌웠다. 달의 통통한 턱만 드러나 보였다.

"자, 펠릭스, 여긴 어둡고 불편하네. 아마 자네 배도 고플 테고. 어디든 가서 요기 좀 하고 맥주 한잔 하며 대화를 계속해보는 게 어떤가?"

"좋습니다." 약간 생기를 찾은 목소리로 그가 대답했다. 그러고는 무게를 잡고 덧붙였다. "텅 빈 배가 말할 수 있는 건 하나밖에 없지." (글자 그대로 옮긴 것이다. 그가 구사한 독일어 문장은 운의 울림이 가득하다.)

우리는 일어서서 큰길의 노란 불빛을 향했다. 밀려오는 어둠 속에서 이제 나는 우리가 닮았다는 사실을 거의 느끼지 못했다. 펠릭스는 나와 나란히 걸었다. 어떤 생각에 골몰한 듯했다. 그 자신처럼 걸음걸이도 둔했다.

내가 물었다. "자넨 전에 타르니츠에 와본 적이 없나?"

"없습니다. 도시는 좋아하지 않아요. 나 같은 부류의 인간에게 도시는 따분합니다." 그가 대답했다.

선술집 간판. 창문에 나붙어 있는 작은 맥주통 그림. 양옆에는 수염을 기른 두 명의 카를. 여기라도 들어가지 뭐. 우리는 들어가서 안쪽 깊숙이 놓인 탁자에 자리를 잡았다. 나는 손가락을 벌리고 손에서 장갑을 벗겨내며 주변에 경계의 시선을 던졌다. 하지만 손님은 겨우 셋인 데다 우리에게는 아무도 관심을 보이지 않았다. 웨이터가 다가왔다. 코안경을 낀 체구가 자그마한 사람이었다. (코안경을 낀 웨이터를 처음 본 건 아니었다. 하지만 어디에서 마주쳤는지 기억나지 않았다.) 그는 주문을 기다리며 나와 펠릭스를 연이어 바라보았다. 물론 내 콧수염 때문에 닮음은 그다지 눈에 띄지 않았다. 과연 나는 펠릭스와 함께 있을 때 지나친 관심을 끌지 않으려고 콧수염을 기른 것이다. 파스칼의 책 어딘가에 그 현명한 구절이 있을 것이다. 따로 있을 때 서로 닮은 두 사람은 별 관심을 끌지 않지만, 함께 있을 때면 곧바로 한바탕 소동이 일어난다.* 나는 파스칼을 직접 읽은 적이 없고, 그 구절을 어디에서 따왔는지도 기억나지 않는다. 나는 청년기에 그따위 바보 같은 짓에 심취했다. 불행히도 여기서기서 소매치기한 금언을 뽐내 이는 나 하나가 아니었다. 페테르부르크에 살았을 때 누군가에게 초대받은 적이 있는데, 그 자리에서 나는 이렇게 말했다. "투르게네프가 말했듯이 음악만이 표현할 수 있는 감정들이 있지요." 몇 분 후 또 다른 손님이 와서는 대화중에 갑자기 똑같은 구절을 내뱉었다. 물론 웃음거리가 된 건 내가 아니라 그였지만 은연중 마음이 불편했다. 그 후로 나는 유식한 체하지 않기로 마음먹었다. 그 모든 것은 일탈이다. 물론 문학적인 의미에서의 일탈이지 군사적인 의미에서의 퇴각은 결코 아니다. 나는 아무것도 꺼리지 않는다. 모든 걸 이야기하겠다. 분명 나는 나 자신뿐 아니라 문체도 탁월하게 다룬다. 젊은 시절에 나는 얼마나 많은 소설을 썼던가! 출판할 의도는 추호도 없이 그저 시간이

---

* 파스칼의 『팡세』 1장 133절을 바꿔 말한 것. "비슷한 얼굴 둘이 따로 있으면 조금도 우습지 않은데, 두 얼굴이 같이 있으면 그 닮은 점 때문에 웃게 된다."

날 때마다 쓰곤 했다. 또 다른 아포리즘이 떠오른다. 스위프트가 말했듯이 출판된 원고는 매춘부에 진배없다. 아직 러시아에 있었을 때, 아는 사람이 썼다고 말하고는 초고 상태의 짤막한 소설 하나를 리다에게 읽어보라고 건넨 적이 있다. 리다는 지루한 나머지 다 읽지도 않고 내던졌다. 그녀는 지금까지 내 필체를 모른다. 내게는 정확히 스물다섯 개의 필체가 있다. 그중 가장 나은 것들, 그러니까 내가 다른 무엇보다 기꺼이 활용하는 필체들은 이렇다. 굴곡 부위가 통통하게 잘 부풀어오른 둥글둥글한 필체. 각 단어는 예쁘게 장식한 갓 구워낸 케이크 같다. 다음은 비스듬히 꺾어지는 예리한 필체. 이건 필체랄 수도 없다. 자주 약어로 쓰는 데다 경음부호* 없이 멋대로 휘갈긴 깨알 같은 필체라서 차라리 낙서에 가깝다. 마지막으로 내가 특히 아끼는 필체. 또박또박 크게 써서 확실히 알아볼 수 있는 필체로, 절대적으로 몰개성적이다. 물리학 교과서와 표지판에 그려진, 도식적인 소매 밖으로 나온 추상적인 손이나 이런 필체로 쓸 것이다. 나는 독자에게 선보이는 이 소설을 바로 이 필체로 쓰기 시작했다. 하지만 이내 필체가 바뀌었다. 나는 내 필체 스물다섯 개를 모두 뒤섞어서 이 책을 썼다. 그러니 식자공이나 나를 모르는 타이피스트, 혹은 내가 고르고 고른 특정인은, 즉 내 원고를 받게 될 러시아 작가는 때가 되어 원고를 받으면 아마 여러 사람이 이 책을 썼다고 생각할지도 모른다. 쥐새끼 같은 상판대기를 한 어떤 교활한 전문가가 이 악필의 향연 속에서 심리적 이상 징후를 발견하는 것 또한 지극히 가능한 일이다. 그럼 더더욱 좋다.

---

* 러시아어의 경음부호 'ъ'를 말한다.

자, 나의 첫 독자여, 자네에 대해, 유명한 심리소설 작가여, 자네에 대해 나는 언급했네. 나는 그대의 소설들을 훑어봤네. 좀 인위적이긴 하지만 나쁘지 않은 솜씨더군.* 나의 독자인 작가여, 이 원고와 씨름하게 될 때, 자넨 뭘 느낄 텐가? 환희? 질투? 아니면 심지어, 누가 알겠는가? 내 기한 없는 부재를 이용해 내 걸 자기 거라, 자네의 정교한, 그래 인정하네, 정교하고 능숙한 상상의 결실이라 주장할 테지. 그러고는 날 홀대하겠지? 나는 그와 같이 파렴치한 탈취에 맞설 방도를 사전에 어렵지 않게 취할 수 있을 것이네. 조치를 취할 것인가 말 것인가, 이건 다른 문제지. 자네가 내 걸 훔치면 아마 난 으쓱한 기분마저 들 거야. 도둑질이야말로 물건에 보내는 최고의 찬사란 말이지. 그리고 사네, 가상 재미있는 게 뭔지 아나? 나를 유쾌하게 할 도석질을 결심하는 즉시 자넨 자넬 위태롭게 하는 바로 이 행들은 없애버리겠지. 실로 바로 이 점이 가장 재미있지 않겠나? 게다가 (이건 썩 유쾌하지 않네만) 자네 식대로 약간 손보겠지. 차 도둑이 훔친 차를 다른 색으로 칠하듯 말일세. 이 점과 관련해서 사소한 일화를, 내가 아는 모든 이야기를 통틀어 가장 우스꽝스러운 일화를 이야기하도록 하지.

열흘쯤 전에, 그러니까 1931년 3월 10일경에 한길로, 아니면 숲길로(때기 되면 밝힐 생각이다) 길을 가면 이떤 행인이(혹은 행인들이) 숲 가에서 이러이러한 상표와 마력의(기술적인 디테일은 생략한다) 청색 소형차가 눈에 띄자 불법으로 수중에 넣었다. 자, 사실상 이게

---

* 나보코프의 첫 소설에 관해 망명 러시아 비평가들이 한목소리로 한 말.

다다.

이 일화가 누구에게나 우스울 거라고는 주장하지 않는다. 요점이 분명하지 않으니까. 나는 이 일화가 눈물이 날 정도로 웃겼는데, 그건 오직 내가 숨은 동기를 알고 있기 때문이다. 덧붙이자면, 이건 누구에게 들은 것도 아니고 어디에서 읽은 것도 아니다. 이 이야기는 사라진 자동차에 관해 알려진 기본적인 사실에 입각해서 내가 엄격한 논리에 따라 추론한 것이다. 신문들은 이 사실을 완전히 잘못 해석했다. 시간의 지렛대여, 뒤로 가자!

"자네 운전하나?" 웨이터가 우리한테서 아무런 특이점도 눈치채지 못하고 우리 앞에 맥주 두 잔을 놓자 펠릭스는 풍성한 거품으로 탐욕스레 입술을 적셨다. 내 기억에 나는 그때 돌연 그렇게 물었다.

"예?" 기분 좋게 끄억 트림을 하고 나서 그가 반문했다.

"운전할 줄 아느냐고 물었네."

"물론이죠." 그가 우쭐대며 대답했다. "친구가 운전기사였지요. 우리 마을의 어느 지주 집에서 일했어요. 한번은 그 친구랑 돼지를 친 적이 있었는데 어찌나 꽥꽥대던지……"

웨이터가 라구* 비슷한 음식을 가득 담아 감자 퓌레와 함께 가져왔다. 웨이터가 걸친 저 코안경을 어디서 봤더라? 이 글을 쓰고 있는 지금에야 겨우 기억이 났다. 베를린에 있는 작고 지저분한 러시아 레스토랑에서 보았다. 그 웨이터도 이 웨이터와 비슷했다. 체구는 똑같이 자그마하고 금발에 표정은 시무룩했다.

---

* 육류나 생선을 물이나 와인과 함께 약한 불에서 걸쭉하게 끓인 스튜.

"자, 펠릭스, 웬만큼 먹고 마셨으니 이제 이야기하지. 자넨 나에 대한 이런저런 추측들을 내놓았네. 그리고 자네 추측이 맞아. 진지하게 일 얘기를 하기 전에 나는 내 기질과 삶의 전반적인 모습을 자네에게 그려주고 싶어. 왜 꼭 그래야 하는지 곧 이해하게 될 걸세. 그런즉슨⋯⋯"

나는 맥주를 한 모금 마시고 말을 이었다.

"그러니까 나는 말일세, 부유한 집안에서 태어났네. 집에 정원까지 있었지. 아, 펠릭스, 참 멋진 정원이었어! 장미 숲을 떠올려보게. 온갖 종류의 장미가 정원을 뒤덮었지. 꽃마다 이름표가 붙어 있었네. 장미의 이름은 경주마의 이름처럼 낭랑했지. 우리 정원에는 장미 외에도 셀 수 없이 많은 다양한 꽃이 자랐네. 그리고 아침마다 정원이 이슬로 반짝일 때면, 펠릭스, 가히 동화 같은 광경이었어. 나는 어린 나이에 벌써 우리 정원을 사랑했고 돌볼 줄 알았지. 내겐, 펠릭스, 조그마한 물뿌리개와 조그마한 곡괭이가 있었어. 부모님은 할아버지가 심어놓은 오래된 벚나무 그늘에 앉아, 상상해봐, 상상해보라고 그 광경을, 조그마한 내가 잔가지를 닮은 애벌레를 장미에서 떼어내 짓누르느라 분주한 모습을 애정 어린 눈빛으로 바라보곤 하셨지. 우리 집엔 온갖 가축이 있었네. 예를 들어 토끼가 있었지. 토끼는, 내 말뜻을 이해할지 모르겠네만, 타인형에 가장 가까운 동물이지.* 성을 잘 내고 활기 넘치는 칠면조에다 사랑스러운 새끼 염소 등등 가축이 많았지. 후에 부모님은 파산해서 모든 걸 잃고 돌아가셨네. 경이로운 정원은 꿈처

---

* 번식력이 강한 동물이라는 뜻. '오발(타원)'과 '오불랴치야(배란)'의 연상에 기초한 언어유희.

럼 사라졌어. 요즘에야 행복이 막 다시 빛나는 것 같아. 얼마 전 나는 조그만 호숫가 땅을 취득했네. 그곳에 옛 정원보다 훨씬 좋은 새 정원을 만들려고 구상중이지. 내 젊음은 온통 수많은 꽃에 둘러싸여 향기로 가득했지. 그리고 이웃한 거대하고 울창한 숲은 내 영혼에 낭만적 멜랑콜리의 그늘을 드리웠네. 나는 항상 외로웠네, 펠릭스. 지금도 외로워. 여인들…… 이 변덕스럽고 타락한 족속에 대해 말해 뭣하겠나…… 나는 여행을 많이 다녔네. 자네처럼 나도 배낭을 둘러메고 방랑하는 걸 좋아한다네. 물론 내가 전적으로 비난하는 몇몇 이유로 자네의 방랑보다 내 편력이 더 유쾌하긴 하지. 심각한 얘기는 좋아하지 않네만, 그럼에도 세상이 공평하지 않다는 점은 인정해야만 하네. 자넨 그 점에 대해 곰곰이 생각해본 적 있나? 똑같이 가난한데 사는 모습은 다른 두 사람이 있어. 말하자면 자네 같은 사람은 드러내놓고 희망 없는 비렁뱅이로 살아가네. 그런데 똑같은 가난뱅이인 다른 사람은 완전히 다른 삶을 영위하지. 속 편하게 잘 입고 배불리 먹으며 부자 놈들하고 떠들썩하게 어울려 다니는 거야. 놀라운 일 아닌가? 그건 왜 그런가? 그건, 펠릭스, 계급이 다르기 때문이야. 기왕 계급 얘기가 나왔으니, 사등칸에 무임승차한 사람과 일등칸에 무임승차한 사람을 떠올려보세. 한 사람은 딱딱한 의자에 앉아 가고, 다른 사람은 안락하게 여행하네. 하지만 둘 다 지갑은 텅 비었어. 더 엄밀히 말하면 비록 비었을지라도 한 사람은 지갑이 있고, 다른 사람은 그나마 지갑도 없네. 그저 구멍 난 호주머니뿐이지. 내 말은 자네와 나의 차이를 자네에게 이해시키려는 거야. 나는 대체로 되는대로 사는 배우네. 하지만 끝없이 늘어나는 고무줄 같은, 미래에 대한 희망이 내겐 항상 있지. 자네에겐 그게 없어. 자넨 영원히 가난뱅이로 남을 걸세. 기적이 일어나지 않는 한 말이야. 그런데 우리 만남이 바로 그 기적인 거지. 펠릭스, 이용해먹지 못할 물건이란 없어. 그뿐 아니라 모든 물건은 아주 오래, 그것도 매우 성공적으로 이용해먹을 수 있는 법이네. 자네 아마 자네가 꾼 가장 불같은 꿈 속에서 두 자리 숫자를 본 적이 있을 거야. 그건 자네 열망의 극한이지. 하지만 요즘은 머뭇거리지도 않고 곧장 세 자리 숫자에 대해 말하고 있네. 세 자리 숫자는 물론 상상으로도 포착하기 쉽지 않지. 실로 10도 자네에겐 엄두도 못 낼 무한대였는데 말이지. 지금 우리는 무한대의 길목을 돌고 있는 셈이야. 그곳에서 100이 빛나고 있네. 그 뒤에서는 또 다른 100이 빛나지. 펠릭스, 그리고 어쩌면 또 다른 제4의 숫자가 무르익고 있는지도 모르지. 머리가 빙빙 도네. 무시무시하네. 간질간질해. 하지만 그렇다네. 사실이야. 자, 보게. 자넨 지금 내 생각을 거의 이해 못 할 정도로 비참한 운명에 길들여지지 않았나. 자넨 내가 하는 말이 이해가 안 되고 이상하게 들리네, 그렇지? 그런데 그다음 말은 자네에게 더 요령부득이고 더 이상하게 들릴 걸세."

그런 모호한 논조로 나는 오래 말했다. 그는 조심스러운 눈빛으로 나를 바라보았다. 그를 조롱하는 내 말에 휘둘리기 시작한 것 같았다. 그와 같은 부류의 녀석들은 어느 정도까지만 선한 법이나. 자신을 속이려 한다는 낌새를 채면 그 즉시 선량한 태도는 온데간데없이 사라져버린다. 불쾌한 눈빛이 유리알처럼 빛난다. 무겁고 단단한 분노가 그 녀석들을 사로잡기 시작한다. 나는 애매하게 말했지만, 그를 화나게 하려고 그런 것은 아니었다. 반대로 나는 그의 비위를 맞추고 싶었다. 당혹과 관심을 동시에 끌어내고 싶었다. 많은 점에서 그와 닮은 인간의 형상이 존재함을 어렴풋하게, 하지만 설득력 있게 깨우쳐주고 싶었다. 그러나 내 공상은 마구 날뛰었다. 게다가 나이가 지긋한데도 여전히 교태를 부리는 데다 취하기까지 한 여자처럼 꼴사납고 굼떴다. 나는 내가 펠릭스에게 불러일으킨 감정을 가늠하고 나서 잠시 멈추었다. 그를 놀라게 해서 유감스러웠다. 동시에 듣는 사람을 불편하게 만드는 내 능력은 내게 어떤 기쁨을 가져다주었다. 나는 미소를 짓고 대략 이렇게 말을 이었다.

"용서하게, 펠릭스. 내가 말이 너무 많군. 이렇게 속내를 털어놓는 경우는 참 드물어. 나의 모든 면을 어서 빨리 보여주고 싶은 마음에 서두르다보니 그랬네. 함께 일해야 할 사람이 누군지 자네가 속속들이 알아야 하지 않겠나? 더욱이 이 일 자체가 나와 자네의 닮은 모습을 직접적으로 이용하는 일이라서 말이지. 말해보게, 대역이 뭔지 아나?"

그는 고개를 저었다. 아랫입술이 축 늘어졌다. 그가 입으로 숨을 쉬기 시작했음을 나는 오래전에 알았다. 코가 막힌 모양이었다.

"모른단 말이지. 그럼 설명해주지. 영화사 사장을 떠올려봐. 영화관에 가본 적 있나?"

"있어요."

"음, 좋아. 그러니까 영화사 사장이 말이야…… 아, 미안. 하고 싶은 말이 있나?"

"가보긴 했는데 자주는 아닙니다. 기왕 돈을 쓸 거라면 영화보다야 다른 게 낫지요."

"동감하네. 하지만 모두가 자네같이 판단하지는 않아. 그랬다면 나

같은 직업은 없겠지. 안 그런가? 그러니까 말이지, 사장이 내게 영화 출연을 제안했는데 출연료는 그다지 많지 않아. 만 달러 남짓 되네. 물론 이건 하찮은 액수야. 하지만 더 주지는 않을 거네. 주인공은 음악가야. 마침 나도 음악을 좋아해. 악기를 여럿 다루네. 여름밤이면 바이올린을 가지고 가까운 숲으로 가곤 했지…… 자, 본론으로 돌아가서, 대역이란 말이야, 펠릭스, 필요할 경우 해당 배우를 대신하는 사람이야.

배우가 연기하고 카메라가 그를 찍는다네. 사소한 몇 장면만 마저 찍으면 되지. 예를 들어 주인공이 자동차를 타고 달리는 장면이 있어. 그런데 그가 빌어먹을 병이 나서 드러누워버렸어. 시간도 없고. 바로 그 순간 대역이 임무를 맡는 거야. 그 차를 타고 달리는 거지. 과연 자넨 운전할 줄 알잖나? 마침내 영화가 상영되면 관객은 대역을 썼다는 사실을 깨닫지 못하네. 닮음이 지닌 가치는 그 완전함에 비례하네. 유명한 배우들에게 대역을 찾아주는 특수한 회사도 있지. 대역으로 사는 것도 괜찮아. 고정 수입이 있고 일은 이따금 있을 뿐이지. 게다가 일은 또 어떤가? 주인공과 똑같은 복장을 하고 주인공 대신 맵시 좋은 차를 몰고 휙 지나가는 거지. 그게 다야. 당연히 대역은 자기 일에 대해 떠벌려선 안 돼. 만약 경쟁자나 저널리스트가 술수의 낌새를 채서, 좋아하는 배우가 연기한 어느 장면이 가짜라는 사실을 대중이 알게 된다면 어떤 일이 벌어지겠나. 자네 모습에서 내 얼굴의 정확한 복제를 발견했을 때 내가 왜 그토록 기뻐하며 흥분했는지 이제 알겠지. 나는 늘 이런 상황을 꿈꿨네. 이 상황이 나한테 얼마나 중요한지 생각해보게. 촬영이 진행중이고 병약한 내가 주인공을 맡고 있는 특히 지금 말이네. 나한테 무슨 일이 생기면 그 즉시 자넬 부를 거고, 그럼 자네가 나타나는 거지……"

"아무도 나를 부르지 않고, 나는 어디에도 나타나지 않습니다." 펠릭스가 내 말을 끊었다.

"이보게, 자네 왜 그렇게 말하나?" 부드럽게 나무라는 어조로 내가 물었다.

"왜냐하면," 펠릭스가 대답했다. "당신, 불쌍한 사람을 놀리면 못써요. 난 당신을 믿었어요. 당신이 내게 정직한 일을 제안하리라 생각했어요. 나는 먼 길을 발을 질질 끌다시피 해서 여기까지 왔어요. 이 발바닥 좀 보세요. 근데 일 대신에 당신은…… 아니요, 그건 내게 어울리지 않습니다."

"약간의 오해가 있는 모양이군." 내가 부드럽게 말했다. "모욕적이거나 과도하게 버거운 건 자네에게 제안하지 않아. 우린 계약을 체결할 걸세. 자네는 매달 100마르크를 받게 될 거야. 다시 말하지만 일은 우스우리만치 쉬워. 그저 애들 일이지. 아이들이 옷을 갈아입고 병사나 유령, 비행사 따위를 표현하는 것과 똑같네. 생각해보게. 자넨 간혹, 아마 일 년에 한 번 정도 내가 지금 걸친 것과 같은 양복을 입는 것만으로 한 달에 100마르크를 받게 된단 말이야. 그러니까, 자, 만날 날짜를 잡도록 하지. 장면 하나를 리허설해보고 어떨지 보자고."

"그따위 일은 도무지 들어보지도 못했고 알지도 못한단 말이오." 펠릭스가 꽤나 거칠게 반대했다. "고모한테 장터에서 광대 노릇하던 아들이 하나 있었다는 게 내가 아는 전부요. 주정뱅이에다 호색한이었소. 그러니, 오, 하느님, 그 녀석이 그네에서 떨어져 죽을 지경이 될

100

때까지 고모의 눈에는 눈물이 마를 날이 없었소. 영화관과 서커스 따
위는 몽땅 다……"

실제로 전부 다 이런 식이었던가? 나는 내 기억을 충실히 따르고
있는 건가, 아니면 내 펜이 대열을 벗어나서 제멋대로 춤추고 있는 건
가? 우리의 이 대화는 왠지 이미 너무 문학적이다. 이건 도스토옙스
키의 이름을 간판으로 내걸고 술집을 위장한 고문실에서 이루어지는
대화의 기미를 보인다. 대화가 좀더 흐르면 "선생"이란 단어가 튀어나
올 것이다. 심지어 곱으로. "선생, 선생." 낯익은 동요하는 말투다.
"그리고 이미 틀림없이, 틀림없이……"* 이 대화의 밥상에는 러시아
의 핑커턴** 인 저 유명한 스릴러 작가가 즐겼던 온갖 신비주의도 곁
들여져 있다. 어쩐지 내 펜을 지나치게 믿었다는 생각이 나를 심지어
어느 정도 고통스럽게 한다. 다시 말해 고통스러운 정도에 그치지 않
고, 나를 완전히, 완전히 혼란에 빠뜨리고 파멸로 몰고 가는 것 같
다…… 앞 구절의 어조를 알아보시겠는가? 그렇지, 딱 맞았네! 또 나
는 우리가 나눈 이 대화를 뉘앙스 하나 놓치지 않고 속속들이 기막히
게 잘 기억하고 있는 것 같다. (자, 열병으로 인한 발작성 정신이상과
자존감 상실로 인한 일탈 행동 분야의 우리 전문가가 좋아하는 단어
나부랭이 '속속들이'가 여기 다시 출현했다.*** 그러니 '속속들이'도
강조 표시를 해야 할 것 같다.) 그래, 나는 이 대화를 기억한다. 하지
만 정확히 전할 수가 없다. 무언가가, 뜨거운 무언가가, 견딜 수 없는

---

* 도스토옙스키의 작품에 자주 등장하는 선술집에서의 대화 장면에 대한 패러디.
** 미국 최초의 사설탐정 회사를 설립한 앨런 핑커턴을 말한다.
*** '속속들이(подноготная)'는 도스토옙스키의 『죄와 벌』에 자주 등장하는 어휘.

무언가가, 끔찍이 싫은 무언가가 나를 방해한다. 벗어날 수가 없다. 칠흑 같은 어둠 속에서 끈끈이를 맞닥뜨린 듯 딱 들러붙었다. 그리고 문제는 무엇보다 스위치가 어디 있는지 모른다는 것이다. 아니다. 우리 대화는 여기 적은 바와 같지 않았다. 어쩌면 말 자체는 속속들이 정확히 옮겼을지도 모른다(여기 또 그 표현). 그러나 나는 대화에 수반된 특별한 소음을 전달하지 못했거나 그럴 엄두를 내지 못했다. 소리가 끊어졌다 멀어졌다 했다. 그리고 다시 웅얼거리고 소곤거리더니 갑자기 또렷이 울리는 딱딱한 목소리. "자, 펠릭스, 한 잔 더 하지." 갈색 꽃무늬 벽지. 분실물에 대해서는 책임지지 않는다고 명시해놓은 불쾌한 문구. 맥주잔 받침으로 쓰이는 동그란 마분지. 그중 하나에는 서둘러 계산한 액수가 연필로 삐뚜름히 쓰여 있었다. 그리고 멀찍이 떨어진 계산대. 연기에 둘러싸인 사람이 검은 프레첼 빵 모양으로 다리를 꼬고 계산대에 바짝 붙어 앉아서 술을 마시고 있었다. 이 모든 것이 우리가 나눈 대화에 붙는 주석이지만, 리다가 읽는 추잡한 책들의 여백에 쓰인 주석만큼이나 무의미했다. 만약 우리한테서 멀찍이 떨어진 먼지 낀 핏빛 커튼을 드리운 창가에 앉아 있던 세 사람이, 만약 그들이 몸을 돌려 우리를 보았더라면, 그 조용하고 뚱한 나방 세 마리는 목격했을 것이다. 한쪽은 성공했고 다른 쪽은 인생의 낙오자인 두 형제. 입술 위로 짧은 콧수염을 기른 윤기 나는 머리카락을 지닌 한쪽과, 면도는 했지만 한동안 이발은 하지 않아서 가냘픈 목을 덮은 작은 갈기 같은 머리카락을 지닌 다른 한쪽. 탁자에 팔꿈치를 대고 똑같이 턱을 괸 두 형제가 마주 보고 앉아 있었다. 약간 비정상적으로 보이는 희뿌연 거울이, 광기가 서린 기울어진 거울이 그렇게 우리 모습을 비추었다. 진짜 인간의 얼굴이 하나라도 비치기만 하면 그 즉시 금이 갈 것만 같았다. 그렇게 우리는 앉아 있었고, 나는 쉼 없이 웅얼거리며 그를 설득했다. 도대체 나는 말주변이 없다. 내가 말한 그대로 정확히 옮겨놓은 것 같지만 사실 그 말들은 지금 종이 위에서 흐르듯 그렇게 유창하지 않았다. 그러니 실로 내 횡설수설을, 중언부언을, 말더듬을, 길을 헤매다 자궁을 잃어버린 종속절의 어리석은 처지를, 그리고 지지대를 대거나 도망갈 구멍을 마련해두는 저 모든 불필요한 웅얼거림을 묘사할 수는 없는 노릇이다. 그러나 내 생각은 몹시도 정연하게 움직였고, 몹시도 차분하고 굳건한 걸음으로 목표를 향해 나아갔다. 그러니까 내 말의 행보가 내게 남긴 인상은 뒤죽박죽 뒤얽혀 있지 않다. 정확히 그 반대다. 하지만 목표는 아직 저 멀리 있었다. 펠릭스의 저항을, 편협하고 소심한 인간의 저항을 어떻게든 타파해야 했다. 나는 주제가 지닌 세련된 자연스러움에 현혹된 나머지 이 주제가 그의 마음에 들지 않을 수 있다는 점을, 심지어 내가 매료되었던 만큼 그도 자연스럽게 겁이 날 수도 있다는 점을 간과했던 것이다. 나는 영화나 연극과 털끝만큼도 관련이 없었다. 하긴 무대에 섰던 적이 딱 한 번 있긴 했다. 이십여 년쯤 전이었다. 아버지가 일했던 지주의 영지에서 아마추어 무대에 선 적이 있다. 기껏해야 몇 마디만 하면 되었다. "공자님께서 금방 오신다고 알리라 하셨습니다…… 아, 여기 오십니다." 그런데 그 대신에 나는 어떤 야릇한 기쁨에 들떠서 온몸을 부들부들 떨며 이렇게 말했다. "공작님은 오실 수 없습니다. 면도칼로 목을 그었거든요." 그사이 공작 역을 맡은 딜레탕트는 하얀 바지를 입고 화려하게 분장한 얼굴에 빛나는 미소를 머금은 채 벌써 나오고 있었다. 모든 것이 중단됐다. 세계의 행보가 일순간 마비되었다.
지금도 기억한다. 나는 가공할 재앙이 만든 이 경이로운 뇌우의 대기
를 얼마나 깊이 들이마셨던가…… 하지만 내가 엄밀한 의미에서 배
우였던 적이 결코 없었다 해도, 실제 삶에서 나는 항상 접을 수 있는
조그마한 무대를 지니고 다닌 셈이었고, 하나의 역할에만 고정되어
있지도 않았다. 그리고 내 연기는 탁월했다. 만약 여러분이 내 프롬프
터의 이름이 '이득'을 뜻하는 '비고다'였다고(그런 슬라브 성이 있다)
생각한다면, 여러분은 제대로 실수하는 거다. 여러분, 이 모든 건 그
렇게 간단하지 않소이다. 펠릭스와 대화를 나누며 선보인 내 연기는
쓸데없는 시간 낭비였다. 나는 불현듯 내가 영화에 관한 독백을 계속
하면 펠릭스가 10마르크를 돌려주고 일어서서 나가버릴 거라는 생각
이 들었다. 아니, 장담컨대, 그는 돈도 돌려주지 않을 것이다. 독일어
로는 참으로 무거운 단어인 '돈'은(독일어로는 금, 프랑스어로는 은,
러시아어로는 구리이다)* 그의 입을 거치며 특별한 숭배의 대상이 되
었고 거친 관능의 색채를 띠기까지 했다. 어쨌든 그는 즉각, 게다가
모욕당한 표정을 지으며 자리를 떴을 것이다. 영화나 연극과 연관된
모든 것에 왜 그가 그토록 참을 수 없이 염증을 냈는지, 사실 지금까
지도 완전히 납득이 가지는 않는다. 낯설다고 치자. 그렇다고 넌더리
를 내나? 이를 서민 계층의 후진성으로 설명하려고 해보자. 독일 농
민은 구식이고 숫기가 없다. 어디 한번 수영 팬츠만 입고 시골 마을을
활보해보시라. 나는 해봤다. 무슨 일이 벌어질 것 같은가? 남자들은

---

* '돈'을 뜻하는 독일어 geld는 '금'에서 유래했고 프랑스어 argent은 '돈'과 '은'을 모두
뜻하나 러시아어 деньги는 '구리'와 관련이 없다.

선 채 얼어붙고, 여자들은 구식 코미디에 나오는 하녀처럼 얼굴을 가리고 킥킥거릴 것이다.

나는 말을 멈췄다. 펠릭스도 손가락으로 탁자를 문지르며 침묵했다. 그는 내가 정원사나 운전기사 자리를 제안하길 기대했던 것 같다. 그래서 지금 화가 나고 실망한 것이다. 나는 웨이터를 불러 셈을 치렀다. 우리는 다시 거리에 모습을 드러냈다. 매섭고 음산한 밤이었다. 납작한 밝은 달이 검은 모피를 닮은 작은 먹구름들 속으로 미끄러져 들어갔다 나오기를 쉴 새 없이 반복했다.

"자, 펠릭스, 우린 얘길 끝내지 못했네. 이렇게 헤어질 순 없지. 호텔 방을 잡아놨으니 가세. 오늘 밤은 내 방에서 묵게."

그는 그것을 의무로 받아들였다. 그는 멍청하긴 했지만 내가 자신을 필요로 한다는 것, 그리고 그게 무엇이든 합의에 이르지 못한 채 우리 관계를 청산하는 것은 현명하지 않음을 이해하고 있었다. 우리는 청동 기마상의 분신 곁을 다시 지나갔다. 큰길에서는 단 한 사람도 마주치지 않았다. 불이 켜진 집이라곤 단 한 곳도 없었다. 불 켜진 창이 하나라도 눈에 띄었더라면, 나는 그곳에서 누군가가 램프가 타도록 내버려둔 채 목을 맸다고 생각했을 것이다. 그만큼 빛은 부적절하고 또 예기치 않아 보였다. 우리는 말없이 호텔에 도착했다. 옷깃 없는 몽유병자가 우리를 안으로 들여보냈다. 객실로 들어갔을 때, 나는 무언가 아주 익숙한 것을 다시 느꼈다. 하지만 다른 무엇이 내 마음을 사로잡았다. "앉게." 그는 주먹을 무릎 위에 놓고 입은 반쯤 벌린 채 탁자에 걸터앉았다. 나는 재킷을 벗어 던졌다. 그러고는 바지 주머니에 두 손을 집어넣고 동전을 짤랑거리며 방 안을 왔다갔다하기 시작했다. 나는 검은 점이 박힌 연보라색 타이를 매고 있었는데, 내가 홱 뒤돌아설 때마다 그것은 가볍게 솟구치곤 했다. 한동안 이어진 침묵. 내 서성임. 가벼운 바람. 펠릭스가 돌연 죽은 사람처럼 힘없이 고개를 떨어뜨리더니 구두끈을 풀기 시작했다. 나는 무방비 상태로 드러난 그의 목에, 목뼈의 우울한 표정에 눈길을 주었다. 그러자 이제 한방에서, 하나나 다름없는 침대에서(침대 두 개가 바싹 붙어 있었다) 내 분신과 함께 잠이 들 거라는 생각에 묘한 기분이 들었다. 더불어 그에게 어떤 육체적인 결함이, 피부에 붉은 반점이나 상스러운 문신이 있을지도 모른다는 끔찍한 생각이 엄습했다. 나는 조금이라도 내 몸을 닮을 것을 그의 몸에 요구하고 있었다. 얼굴은 안심이 되었다. "그래, 그래, 벗어봐." 걸음을 멈추지 않고 내가 말했다. 그는 꼴사나운 구두를 손에 들고 고개를 들었다.

"침대에서 자는 게 얼마 만인지 모르겠네요." 그가 미소 지으며 말했다. (멍청아, 잇몸은 좀 드러내지 마라.) "진짜 침대에서 자는 게 말입니다."

"몽땅 벗어봐." 조바심을 내며 내가 말했다. "지저분하고 먼지투성이겠지. 잠옷을 줄 테니 씻어."

펠릭스는 히죽히죽 웃다 끙 소리를 내다 하며 조금 부끄러운 듯 내 앞에서 옷을 벗었다. 이윽고 알몸이 된 그는 아래쪽에 서랍장이 달린 세면대 위에 몸을 숙이고 겨드랑이를 씻기 시작했다. 나는 갈급한 마음을 담은 교활한 시선으로 완전히 벌거벗은 이 인간을 훑어보았다. 그는 얼굴보다 몸이 훨씬 말랐고 하였다. 여름에 구릿빛 피부로 그을린 내 얼굴이 창백한 그의 몸통에 붙어 있는 것 같았다. 머리가 들려

붙어 있는 목선도 알아볼 수 있을 정도였다. 나는 이 관찰로부터 열렬한 만족을 얻었다. 마음이 놓였다. 돌이킬 수 없는 심각한 차이점은 눈에 띄지 않았던 것이다.

그는 내가 여행가방에서 꺼내 준 깨끗한 셔츠를 걸치고 침대에 누웠고, 나는 그의 발치에 앉아 노골적으로 비웃으며 그에게서 눈길을 떼지 않았다. 그가 무슨 생각을 했는지는 모른다. 다만 그는 여느 때와는 다른 청결함에 마음을 누그러뜨린 것 같았다. 수줍고 감상적인, 심지어 부드럽기 그지없는 손놀림으로 내 손을 쓰다듬고는 그가 말했다. 문자 그대로 옮기면 이렇다. "당신은 좋은 사람이에요." 나는 이를 드러내지 않은 채 배를 움켜쥐고 웃기 시작했다. 그 순간 그가 내 표정에서 뭔가 이상한 것을 본 모양이었다. 그의 눈썹이 추켜올라갔다. 그는 새처럼 고개를 돌렸다. 나는 이제 대놓고 웃으며 그의 입에 담배를 쑥 들이밀었다. 그가 캑캑거렸다. 하마터면 숨이 막힐 뻔했다.

"야, 이 멍청아!" 그의 튀어나온 무릎을 철썩 때리고는 내가 소리를 질렀다. "중요한 일, 엄청나게 중요한 일을 위해 널 불렀다는 걸 정말 모르겠어?" 그러고는 계속 웃으며 천 마르크짜리 지폐를 지갑에서 꺼내 그 얼간이의 코앞에 가져다 댔다.

"나 주는 겁니까?" 그가 묻고는 담배를 떨어뜨렸다. 그의 손가락들이 돈을 낚아챌 준비를 하다 무의식적으로 벌어진 듯했다.

"시트 태우겠네." 웃음 사이로 내가 말했다. "거기 있어, 거기, 팔꿈치 옆에. 흥분했군. 다 보이네. 그래 그 돈은 자네 것이 될 거야. 내가 제안하는 일에 자네가 동의한다면 선불로 받을 수도 있지. 영화 얘기는 그저 자넬 시험해볼 요량으로 한 건데 어쩜 그리도 못 알아차리나? 나는 배우랑은 아무 상관 없는 사람이야. 난 사업가라네. 상황 판단이 빠른 사람이지. 무슨 일인지 간단히 말하겠네. 나는 어떤 일을 벌일 계획이야. 그런데 차후에 조사받을 가능성이 약간 있어. 하지만 의심은 곧 누그러들 거야. 왜냐하면 그 일이 벌어지는 날 그 시각에 나는 사건이 일어난 장소에서 아주 멀리 떨어진 곳에 있었다는 게 증명될 테니까."

"도둑질입니까?" 펠릭스가 물었다. 그리고 무언가가 그의 얼굴을 스쳤다. 기묘한 만족의 표정······

"생각했던 만큼 그렇게 멍청하지는 않군." 나는 목소리를 낮추어 속삭이듯 말을 이었다. "자넨 분명 아까 전부터 수상한 낌새를 챘지. 이제 자네 추측이 틀리지 않았다며 만족스러워하고 있어. 자기 추측이 정확히 들어맞으면 누구나 흐뭇해하는 법이지. 자네와 나 둘 다 은빛이 나는 물건에는 사족을 못 쓴다, 자네 그렇게 생각했지, 맞지? 아니면 내가 괴짜도 멍청한 몽상가도 아닌 사업가란 점이 그저 좋은 거겠지."

"도둑질이죠?" 펠릭스가 생기를 되찾은 눈으로 나를 바라보며 다시 물었다.

"여하튼 불법적인 행위네. 자세한 건 나중에 알게 될 거야. 우선 자네가 해야 할 일을 설명해주겠네. 난 차가 있어. 자넨 내 양복 차림으로 내 차를 타고 내가 지시한 길을 따라 달리게. 이게 전부야. 이 일의 대가로 자넨 천 마르크를 받게 될 걸세."

"천 마르크." 펠릭스가 내 말을 따라했다. "언제 주실 건데요?"

"이보게 친구, 그건 아주 자연스럽게 일어날 일이야. 내 재킷을 걸

치면 그 안에서 내 지갑을 발견하게 될 걸세. 지갑 안에 돈이 있을 거란 말이지."

"그다음엔 뭘 해야 하지요?"

"벌써 말하지 않았나. 드라이브하러 가는 거지. 말하자면 이러하네. 내가 자네 채비를 갖춰주겠네. 다음날 나는 이미 멀리 가 있을 거고, 자넨 내 차를 몰고 가는 거야. 사람들은 자넬 나라고 생각하겠지. 자네가 돌아올 때 난 벌써 일을 끝내고 와 있을 거야. 더 정확히 알고 싶나? 그럼 알려주지 뭐. 자넨 차를 타고 내 얼굴을 아는 사람들이 사는 마을을 지나갈 걸세. 누구와도 말을 나누게 되진 않을 거야. 겨우 몇 분이면 되니까. 하지만 그 몇 분에 대해 나는 후한 값을 치를 걸세. 왜냐하면 그 몇 분이 내게 동시에 두 장소에 있을 경이로운 가능성을 주기 때문이지."

"당신은 현행범으로 붙잡힐 겁니다." 펠릭스가 말했다. "그다음에는 나도 쫓기겠지요. 법정에서 모든 게 들통 날 테고, 그러면 당신은 날 배신할걸요."

나는 다시 웃음을 터뜨렸다. "이봐 친구, 어떻게 그렇게 곧바로 내가 사기꾼이란 감을 잡았는지 참 마음에 드는군."

그는 내 제안을 거절했다. 감옥을 좋아하지 않는다고 말했다. 감옥에서 젊음이 시들하리라고 말했다. 자유와 새들의 노래보나 너 좋은 것은 없노라고 말했다. 그는 나에 대한 아무런 적의도 내비치지 않은 채 꽤 무거운 목소리로 말했다. 그러고는 베개에 팔꿈치를 괴고 생각에 잠겼다. 숨 막히는 정적이 흘렀다. 나는 하품을 했고, 옷을 벗지 않은 채 침대에 드러누웠다. 재미있는 생각 한 토막이 나를 찾아왔다.

밤중에 펠릭스가 나를 죽이고 내 물건을 강탈할 것이다. 나는 다리를 옆으로 쭉 뻗어서 신발 바닥으로 벽을 긁었다. 발가락 부분이 스위치에 닿았다 미끄러졌다. 나는 다리를 더 쭉 뻗고는 신발 굽으로 스위치를 쳐서 불을 껐다.

"그런데 이게 다 거짓말이면요?" 그의 멍청한 목소리가 정적 속에서 울려퍼졌다. "내가 당신을 못 믿겠다면요……"

나는 꿈쩍하지 않았다.

"거짓말." 일 분 후에 그가 되풀이했다.

나는 꿈쩍하지 않았고 잠시 후 잠잘 때의 차분한 리듬으로 숨을 쉬기 시작했다.

분명 그는 귀 기울이고 있었다. 나는 그의 귀 기울임에 귀 기울였다. 그는 그의 귀 기울임에 대한 나의 귀 기울임에 귀 기울였다. 뭔가가 툭 끊어졌다. 나는 내가 생각하고 있는 것이 생각하고 있는 것 같았던 것과 전혀 다름을 깨달았다. 불시에 의식을 붙잡고자 시도했지만 미궁에 빠져버렸다.

혐오스러운 꿈을 꾸었다. 강아지가 보였다. 단순한 강아지가 아니라 딱정벌레 애벌레의 아주 작고 검은 눈을 가진 자그마한 가짜 강아지였다. 온통 새하얗고 차갑다. 살이 살이 아니라 차라리 기름 덩어리나 블랑망제* 같다. 어쩌면 하얀 벌레의 살일 수도 있다. 더구나 러시아에서 부활절에 버터를 발라 굽는 양 모양 빵처럼, 표면에 물결무늬로 골이 파여 있다. 역겨운 모방이다. 자연이 강아지를 본떠 만든, 꼬

---

* '하얀 음식'이란 뜻의 프랑스어로 우유에 생크림, 설탕, 향료 등을 섞어서 굳힌 젤리.

리와 다리가 있는 냉혈 동물. 모습을 제대로 갖췄다. 나는 끊임없이 거치적거리는 그 녀석을 떼어놓을 수 없었다. 녀석이 나를 건드렸을 때, 나는 마치 전기 충격을 받은 것 같았다. 잠을 깼다. 옆 침대의 시트 위에 바로 그 혐오스러운 가짜 강아지가 애벌레처럼 몸을 말고 차가운 하얀 파이가 되어 누워 있었다. 나는 역겨움에 신음하다 잠이 완전히 깨버렸다. 사방에 어둠이 떠다녔다. 옆 침대는 비어 있었고, 눅눅한 침대의 프레임에서 자라나는 넓은 우엉 잎만 은빛으로 고요히 빛나고 있었다. 잎에서 점액같이 끈적끈적한 미심쩍은 얼룩이 눈에 띄었다. 들여다보았다. 잎사귀 사이로 보였다. 두툼한 줄기에 붙어 있는, 자그마한 단추 모양 눈을 가진 작고 피둥피둥한 그것이…… 그러나 바로 그때 나는 진짜로 잠이 깼다.

방은 이미 꽤 밝았다. 내 손목시계는 멈춰 있었다. 다섯시나 다섯시 삼십분쯤 된 것 같았다. 펠릭스는 깃털 침대에 파묻혀 나를 등진 채 자고 있었다. 그의 정수리만 보였다. 기이한 눈뜸. 기이한 여명. 나는 우리가 나눈 대화를 떠올렸다. 그를 설득하는 데 성공하지 못했다는 사실이 생각났다. 그러고는 흥미롭기 그지없는 새로운 생각에 사로잡혔다. 독자여, 잠깐 눈을 좀 붙이고 나자 나는 아이처럼 생기로워졌다. 영혼이 깨끗이 씻긴 듯했다. 사실 나는 겨우 서른여섯 해째의 생을 보내고 있었다. 넉넉히 남은 나머지 생을 비열한 밍싱보다는 다른 무언가에 바칠 수 있었다. 실상 얼마나 매혹적인 생각인가! 얼마나 새롭고 아름다운 생각인가! 운명의 충고를 받아들여서, 바로 지금, 바로 이 순간 이 방을 떠나고, 그리하여 영원히 내 분신을 저버리고 잊어버리는 것은. 그래, 결국 그는 나를 조금도 닮지 않았을지도 모르지 않은가. 정수리만 보였다. 그는 내게 등을 돌린 채 깊이 잠들어 있었다. "끝. 앞으로는 절대 이런 일 없을 거야. 이 순간부터 내 삶은 깨끗할 거야. 순결의 행복이 함께할 거야." 소년이 수치스러운 죄악과 외롭게 맞서 싸운 후에 분명한 어조로 한껏 힘주어 스스로에게 말하듯, 어제 모든 것을 말하고 나서, 이미 모든 것을 겪고 나서, 고통과 향락을 한껏 맛보고 나서, 이제 나도 유혹을 영원히 거부하고픈 마음이 미신에 매달리다시피 간절했다. 모든 것이 그토록 단순해졌다. 옆 침대에서는 내게서 우연히 은신처를 얻은 부랑자가 자고 있었다. 방바닥에는 그의 초라한 먼지투성이 구두가 놓여 있었고, 구두 안에는 양말이 들어 있었다. 의자 위에는 그의 옷이 프롤레타리아답게 정연히 잘 개어져 있었다. 도대체 나는 그 시골 호텔 방에서 무엇을 하고 있었던가? 거기에 계속 머무는 것이 어떤 의미가 있었던가? 그리고 정신을 번쩍 들게 하는 타인의 이 짙은 땀 냄새, 창밖으로 보이는 이 창백한 잿빛 하늘, 유리병 위에 앉은 커다란 흑파리…… 모든 것이 내게 말하고 있었다. 나가라, 일어나 나가라.

나는 접혀 있는 깔개 위에 발을 내려놓았다. 휴대용 빗으로 관자놀이 뒤쪽으로 머리를 빗어 넘겼다. 그리고 방을 조용히 가로질러 가서 외투를 입고 모자를 썼다. 여행가방을 집어들고 밖으로 나와서 등 뒤로 소리 없이 문을 닫았다. 설령 자고 있는 내 분신의 얼굴이 우연히 눈에 들어왔다 해도 나는 떠났을 것이다. 아까 언급한 그 소년이 밤에 탐닉한 관능적인 사진을 아침에는 더이상 보려 하지 않듯이, 나 역시 보고 싶은 욕구가 일지 않았다.

나는 가벼운 현기증을 느끼며 빠른 걸음으로 계단을 내려가 방값을 치르고 거리로 나섰다. 야근을 한 도어맨의 졸린 시선이 나를 배웅했다. 삼십 분 후에 나는 이미 기차 객실에 앉아 있었다. 코냑 향이 나는 트림이 영혼을 즐겁게 했다. 입가에는 역 앞 식당에서 허겁지겁 먹은 달걀 프라이의 소금기가 남아 있었다. 이렇게 식도에서 울리는 낮게 가라앉은 목소리로 이 모호한 장이 끝난다.

6장

신의 부재를 증명하는 일은 간단하다. 예를 들어, 진지하고 전지전
능한 어떤 불멸의 존재가 인체모형을 가지고 노는 짓 따위의 무의미
한 일에 시간을 쏟는다는 사실을 수긍하기란 불가능한 노릇이다. 게
다가, 이것이 가장 얼토당토아니한 것일진대, 끔찍이도 진부한 역학,
화학, 수학 법칙들로 놀이를 제한하고는, 결코 ─ 명심하시라, 결
코! ─ 자기 얼굴을 드러내지 않는다. 과연 그는 온순한 히스테리 환자*의
등 뒤에서만 도둑질하듯 은밀히, 에둘러서 ─ 그게 무슨 계시란 말인
가! ─ 논쟁의 여지가 있는 진실을 말할 뿐이다. 추측건대 신의 이 모
든 과업은 거대한 속임수이다. 물론 사제들이 그것 때문에 비난받아

---

* 그리스도를 말한다.

서는 결코 안 된다. 그들 자신이 그 속임수의 희생양이다. 신의 이념이란 세상에 아침이 왔을 때 재능 있는 망나니 녀석이 고안해낸 것이다. 푸른 시원(始原)을 믿기에는 어쩐지 신의 이념에서 인육 냄새가 너무 강하게 풍긴다. 그렇다고 해서 그 이념이 무지의 소산이란 말은 아니다. 나의 망나니는 천상의 일에 능숙했다. 그리고 나는 천상에 대한 표상 가운데 어떤 것이 더 지혜로운지 정말 모르겠다. 수많은 눈이 달린 천사들의 눈부신 날갯짓인가, 아니면 자기만족에 빠진 물리학 교수가 한없이 작아지며 빨려 들어가는 굽은 거울인가? 내가 신을 믿을 수 없고, 믿으려 하지도 않는 이유는 또 있다. 신에 관한 이야기는 내 이야기가 아니다. 그것은 타인의 이야기, 모두의 이야기이다. 신에 관한 이야기에는 세상을 잠시 떠돌다 사라진 수많은 인간 영혼들의 악취가 배어 있다. 그 이야기 속에는 고대의 공포가 득시글거린다. 서로 섞이며 서로를 삼키고자 애쓰는 헤아릴 수 없이 많은 목소리들이 울린다. 깊고 숨 가쁜 오르간 소리, 부제(副祭)의 울부짖는 소리, 성가대 선창자의 룰라드*, 흑인의 통곡, 열변을 토하는 목사의 파토스 넘치는 목소리, 종소리, 우렛소리, 히스테리 심한 여자들의 발작적인 비명. 오래전 부서진 물거품 같은 철학의 온갖 창백한 페이지들이 비쳐 나온다. 내게 신에 관한 이야기는 낯설고 끔찍하다. 나는 그게 전혀 필요 없다.

내가 내 삶의 주인이 되지 못한다면, 내 존재의 독재자가 되지 못한다면, 그 어떤 논리도, 그 어떤 황홀경도 어처구니없이 어리석은 내

---

* 두 선율 사이의 빠르고 연속적인 꾸밈음.

처지에 대한 생각을 거두게 하지 못한다. 신의 노예라는 처지 말이다. 이건 심지어 노예의 처지도 아니고, 호기심 많은 아이가 쓸데없이 그었다 끄는 성냥개비의 처지다. 아이의 장난감이 느끼는 공포. 그러나 아무 걱정 없다. 신은 없다. 불멸도 없다. 신이라는 괴물처럼 이 불멸이라는 녀석 또한 쉽게 처치할 수 있다. 정말로 한번 상상해보시라. 당신이 죽어 천국에서 눈을 떴다. 당신이 소중히 여겼던 고인들이 당신을 미소로 맞이한다. 자, 그럼 말씀해보시라. 그들이 진짜 고인들이라는 사실을, 그자가 당신 엄마의 탈을 쓰고 아주 완벽한 기교로 자연스럽게 그녀를 연기해서 당신을 미혹하는 어떤 잡귀가 아니라 정말로 고인이 된 당신 엄마라는 사실을 당신은 어떻게 보증하겠는가? 바로 이게 문제다. 바로 이게 끔찍한 거다. 연기는 실로 끝없이 계속될 것이다. 저세상에서 당신의 영혼은 자신을 둘러싼 다정다감한 영혼들이 탈을 쓴 악마들이 아님을 결코, 결코, 결코 확신하지 못할 것이다. 영혼은 영원히, 영원히, 영원히 의심 속에 머물고, 자기 앞에 고개 숙인 사랑스러운 얼굴에 나타날 끔찍한 변화를, 악마의 조소를 기다릴 것이다. 그러니까 나는 실크해트를 쓴 건장한 사형집행인이든, 영원한 부재의 조가비 소리든, 뭐든 전부 받아들일 것이다. 그러나 불멸이라는 고문만은, 이 차가운 하얀 강아지들만은 거절하겠다. 날 가게 놔두라. 조금의 애정 표시도 참지 않을 것임을 너희에게 경고하는 바이다. 왜냐하면 모든 것이 속임수이기 때문이다, 모든 것이 가증스러운 요술이기 때문이다. 나는 그 무엇도 그 누구도 믿지 않는다. 내게 가장 소중한 사람이 저승에서 나를 향해 다가오며 익숙한 손을 뻗을 때에도, 나는 공포에 질려 소리칠 것이다. 천국의 잔디 위에 털썩 쓰러져 몸부림칠 것이다. 아, 나는 어떡해야 할지 모르겠다. 아니, 이방인에게는 축복의 땅으로 들어가는 문을 닫아라.

신앙의 결핍에도 불구하고 내 천성은 침울하지도 사악하지도 않다. 타르니츠에서 베를린으로 돌아와서 내 정신적 재산 목록을 작성하고 나자, 수중에 들어온 적지만 틀림없는 재물 덕에 나는 아이처럼 기뻤고 생기를 되찾았다. 해방된 내가 이른바 새로운 삶의 지대에 들어서고 있음을 느꼈다. 내게는 어리석지만 매력적인, 나를 흠모하는 아내가 있었다. 작지만 멋진 아파트가 있었다. 튼튼한 위와 청색 자동차가 있었다. 나는 내 안에서 시인의, 작가의 재능을 느꼈다. 뿐만 아니라 비록 사업은 지지부진했지만 장사 수완도 탁월하다고 느꼈다. 내가 보기에 내 분신 펠릭스는 해될 것 없는 골동품이었다. 그 시절에 나는 아마 친구에게 그에 관해 이야기했을 것이다. 친구가 있었다면 말이다. 나는 초콜릿 사업을 접고 다른 일을 해보면 어떨까 생각하고 있었다. 예를 들면 에로스를 전면적으로 조명하는(문학 속의 에로스, 예술 속의 에로스, 의학 속의 에로스……) 호화로운 장정의 고가의 전집을 출판하는 거다. 요컨대 내 안에서 어디에다 써야 할지 몰랐던 불꽃 같은 정열이 깨어났다. 특히 어느 날 저녁의 일이 기억난다. 사무실에서 집으로 돌아왔을 때 아내는 집에 없었다. 그녀는 그날 첫 회 영화를 보러 간다고 메모를 남겼다. 나는 시간을 어떻게 보내야 할지 몰랐다. 방 안을 서성거리며 손가락으로 딱딱거리는 소리를 내다 글을 쓸 요량으로 책상에 앉았다. 하지만 펜에 침만 잔뜩 묻히고, 콧물이 흐르는 코나 연달아 그렸을 뿐이다. 일어서서 나갔다. 어떤 식으로든 세상과의 소통이 몹시 간절했다. 혼자인 게 참을 수가 없어졌다. 그건 나를 몹시, 그것도 헛되이 들뜨게 했다. 나는 아르달리온에게 향했다. 그는 사기꾼 기질을 지닌, 혈기 왕성하고 비열한 인간이다. 그가 마침내 문을 열었을 때(그는 빚쟁이가 무서워 방문을 잠가두었다) 나는 내가 왜 그에게 왔는지 의아했다.

"리다 여기 있어요." 뭔가 씹으며(나중에 보니 껌이었다) 그가 말했다. "마님께서 아프시네요. 옷 벗으시지요."

아르달리온의 침대 위에는 반쯤 벗은, 즉 구두는 벗어놓고 구겨진 녹색 슬립만 입은 리다가 담배를 문 채 누워 있었다.

"아, 게르만. 여기 올 생각을 하다니, 정말 잘됐네. 배가 좀 아프네. 이리 와서 곁에 앉아요. 지금은 좀 나아요. 영화관에서는 아파죽는 줄 알았어." 그녀가 말했다.

"액션 영환데 보다가 중간에 나와버렸어요." 담배 파이프를 후벼서 시커먼 재를 바닥에 쏟으며 아르달리온이 불평했다. "벌써 삼십 분째 저러고 누워서 뒹굴뒹굴하고 있답니다. 이게 다 여자들 술수지 뭐. 젖소같이 튼튼하기만 하구먼."

"저 입 좀 다물게 해보세요." 리다가 말했다.

"이봐요." 나는 아르달리온을 향해 말했다. "분명, 분명 말입니다, 담배 파이프하고 장미 두 송이를 그린 정물화 있지 않아요?"

그는 분별없는 소설가들이 작품 속에서 쓰는 소리를 냈다. "흠."

"없는데요. 신사 양반, 뭔가 착각하신 것 같네요."

"첫번째 마디." 눈을 감고 누운 채 리다가 말했다. "첫번째 마디는 불쾌한 사람들의 거대한 무리. 두번째…… 음, 두번째 마디는 프랑스어로 짐승. 그리고 이것들을 합하면 저따위 칠장이."

"신경 쓰지 마세요." 아르달리온이 말했다. "파이프와 장미라, 아니요, 생각 안 나요. 차라리 한번 직접 보지그래요."

그의 그림들은 벽마다 걸려 있었고, 탁자 위에서 나뒹굴었고, 먼지투성이 서류철에 담겨 구석에 수북이 쌓여 있었다. 모든 것이 온통 솜털 같은 잿빛 먼지로 뒤덮여 있었다. 나는 수채화들에 묻은 지저분한 자주색 얼룩을 바라보았고, 금방이라도 망가질 듯 흔들거리는 의자 위에 놓인 기름이 번지르르한 종이 몇 장을 조심조심 만지작거렸다.

"첫째, '아르다'는 '오'로 써. 아르바와 헷갈리셨군."* 아르달리온이 말했다.

나는 방을 나와서 부엌에 있는 집주인 여자를 향했다. 집주인 여자는 올빼미를 닮은 노파이다. 그녀는 바닥보나 한 계단 높이 난 장소에 놓인 고딕풍 팔걸이의자에 앉아서 바느질대를 대고 스타킹을 깁고 있었다. "그림 좀 보려고요." 내가 말했다.

"그러세요." 그녀가 상냥하게 대답했다.

찬장 오른쪽에 마침 내가 찾던 그림이 걸려 있었다. 그러나 이건 두 송이 장미라고 할 수도, 파이프라고 할 수도 없었다. 큰 복숭아 두 개와 유리 재떨이였다.

나는 짜증이 극에 달해서 되돌아왔다.

"그래, 찾으셨소?" 아르달리온이 물었다.

---

* 리다가 낸 낱말 수수께끼에서 각 마디의 발음을 표기하면 '아르다(орда)-리온(ли он)', 곧 '아르달리온(ордалион)'이다. 그러나 실제로 아르달리온의 이름 첫 자는 'о'가 아니라 'А'로 아르달리온은 철자를 혼동한 리다의 실수를 비꼬고 있다. '아르바(а рба)'는 '짐마차'라는 뜻.

나는 고개를 저었다. 리다는 벌써 원피스를 입고 거울 앞에서 더럽기 짝이 없는 아르달리온의 빗으로 머리를 가지런히 고르고 있었다.

"중요한 건 말이야, 그딴 건 전혀 먹지 않았단 거야." 습관적으로 콧구멍을 누르며 그녀가 말했다.

"그냥 가스가 찬 거겠지." 아르달리온이 말했다. "잠시만 기다리세요들. 같이 나갑시다. 옷만 입으면 돼요. 리두샤, 돌아서."

그는 거의 발뒤꿈치까지 헝겊을 덧대 기운, 페인트투성이인 칠장이용 덧옷을 입고 있었다. 그는 덧옷을 벗었다. 아랫도리에는 내복 외에는 아무것도 입지 않았다. 나는 단정치 못하고 난잡한 걸 정말 싫어한다. 맹세코 펠릭스가 아르달리온보다 깨끗할 것이다. 리다는 창밖을 보며 유행이 한참 지난 노래를 서툰 독일어 발음으로 흥얼거렸다. 방을 돌아다니던 아르달리온은 아주 뜻밖의 장소에서 눈에 띄는 옷을 주워 입었다.

"아!" 갑자기 그가 소리쳤다. "가난한 화가보다 시시한 게 뭐란 말인가? 전시회를 열게 누가 도와주기만 한다면야 금방 명성을 얻고 부자가 되련만."

그는 우리 집에서 저녁을 먹고 리다와 두라크 놀이를 하다 자정이 지나서 떠났다. 이 모든 것을 나는 유쾌하고 유익하게 보낸 밤의 한 예로서 제시한다. 그렇다. 모든 것이 좋았다. 모든 것이 훌륭했다. 나는 다른 인간이 된 나를, 생기를 되찾고 새롭게 거듭나 해방된 인간을 느꼈다. 그리고 기타 등등. 아파트, 아내, 익살꾼 친구들, 베를린의 강철 겨울의 살을 에는 상쾌한 추위. 기타 등등. 또한 내가 열중하기 시작했던 저 습작의 예 하나를 도입하지 않을 수 없다. 진을 빼는 작금의 이 소설 쓰기에 견주면 그건 일종의 무의식적인 훈련이었다. 그해 겨울에 썼던 습작 나부랭이들을 나는 오래전에 없애버렸다. 그러나 그중 하나는 꽤 생생하게 기억에 남아 있다. 얼마나 어여쁜가, 얼마나 생기로운가…… 음악 주세요!

옛날 옛적에 허약하고 흐리멍덩하지만 부자인 이그레크 익소비치라는 사람이 살았다. 그는 매혹적인 한 처녀를 사랑했다. 하지만, 아, 그녀는 그에게 전혀 관심이 없었다. 한번은 이 창백하고 따분한 인간이 여행중 해변에서 디크라는 이름의 젊은 어부를 보았다. 그는 구릿빛 피부의 건장하고 쾌활한 젊은이였다. 더불어, 오, 이런 기적이 있나! 디크는 놀랍게도 그를 쏙 빼닮았다. 우리 주인공의 머리에 흥미로운 생각이 떠올랐다. 그는 함께 바다에 가자며 처녀를 불렀다. 그들은 서로 다른 호텔에 방을 잡았다. 첫날 아침 그녀는 산책하러 갔다가 벼랑 꼭대기에서 보았다. 누굴? 그가 정말 이그레크 익소비치란 말인가?? 맙소사, 그럴 리가! 줄무늬 셔츠를 입은 그는 강인한 두 팔을 드러낸 채 햇볕에 그을린 쾌활한 모습으로 저 아래 모래밭에 서 있었다(그러나 그 사람은 디크였다). 처녀는 호텔로 돌아왔다. 설렘에 온몸을 떨며 그를 기다리기 시작했다. 일 분이 한 시간 같았다. 한편 그는, 즉 진짜 이그레크 익소비치는, 그녀가 절벽에서 디크를, 그의 분신을 바라보는 모습을 덤불 뒤에 숨어서 보았다. 그는 이제 그녀의 신장이 완전히 무르익기를 기다리다 조바심이 나서 마을을 배회했다. 그는 외출용 양복에 연보라색 타이를 매고 백구두를 신었다. 그 순간 거무스름한 얼굴에 눈망울이 초롱초롱한, 붉은 치마를 입은 한 처녀가 오두막 문지방에 서서 두 손을 치켜들고 그를 향해 소리쳤다. "디크, 어쩜 그렇게 멋지게 차려입었다지! 난 네가 다른 젊은 애들처럼 무식한 어부라고만 생각했어. 그래서 널 사랑하지 않았어. 하지만 이제는, 이제는……" 그녀가 그를 오두막으로 끌어들였다. 속삭임, 생선 냄새, 뜨거운 애무…… 시간이 흘러갔다…… 나는 눈을 떴다. 내 안식(安息)은 온통 노을로 물들어 있었다…… 마침내 이그레크 익소비치는 그녀가, 다정한 그녀가, 그가 그토록 사랑한 유일한 여인이 기다리는 호텔로 향했다. "내가 눈이 멀었어!" 그가 들어서자마자 그녀가 외쳤다. "햇살 내리쬐는 해변에서 너의 구릿빛 맨몸을 보며 눈을 떴어. 그래, 널 사랑해. 난 네 거야. 네가 원하는 대로 날 어떻게 좀 해줘!" 속삭임? 뜨거운 애무? 시간이 흘러갔다? 아니다. 아, 아니다. 결코 아니다. 이 불쌍한 친구는 좀 전에 맛본 재미로 인해 녹초가 되었다. 그는 침울한 표정으로 풀기 없이 앉았다. 더할 나위 없이 기지 넘치는 자신의 계획을 스스로 거역해서 허사로 만든 제 어리석음을 곱씹었다……

보잘것없는 작품이다. 그건 나 자신이 안다. 이 글을 쓰는 중에는 아주 재치 있고 기발한 작품이 되어간다는 인상을 받았다. 때로 꿈이 그렇다. 꿈속에서는 꽤 멋지게 달변을 늘어놓지만, 눈떠서 기억을 더듬어보면 어눌한 허튼소리이다. 한편으로 오스카 와일드 스타일의 이 짧은 이야기*는 신문에 싣기에는 더없이 적당하다. 편집자들은 이딴 식의 맵시를 부린, 약간의 음란성과 우아함을 고루 갖춘, 그리고 무식쟁이들이 패러독스라 부르는 것을 담은("그의 대화에는 패러독스가 번뜩였다") 마흔 줄짜리 짧은 이야기를 독자들에게 대접하기를 좋아

---

* 실제로 게르만의 이야기는 오스카 와일드의 환상동화 「어부와 그의 영혼」과 유사한 대목이 있다.

한다. 그렇다. 하찮은 짓거리다. 펜대 놀음이다. 하지만 지금 여러분은 얼마나 놀랄 것인가? 고통 속에서, 공포에 젖어 이를 갈며, 어떻게든 마음을 가라앉히려 애쓰며, 동시에 이건 위안은커녕 세련된 자기 학대임을, 이 방법으로는 해방은커녕 자신을 더 혼란스럽게 할 뿐임을 절감하며, 내가 이 상스러운 글을 썼다고 말하게 될 지금 말이다.

나는 대략 이런 마음 상태로 새해를 맞이했다. 이 육중한 밤의 시체를, 성찬의 시간을 알리는 종이 울리기를 숨죽여 고대했던, 얼빠진 여자-밤을 나는 기억한다. 리다, 아르달리온, 오를로비우스 그리고 내가 탁자에 앉아 있다. 미동도 없다. 문장(紋章)에 새겨진 야수 같은 모양새다. 탁자에 팔꿈치를 괴고 집게손가락을 치켜든 리다는 정신을 바짝 차리고 있다. 트럼프 뒷면처럼 알록달록한, 어깨가 드러난 원피스를 입었다. 아르달리온은 무릎 담요로 몸을 감쌌다. (발코니 문을 열어두었다.) 사자 같은 두툼한 얼굴이 불그레하게 빛난다. 오를로비우스는 검정 프록코트를 입었다. 안경이 빛난다. 접힌 옷깃이 얇은 검정 타이의 양쪽 가장자리를 집어삼켰다. 그리고 나, 이 광경에 환한 빛을 비춘 인간-번개. 여러분, 이제는 물론 움직여도 좋다. 어서 이리 술병을. 곧 괘종시계가 울릴 거야. 아르달리온이 잔에 샴페인을 따랐다. 그리고 모두 다시 죽은 듯 꼼짝하지 않았다. 때로는 곁눈으로 때로는 안경 너머로, 오를로비우스가 식탁보 위에 놓인 그의 오래된 은색 시계를 바라보았다. 아직 이 분 남았다. 누군가 더이상 참지 못하고 거리에서 병을 깨뜨려 픽 소리가 났다. 그리고 다시 긴장된 고요. 오를로비우스가 시계를 뚫어지게 바라보며, 그리핀의 발톱을 가진 쭈글쭈글한 손을 잔을 향해 천천히 뻗었다.

돌연 밤의 꿰맨 부위가 터지기 시작했다. 거리에서 건배 소리가 울려퍼졌다. 우리는 왕이 된 듯 잔을 들고 발코니로 나갔다. 거리 위로 솟구쳐 오른 폭죽이 총천연색 오열을 터뜨렸다. 창마다, 쐐기 모양과 사각형 모양 축제의 빛에 둘러싸인 발코니마다 사람들이 서서 한결같이 바보 같은 기쁨의 말들을 외쳐댔다.

우리 넷 모두 잔을 부딪쳤고, 나는 한 모금 마셨다.

"게르만은 뭘 위해 건배할까?" 리다가 아르달리온에게 물었다.

"내가 알 게 뭐야. 여하튼 올해 목이 잘릴걸. 수익을 감춘 죄목으로 말이야." 그가 대답했다.

"아니, 저런 험담을! 나는 전 인류의 건강을 위해 건배하네." 오를로비우스가 말했다.

"물론 그러시겠지요." 내가 한마디 했다.

며칠 후 일요일 아침 욕탕에서 씻고 있을 때 가정부가 문을 두드렸다. 그녀가 뭐라고 말했지만 물소리 때문에 알아들을 수 없었다. 내가 고함을 질렀다. "무슨 일이에요? 원하는 게 뭡니까?" 그러나 내 고함소리와 물의 소음이 엘자의 말을 삼켜버렸다. 그래서 그녀는 몇 번이나 되풀이해서 말해야 했다. 나는 다시 소리쳤다. 때로 텅 빈 넓은 인도에서 두 사람이 서로 피해 가지 못하는 것과 같은 형국이었다. 마침내 나는 수도꼭지를 잠글 생각을 했다. 그러고 나서 문으로 달려갔다. 갑작스러운 정적 가운데 엘자의 목소리가 또렷이 들렸다.

"누가 찾아왔어요."

"누가요?" 내가 묻고는 문을 살짝 열었다.

"누군지 몰라요." 엘자가 재차 말했다.

"왜 왔대요?" 나는 내가 머리부터 발끝까지 땀을 흘리고 있음을 느꼈다.

"일 때문이래요. 어떤 일인지 당신이 안대요."

"어떻게 생겼어요?" 나는 질문하려고 애를 썼다.

"현관에서 기다려요." 엘자가 말했다.

"어떻게 생겼냐고 묻잖아요."

"가난뱅이 같아요. 배낭을 멨던걸요." 그녀가 대답했다.

"그럼 지옥에나 가버리라고 하세요!" 내가 고함을 쳤다. "당장 내쫓아요. 나는 집에 없어요. 난 베를린에 없어요. 난 세상에 없어요!……"

나는 문을 쾅 닫고 딸깍 빗장을 질렀다. 심장이 목까지 뛰어올랐다. 삼십 초 정도 지난 듯하다. 내게 무슨 일이 일어났는지 모른다. 나는 고함을 치며 문을 벌컥 열어젖혔다. 반나체로 욕탕을 뛰쳐나간 나는 부엌으로 가고 있던 엘자와 복도에서 마주쳤다.

"그를 붙잡아요. 어디 있어요? 붙잡아요!" 내가 소리쳤다.

"가버렸어요. 아무 말 없이 떠났어요."

"도대체 당신은……" 나는 뱉은 말을 채 끝내지도 않고 침실로 달려가 옷을 입고 계단으로, 거리로 뛰쳐나갔다. 아무도, 아무도 없다. 나는 모퉁이까지 가서 잠시 서서 두리번거렸다. 그러고 나서 집으로 돌아왔다. 리다가 없었다. 아침 댓바람부터 아는 여자 집에 간 것이었다. 그녀가 돌아왔을 때, 나는 몸이 찌뿌드드해서 카페에 가기로 한 약속을 못 지키겠다고 말했다.

"가엾어라. 누워서 쉬어요. 약 먹고. 집에 살리퍼린* 있어. 그럼 카페에는 혼자 갈게요." 그녀가 말했다.

떠났다. 가정부도 떠났다. 나는 벨이 울리기를 기다리며 고통스럽게 귀 기울였다. "이런 등신." 나는 되뇌었다. "이런 둘도 없는 등신!" 나는 끔찍한, 그야말로 참을 수 없이 병적인 동요에 사로잡혔다. 어찌할 바를 몰랐다. 벨을 울리게 해줄 존재하지 않는 신에게 기도할 준비가 되어 있었다. 어둠이 깔렸을 때, 나는 불을 켜지 않았다. 소파에 누워 내내 귀를 기울였다. 아마 그는 아파트 정문이 닫히기 전엔 올 거야. 오늘 안 오면 내일, 아니면 모레에는 틀림없이, 틀림없이 올 거야. 그가 오지 않으면 난 죽을 거야. 그는 와야만 해. 여덟시경, 마침내 벨이 울렸다. 나는 현관으로 달려나갔다.

"후유, 피곤해!" 들어오는 길에 모자를 벗고 머리를 흔들며 리다가 아무렇지 않게 말했다.

아르달리온이 함께 왔다. 그와 나는 응접실로 갔고, 아내는 부엌으로 향했다.

"순례자는 춥고 배고프다네." 라디에이터에 손을 녹이며, 아르달리온이 말했다.

침묵.

"하여튼," 실눈을 뜨고 내 초상화를 보며 그가 말을 이었다. "아주 비슷해. 정말 비슷해. 자만해선 안 되지만 볼 때마다 감탄하게 돼. 콧수염을 다시 깎다니 잘하셨네요."

"저녁 드세요." 리다가 문을 살짝 열고 상냥하게 말했다.

---

* 작가가 만든 말. '에스(c)'를 덧붙여 철자를 재배열하면 '시린이 썼다' 혹은 '시린의 거짓말'이란 뜻이 된다.

밥이 넘어가지 않았다. 이젠 시간이 늦었지만 나는 그가 문을 두드리지 않을까 여전히 귀를 기울이고 있었다.

"내 두 가지 꿈은," 기름이 번지르르한 햄을 블린*을 말듯 말아 우적우적 씹으며 아르달리온이 말했다. "기막히게 멋진 내 두 가지 소망은 바로 전시회와 이탈리아 여행이라네."

"한 달 넘게 술을 입에 대지 않아서 저래." 리다가 내게 해명했다.

"아, 그런데 말이야, 페레브로도프 왔었어?" 아르달리온이 물었다.

리다가 손바닥으로 입을 가렸다. "잊어버렸네." 손가락 틈새로 리다가 말했다. "새까맣게 잊어버렸어."

"너 같은 오소리는 정말 처음이다! 사실은 당신한테 미리 말 좀 해놓으라고 리나에게 부탁했어요. 불행한 화가가 하나 있거든요. 바시카 페레브로도프라는 사람입니다. 그단스크**에서 여기까지 걸어왔어요. 적어도 그는 그렇게 말하더라고요. 그단스크에서 걸어왔다고. 담뱃갑에 그림을 그려서 팔고 다녀요. 당신한테 가보라고 했죠. 리다 말이 당신이 도와줄 거라 해서."

"왔었지." 내가 대답했다. "왔었어. 그래, 내가 어쨌을까요? 지옥으로나 꺼지라고 말해줬지. 나한테 갖은 비렁뱅이들 좀 그만 보냈으면 대단히 고맙겠소이다. 날 찾아오는 수고를 더이상 할 필요 없다고 당신 동료에게 전해주시지요. 정말 해도 해도 너무하네. 내가 뭐 자신사업가로 태어난 줄 알겠네. 당신 그 페레브로도픈가 뭔가 하는 놈이랑 지옥에나 꺼져버려요. 이제 절대 못 오게 해!……"

---

* 밀전병처럼 얇은 러시아식 팬케이크.
** 발트 해에 면한 폴란드 포모르스키 주의 주도.

"게르만, 게르만." 리다가 부드러운 목소리로 참견했다.

아르달리온이 주둥이를 쭉 내밀고 거품 터지는 소리를 냈다. "우울한 일이구나." 그가 말했다.

나는 한동안 더 씩씩댔다. 정확히 무슨 말을 했는지는 기억나지 않는다. 그래, 그건 중요치 않다.

"정말," 리다를 곁눈질하며 아르달리온이 말했다. "내가 실수한 것 같네. 미안합니다."

순간 나는 말을 그치고, 한참 전에 저어놓은 차를 티스푼으로 다시 저으며 생각에 잠겼다. 그리고 잠시 후 큰 소리로 말했다.

"어쨌든 난 정말 돌대가리야."

"에이, 또 금세 왜 이러실까? 그렇게 극단적으로 말하지 마세요." 아르달리온이 온화하게 말했다.

내 어리석음이 나 자신을 즐겁게 했다. 그가 실제로 나타났다면(그의 출현 자체가 기적 아닌가, 실로 그는 내 이름조차 모르니까) 가정부가 기절초풍했으리란 생각이 왜 들지 않았을까? 그녀 앞에 내 분신이 서 있었을 게 아닌가! 가정부가 고함을 지르고는 달려와서, 숨넘어가는 목소리로 닮음에 대해 외쳐댔을 모습이 이제야 생생히 떠올랐다!…… 그랬으면 나는 그녀에게 이 사람은 러시아에서 갑자기 찾아온 내 동생이라고 해명했을 거다…… 한편 나는 무의미한 고통 속에서 길고 고독한 하루를 보냈다. 그의 출현에 놀라는 대신 앞일을 결정하고자 애를 썼다. 그는 영원히 떠나버린 것인가, 아니면 다시 나타날 것인가? 나타난다면 무슨 속셈일까? 그렇게 좌절된 무모하고 경이로운 내 이 꿈도 그의 출현과 함께 이제 실현될 것인가, 아니면 내 얼굴을 아는 스무 명의 사람들이 거리에서 이미 그를 봐버렸고, 덕분에 내 계획은 완전히 수포로 돌아간 건가? 내 경솔함과 그토록 간단히 불식된 위험에 대해 곰곰이 생각하고 나자, 이미 말한 대로, 나는 유쾌함과 선의의 물결이 밀려드는 것을 느꼈다.

"오늘 내가 좀 예민하네요. 용서하세요. 솔직히 말하면 난 호감 가는 당신 친구 페레브로도프를 못 봤어요. 때를 잘못 맞춰 왔어요. 난 씻고 있었고, 엘자가 그 사람한테 내가 집에 없다고 말했어요. 그를 보거든, 자, 여기 3마르크라도 전해주시지요. 주머니 사정이 넉넉해서 더 줄 수 있으면 기쁘겠지만, 더 줄 형편은 안 된다는 말도 전해주세요. 다비도프, 그러니까 블라디미르 이사코비치 같은 사람한테 가보라고 하는 게 어때요?"

"괜찮은 생각인데요." 아르달리온이 말했다. "나도 그 사람을 한번 졸라봐야겠는데요. 그런데 말이죠, 완전 술고래예요. 바시카 페레브로도프 말입니다. 우리 고모한테 한번 물어보세요. 그 왜 있잖아요, 프랑스 농사꾼한테 시집간 고모. 아주 에너지가 넘치는 사람인데, 지독한 구두쇠라고 말했잖아요. 페오도시야* 근방에 영지를 가지고 있었지요. 1920년에 바시카랑 둘이서 지하 저장고에 있는 고모 술을 다 마셔버린 적이 있지요."

"이틸리아 여행 얘기는 또 하기로 힙시다." 미소를 머금고 내가 밀했다. "그래요, 그래. 그러기로 합시다."

"게르만은 마음씨가 비단결이라니까." 리다가 한마디 했다.

---

* 우크라이나 남부 흑해 연안의 항구도시.

"당신, 소시지나 좀 건네주지." 여전히 미소 지은 채 내가 말했다.

그때 나는 내게 무슨 일이 일어나고 있는지 완전히 이해하지 못했다. 지금은 안다. 또렷하지는 않다. 하지만 격렬하다. 그리고 자, 이제 걷잡을 수 없다. 내 분신을 향한 정열이 내 속에서 다시 자라나고 있었다. 우선 그건 나를 위한 어떤 흐릿한 점(點)이 베를린 시내에 출현한 것으로 표출되었다. 나는 거의 무의식적으로 알 수 없는 힘에 이끌려 그 점 주위를 맴돌기 시작했다. 우체통의 짙푸른색, 격자 창살이 달린 작은 창 아래에 검은 독수리 문장이 새겨진, 육중한 바퀴를 단 노란 자동차, 배 앞으로 가방을 매고 숙련된 노동자의 독특한 걸음걸이로 느릿느릿 길을 가는 우체부, 눈을 찡그린 채 역 앞에 서 있는 푸른색 우표 발행기, 심지어 투명 셀로판지 봉투에 만국의 우표를 한가득 담아 구미 당기게 진열해놓은 조그만 상점까지, 요컨대 우체국과 연관된 그 모든 것이 내게 어떤 압력을, 어떤 거부할 수 없는 영향력을 행사하기 시작했다. 내 기억에 어느 날엔가는 마치 몽유병 환자처럼 무의적으로 어느 낯익은 골목에 간 적이 있다. 그리고 자, 나는 이미 내 존재의 중심이 되어버린, 저 자석 같은 흐릿한 점을 향해 가까이 가고 있었다. 그러다 퍼뜩 정신이 들어 그 자리를 떴다. 하지만 얼마 후, 몇 분 뒤, 어쩌면 며칠 뒤 정신을 차려보니 나는 다시 그 골목의 반대쪽으로 들어서고 있었다. 푸른 우체부들이 나를 향해 어기적어기적 걸어오더니, 모퉁이에서 어슬렁거리다 흩어졌다. 나는 손거스러미를 물어뜯으며 몸을 돌렸다. 머리를 가로저었다. 나는 아직 저항하고 있었다. 요점인즉슨, 내게 편지가 와 있음을, 그것이 내가 찾아가주길 기다리고 있음을 나는 나의 광적인 틀림없는 직감으로 알았다

는 거다. 그리고 머지않아 유혹에 굴복하게 되리란 사실을 알았다는
거다.

7장

먼저 제사(題詞)* 한 구절을 읊조려본다. 특별히 이 장에 붙이는 게 아니라 책 전반에 붙이는 거다. 문학은 사람에 대한 사랑이다. 이제 계속하자.

우체국 건물 내부는 어두컴컴했다. 창구 앞마다 사람들이 두세 명씩 무리 지어 서 있었다. 대부분 여자들이었다. 창구 안에는 색 바랜 초상화 같은 공무원들의 얼굴이 어른거렸다. 바로 저기 9번 창구다. 나는 결정을 내리지 못하고 망설였다…… 나는 우선 적을 게 있는 척 스스로를 기만하며 건물 가운데에 있는 탁자로, 그러니까 칸막이로 나뉜 필기용 탁자로 다가갔다. 주머니를 뒤지니 오래된 계산서가 있

_____

* 책의 첫머리에 그 책과 연관된 문구를 적은 것.

었다. 계산서 뒷면에 뇌리에 떠오른 첫 마디를 휘갈기기 시작했다. 관청에서 배급한 펜이 불쾌하게 쇳된 소리를 냈다. 나는 잉크병에, 그 속에 든 검은 침에 펜을 찍어댔다. 팔꿈치로 누른 창백한 빨종이에 온갖 글줄이 얽히고설켜 알 수 없는 자국이 생겨나고 있었다. 이 부조리한 필체, 마이너스 필체는 내게 항상 거울을 떠오르게 한다. 마이너스 곱하기 마이너스는 플러스이다. 나는 펠릭스도 일종의 마이너스 '나'가 아닐까 하는 생각이 들었다. 이 놀랍도록 중요한 생각을 나는 끝까지 파헤치지 않았는데, 그건 잘못된, 아주 잘못된 일이었다. 한편 내 손에 쥐어진 쇠약한 펜은 이런 말들을 쓰고 있었다. 필요 없어, 원치 않아, 원해, 돼지 같은 녀석, 원해, 필요 없어, 뒈져버려. 나는 주먹을 쉬어 좋잇소삭을 구겠다. 안달이 난 뚱뚱한 여자가 카라쿨 양*의 궁둥이로 나를 힘껏 떠다밀고는 비집고 들어와서 자유의 몸이 된 펜을 낚아챘다. 돌연 나는 9번 창구 앞에 서 있었다. 옅은 색 콧수염이 난 커다란 얼굴이 묻는 표정으로 나를 바라보았다. 나는 나직이 암호를 말했다. 검지가 검은 골무에 싸인 손이 편지를 세 통이나 내밀었다. 이 모든 일이 일순간 일어난 것만 같았다. 그리고 바로 다음 순간 이미 나는 손을 가슴에 얹고 거리를 따라 걷고 있었다. 가장 가까운 벤치에 이르러 앉았다. 그리고 탐욕스러운 손길로 편지를 뜯었다.

지기에 기념비를 세우시라. 이를테면 노란 푯말 어떤가? 이 특별한 순간이 물리적인 표지를 지니게 하라. 나는 앉아서 읽었다. 그런데 예기치 않게 참기 어려운 웃음이 나와 숨이 막혔다. 여러분, 몽땅 공갈

---

* 모피용 양의 한 품종으로 몸집이 크다.

협박조로 쓴 편지들이 아닌가! 아마 그 누구도 영원히 열어보지 못할 공갈 협박 편지, 유치우편으로 그리고 약속된 암호로 보내온, 발신인은 수신인의 주소도 이름도 모른다는 사실에 대한 솔직한 고백이 담긴 공갈 협박 편지. 이건 정말 미치도록 우스꽝스러운 패러독스다! 그 세 통의 편지 중 11월 중순에 쓴 첫 편지에서는 아직 협박의 모티프가 바닥에 깔려 있었다. 그 편지는 내게 잔뜩 성을 내고 있었다. 해명을 요구하고 있었다. 편지를 쓴 사람은 눈썹을 추켜올리고 있었지만 금세라도 능글맞게 웃을 것 같았다. 그는 몰랐으니까. 왜 내가 그토록 기이하게 행동했는지, 왜 내가 이야기도 매듭짓지 않고 한밤중에 몰래 사라졌는지, 그는 그 이유를 몹시 알고 싶어 했다…… 그는 다소 의혹을 품고 있었고, 아직 자기 패를 내보이려 하지 않았다. 내가 그의 기대에 부응하여 행동하기만 하면 기꺼이 그 의혹들을 세상에서 감출 태세였다. 점잔 빼는 어조에는 당혹감과 더불어 답장에 대한 기대가 묻어 있었다. 그 모든 것이 극도로 비문법적이었고 부자연스러웠다. 이 혼합이 그의 스타일이기도 했다. 12월 말에 쓴(대단한 참을성이다. 한 달을 기다렸지 않은가!) 다음 편지에서는 공갈의 곡조가 훨씬 뚜렷이 들려왔다. 대체 왜 그가 내게 편지했는지가 이제 명백해졌다. 천 마르크짜리 지폐에 관한 회상이, 코끝에서 어른거리다 갑자기 사라져버린 그 회청색 환영에 관한 회상이 그의 영혼을 갈기갈기 찢고 있었다. 그의 탐욕은 극에 달해 있었다. 그는 바싹 마른 입술을 혀로 연신 핥아대고 있었다. 그는 나를, 그리고 손끝을 근질근질하게 만들었던 매혹적인 바스락 소리를 놓아주었던 자신을 용서할 수 없었다. 그는 나와 다시 만날 준비가 되어 있다고, 그동안 상황을 심사숙

고했다고, 하지만 내가 만남을 회피하거나 아예 답장을 하지 않는다면 어쩔 수 없을 것이라고 썼다…… 바로 이 지점에 거대한 잉크 얼룩이 져 있었다. 내 호기심을 자극할 요량으로 이 악당 녀석이 일부러 만들어놓은 것이다. 바로 어떤 협박을 해야 할지 전혀 알 수가 없었기 때문이다. 마지막으로, 1월에 쓴 세번째 편지. 이 편지가 펠릭스에게는 진정한 걸작이었다. 나는 다른 두 통의 편지보다 이 편지의 내용을 더 상세히 기억한다. 다른 편지들보다 좀더 오래 보관하고 있었기 때문이다…… "내가 전에 보낸 편지들에 답장을 받지 못한 관계로 이젠 때가, 어떤 조치를 취할 때가 되었다는 생각이 들기 시작하는군요, 그럼에도 불구하고 한 달 더 생각할 시간을 드리지요, 한 달 후에는 당신의 행동이 충분하고도 완전한 평가를 받게 될 장소로 향힐 겁니다, 만일 그곳에서도 공감을 얻지 못하면, 온통 썩어빠진 놈 천지니 말이오, 나는 전적으로 당신 상상에 맡기는 특별한 종류의 효력에 기댈 겁니다, 정부가 사기꾼을 벌주지 않을 때, 모든 정직한 시민의 의무는 탐탁지 않은 사람과 관계된 큰 혼란과 소동을 일으켜서, 국가가 싫든 좋든 반응하지 않을 수 없게 만드는 거라고 생각하니까요, 하지만 당신의 개인적인 처지를 고려하고 친절과 호의를 베풀어, 이달 내로 당신이 내가 짊어져야 했던 모든 근심에 대한 보상으로 상당히 큰 액수를 제빌이지 내게 보내올 기리는 조건히에서, 나는 내 외도를 포기하고 어떠한 소동도 일으키지 않을 용의가 있습니다, 구체적인 액수는 훌륭한 당신의 판단에 맡겨두는 바입니다." '참새'라는 서명. 그리고 그 아래에는 지방 우체국 주소.

나는 이 마지막 편지가 마음에 들어서 두고두고 음미했는데, 능력껏 번역하긴 했지만, 내 번역은 이 편지의 매력을 거의 옮길 수 없다. 나는 이 편지의 모든 구석이 마음에 들었다. 마침표 하나 없는 제약받지 않은 말의 장엄한 흐름도, 이 순진무구해 보이는 인간이 드러내는 멍청하고 좀스러운 비열함도, 그저 빌어먹을 놈의 돈을 손에 쥐기만 한다면야 그 어떤 역겨운 제안도 받아들이리라는 암묵적인 동의도. 그러나 무엇보다도 큰 즐거움을, 강렬하고 충만한 터질 듯한 희열을 가져다주었던 것은 펠릭스가 내 어떤 강요도 없이 자진해서 다시 나타나서는 자기를 써달라고 한다는 점이었다. 그뿐 아니라 그는 자기의 도움을 받아들이도록 내게 강요하고 있었고, 내 바람에 전적으로 부응하는 가운데, 돌이킬 수 없는 일련의 사건에 대해 여하한 내 책임도 면하게 해주는 듯했다.

나는 그 벤치에 앉아 배를 잡고 웃었다. 오, 그곳에 기념비를, 노란 푯말을 세우시라! 반드시 세우시라! 그가 어떻게 이런 마음을 품었을까? 그 얼간이가! 그 편지들이 내게 텔레파시를 보내서 도착을 알릴 거라는 사실을? 내가 편지들을 속속들이 읽어내는 기적이, 그의 보이지 않는 위협의 힘을 내가 믿게 되는 기적이 일어날 거라는 사실을? 참으로 흥미롭지 않은가. 실제로 나는 그의 편지가 9번 창구에서 나타나리라 느꼈고, 실제로 답장을 쓰려고 했다. 과연 정말로 위협이 두려워 떨면서 말이다. 다시 말해 그가 전례 없이 뻔뻔한 어리석음으로 예측한 모든 일이 일어나고 있었다. 나는 벤치에 앉아 이 편지들을 뜨겁게 껴안고 내 계획의 최종적인 윤곽이 드러났음을, 모든 것이 준비되었거나 아니면 거의 준비되었음을 느꼈다. 별로 힘들이지 않고 두세 획만 덧붙이면 되었다. 게다가 이런 경우 수고랄 게 뭐 있겠는가?

모든 것이 저절로 이루어지고 있었다. 펠릭스를 처음 본 순간 이래로 모든 것이 순조롭게 하나로 모여들어 불가피한 형태를 갖춰가고 있었다. 수학기호의 조화에 관해, 행성의 움직임에 관해, 자연법칙의 규칙적인 작동에 관해 논의할 때, 아, 과연 수고에 관해 말할 수 있단 말인가? 나의 경이로운 건축물은 나와 무관하게 세워지고 있는 듯했다. 그래, 맨 처음부터 모든 것이 내 기대에 부응하고 있었다. 이제 펠릭스에게 뭐라고 답장을 쓸까 스스로에게 물었을 때, 그 내용이 벌써 내 뇌리에 자리 잡았음을, 일정한 추가 요금을 부담하면 보낼 수 있는, 신혼부부를 위한 짧은 축하 전보처럼 이미 마련되어 있음을 이해하게 되었지만 별로 놀라진 않았다. 소정의 양식에 날짜만 써넣으면 되었나. 그뿐이었나.

범죄에 관해, 범죄의 예술에 관해, 카드놀이의 속임수에 관해 논해보자. 지금 나는 몹시 흥분했다. 오, 코넌 도일! 자네는 자네의 주인공들에게 싫증 났을 때, 얼마나 경이롭게 작품을 마무리할 수 있었던가! 자네는 어떤 가능성을, 어떤 주제를 탕진해버린 것인가! 실로 그대는 셜록 홈스 서사 전체의 결말이 되는 마지막 이야기를 하나 더 쓸 수 있었단 말이지. 기존의 모든 이야기를 멋지게 마무리하는 에피소드를 말이야. 그 이야기에서 살인자로 지목돼야 할 인물은 외다리 회계장부 담당지도, 중국인 칭도, 진홍색 옷을 입은 여자도 아니네. 살인자는 바로 범죄 연대기의 기록자인 피멘* 자신, 곧 왓슨 박사 자신이어야 하네. 말하자면 왓슨이 비노왓슨**인 셈이지…… 이야, 독자가 놀

---

* 푸시킨의 희곡 『보리스 고두노프』의 등장인물로 연대기 기록자.

라 자빠질 지경! 도일, 도스토옙스키, 르블랑***, 월리스****…… 그래, 영리한 범죄자들 이야기를 썼던 저 모든 위대한 소설가들이 다 뭐냐? 영리한 소설가들의 작품을 읽은 적이 없는 저 모든 위대한 범죄자들이 다 뭐냐? 나에 비할 때 그들 모두 뭐냐? 무지렁이들! 발명의 귀재들이 종종 그렇듯이 물론 나도 우연(펠릭스와의 만남)의 도움을 받았다. 그러나 그 행운은 마침 그걸 위해 내가 준비해둔 틀에 꼭 들어맞았다. 나는 이 기회를 무심코 지나치지 않고 이용했다. 다른 사람이었다면 그러지 못했을 것이다. 내 작품은 미리 맞춰놓은 페이션스 카드놀이*****를 닮았다. 나는 나와야 할 패가 틀림없이 나오도록 카드를 보이게 배열한 다음 반대 순서로 카드를 모아서는, 준비된 카드 뭉치를 다른 사람들에게 주었다. 자, 패를 떼시라. 틀림없이 나올 것이다! 무수히 많은 나의 선구자들은 행위 자체를 중시하는 실수를, 그 행위 자체에 이르는 과정의 빈틈없는 자연스러움보다는 행위 후에 흔적을 지울 방법에 더 큰 관심을 두는 실수를 범했다. 그 행위는 사슬의 고리 한 개, 디테일 중의 하나, 책의 한 줄일 뿐인데 말이다. 행위는 선행하는 모든 것에서 자연스럽게 비롯되어야 한다. 모든 예술의 속성이 그러하다. 만약 일을 정확히 계획하고 수행했다면, 바로 다음 날 범죄자가 자수한다 해도 아무도 그를 믿지 않을 것이다. 예술이 지

** '왓슨'의 러시아어 표기인 '밧손'에 '유죄'를 뜻하는 형용사 '비노바트'를 결합시킨 말로 '왓슨이 유죄'라는 뜻의 언어유희.
*** 모리스 르블랑. 아르센 뤼팽 시리즈로 유명한 프랑스의 추리소설가.
**** 에드거 월리스. 영국의 유명한 추리소설가.
***** 혼자서 하는 카드놀이로, 미리 제시된 결과를 얻기 위해 정해진 규칙에 따라 카드 패를 낸다.

닌 힘이란 그런 것이다. 그러니 예술적 허구가 삶의 진실보다 더 사실적이다.

내 기억에 이 모든 것은 손에 편지를 쥐고 벤치에 앉아 있던 바로 그때 내 뇌리를 스쳐갔다. 하지만 그때는 그때고 지금은 지금이다. 이제 나는 생각에 약간의 변화를 가해야 할 것 같다. 바로 천재적으로 고안된 범죄가 처해지는 상황은 군중이 오래도록 인정하지 못하고 이해하지 못하는, 그래서 그 매력이 달갑게 받아들여지지 않는 매혹적인 예술 작품의 경우와 같다는 점이다. 사람들은 범죄의 천재성을 인정하지도 않고 경탄하지도 않는다. 오히려 작가의 권위를 깎아내리려고 혹평을 해대고 결점을 집어내서 따끔히 쏘아대려고 안달이다. 그리고 애타게 찾던 조악한 실수를 발견했다는 생각이 들면 폭소를 터뜨린다. 그러나 실수한 건 그들이지 작가가 아니다. 작가에게 허락된 놀라운 혜안이 그들에게는 없다. 그래서 작가가 경이를 감지한 곳에서 그들은 특별한 그 무엇도 보지 못한다.

한바탕 실컷 웃고 마음을 진정시키고는 앞으로의 내 행보를 명확히 구상한 다음, 나는 가장 악의에 찬 세번째 편지를 지갑에 넣었다. 나머지 두 통은 갈기갈기 찢어서 근처 공원 덤불에 던졌다. 빵 부스러기로 착각한 참새 몇 마리가 순식간에 모여들었다. 그다음 사무실로 가서 다지기로 펠릭스에게 보낼 편지를 쳤다. 만날 장소와 시간을 자세히 지시했고, 20마르크를 동봉했다. 나는 다시 밖으로 나갔다. 나는 편지를 끼운 손가락 사이를 벌리기가 늘 힘이 든다. 그건 흡사 차가운 물속에 뛰어들거나 낙하산을 메고 대기 중에 뛰어드는 것 같다. 지금은 편지를 놓아주기가 특히 힘들었다. 침을 꿀꺽 삼켰고, 가슴이 철렁

했던 기억이 난다. 나는 여전히 편지를 쥐고 길을 따라 걸었고, 다음 우체통 곁에서 멈췄다. 그리고 똑같은 일이 반복되었다. 나는 여전히 편지라는 무거운 짐을 지고 걷고 있었다. 이 거대한 하얀 짐의 무게에 짓눌려 허리를 못 펼 지경이었다. 한 구역 지나자 다시 우체통이 보였다. 나는 이미 나의 우유부단에 넌더리가 났다. 확고부동한 내 의도를 생각하면 전혀 까닭 없고 무의미한 우유부단이었다. 어쩌면 육체의 기계적인 우유부단일 수도, 그러니까 근육이 이완되길 싫어하는 것일 수도 있었다. 혹은 마르크스주의 논평가라면(늘 말했듯 마르크스주의야말로 그 무엇보다도 절대적인 진리에 가까이 다가간다) 재산을 내놓기를 꺼리는(이미 그런 족속의 피가 흐른다) 소유주의 우유부단이라 말함직했다. 게다가 이 경우 재산은 단순히 내가 보낸 돈에 국한되지 않고, 편지에 담은 내 영혼의 몫도 아울렀다. 그건 그렇다 치고 네번짼가 다섯번째 우체통에 다가갔을 때, 나는 동요를 극복했다. 그리고 지금 이 구절을 쓰리란 사실을 분명히 아는 만큼이나 명확히 알았다. 이제 분명 편지를 우체통 속에 떨어뜨리리란 사실을. 심지어 두 손바닥을 탁탁 터는 따위의 사소한 제스처를 취할 것이다. 마치 이 편지의, 이미 던져진 편지의, 이미 내 것이 아닌 편지의 먼지 입자가 장갑에 달라붙기라도 했다는 듯. 편지는 이미 내 것이 아니니, 먼지 또한 더는 내 것이 아니다. 일은 저질러졌다. 모든 것이 깔끔하다. 모든 것이 끝났다. 그럼에도 나는 편지를 던지지 않았다. 대신 여전히 무거운 짐을 지고 허리를 구부린 채 가만히 서서, 가까이에 있는 인도에서 놀고 있던 두 여자아이를 눈살을 찌푸리고 노려보았다. 아이들은 보도블록과 땅이 맞닿은 곳에 난 구덩이를 겨냥해 무지갯빛 유리구슬을 번갈아 던지고 있었다. 나이 어린 아이를 골랐다. 검은 머리의 마른 아이였다. 체크무늬 프록코트를 입었다. 이 혹독한 2월에 어찌 춥지 않았을까? 나는 아이의 머리를 쓰다듬고는 말했다. "애야, 나 좀 볼래, 착하지. 아저씨가 눈이 안 좋단다. 지독한 근시라서 편지 넣는 구멍을 못 찾을 것 같구나. 저기 있는 우체통에 나 대신 편지 좀 넣어줄래." 쪼그리고 있던 아이가 나를 보더니 일어섰다. 투명하리만치 창백한, 보기 드물게 예쁜 작은 얼굴이었다. 아이는 편지를 받아 들고 긴 속눈썹을 꿈틀하더니 경이로운 미소를 지었다. 그리고 우체통으로 달려갔다. 나는 끝까지 지켜보지 않고 길을 가로질러 갔다. 정말로 눈이 나쁜 척 실눈을 떴다. (이건 언급해야 한다.) 그 행동은 예술을 위한 예술이었다. 나는 이미 멀리 벗어나 있었으니까. 나음 상상 모둥이에서 유리로 된 공중전화 부스에 들어가 아르달리온에게 전화했다. 그에 관한 조치를 반드시 취해야만 했다. 바로 이 끈질끈질한 초상화가야말로 조심해야 할 유일한 사람이라는 판단이 오래전에 섰기 때문이다. 근시인 척한 것이 아르달리온과 관련하여 오래전에 했던 구상을 실행에 옮기라고 부추긴 것일까, 아니면 반대로 그의 위험한 시선이 부단히 떠올랐던 탓에 근시를 가장할 생각을 하게 된 것일까? 그건 심리학자들이 해명할 문제다. 아, 그런데, 그런데…… 그녀는 자라날 것이나. ㄱ 소너 말이다. 에쁠 것이고 아마 행복할 것이다. 그리고 자신이 어떤 괴상하고 무시무시한 일에 매개자로 개입되었는지 그녀는 결코 알지 못할 것이다. 다른 가능성도 있다. 그런 의도하지 않은 순진한 매개 행위를 참지 못하는 운명이, 쓴맛 단맛 다 본 운명이, 비열한 사기 행각은 스스로 능숙하게 알아내는 운명이, 질투하는 운명이

이 일에 끼어든 죄목으로 소녀를 잔혹하게 벌할 수도 있다. 그러면 그녀는 놀라게 되리라. 왜 나는 이토록 불행한가? 무슨 죄를 지었기에? 그리고 결코, 결코, 결코 아무것도 이해하지 못하리라. 하지만 내 양심은 깨끗하다. 펠릭스에게 편지한 건 내가 아니다. 편지를 보낸 건 그다. 답장을 보낸 건 내가 아니다. 모르는 아이가 보낸 거다.

다음 목적지는 수수하지만 기분 좋은 카페였다. 여름밤이면 맞은편 공원에서 분수가 회전하며 물결 모양으로 뿜어져 나왔는데, 분수 아래쪽에서는 다채로운 램프들이 오묘한 불빛을 밝혀주었다. (하지만 지금은 황량하고 칙칙할 뿐이었다. 분수도 꽃을 피우지 않았고, 카페에서도 두꺼운 커튼이 떠돌이 외풍과의 계급투쟁에서 승리를 구가하고 있었다…… 나는 참으로 멋지게 쓰고 있지 않은가. 그리고 무엇보다도 참 차분하지 않은가. 절대적인 평정의 경지가 아닌가.) 그곳에 도착했을 때, 내가 도착했을 때 말이다, 아르달리온은 이미 그곳에 앉아 있었다. 그는 나를 보더니 로마식으로 손을 들어올렸다. 나는 장갑을 벗고 하얀 실크 머플러를 푼 다음 탁자 위에 값비싼 담뱃갑을 꺼내놓고 아르달리온과 나란히 앉았다.

"자, 무슨 낭보를 가져오셨나요?" 늘 얼빠진 어조로 말하는 아르달리온이 물었다.

나는 커피를 주문하고는 대충 말을 시작했다.

"당신을 위해 정말 좋은 소식을 가져왔소. 이보시게 친구, 요사이 난 엉망이 되어가는 당신 삶을 생각하면 괴롭습니다. 내가 보기에 당신 생활 전반에서 풍기는 퀴퀴한 곰팡내와 물질적인 어려움이 당신 재능을 죽이고 있어요. 재능이 시드는 거지요. 맞은편 공원의 저 화려한 분수가 지금 같은 겨울에는 물을 내뿜지 않습니다. 꼭 당신 재능처럼 샘솟지 않고 있어요."

"참 고마운 비유네요." 기분이 상한 어조로 아르달리온이 말했다. "거참 끔찍하네…… 멋 부린답시고 사탕 모양 조명을 해놓다니. 대체 재능에 대해 말해 뭣합니까? 예술에 관해서 당신은 당구로 치면 큐도 잡을 줄 모르는 셈 아닙니까."

"당신이 처한 곤경을 두고," 그의 저속한 언급을 무시하며 내가 말을 이었다. "리다와 난 벌써 여러 차례 말을 나눴소. 내 생각에 당신은 분위기를 바꿀 필요가 있어요. 기분 전환 좀 하고, 새로운 인상을 불러들이는 거지요."

"예술과 분위기가 무슨 상관입니까?" 아르달리온이 인상을 찌푸렸다.

"난 이곳 분위기가 당신에겐 엄청난 재앙이라고 생각합니다. 그러니까 관련이 있지요. 집주인 여자의 주방을 꾸며주는 당신의 장미와 복숭아 들, 밥 한 끼 얻어먹으려고 그린 명망가들의 초상화……"

"거참 정말, 그래요, 뭐 빌어먹는다 칩시다……"

"그 그림들은 전부 훌륭한 것일 수 있소. 천재적이기까지 할 수 있지요. 그렇지만, 솔직함을 용서하세요, 어딘지 모르게 단조롭고 강요된 느낌을 주지 않습니까? 당신은 좀 햇살 가득한 자연 가운데 살 필요가 있어요. 태양이야말로 화가의 벗 아닙니까? 뭐 당신은 이 얘기가 별로 재미없는 모양이네요. 다른 얘기 합시다. 그래요, 당신 땅 문제는 어떻게 돼갑니까?"

"빌어먹을, 도무지 모르겠네요. 독일어로 쓴 편지들이 오곤 해요.

당신한테 번역해달라고 부탁할 수도 있는데, 참 따분한 일이지요. 게다가 잃어버릴 때도 있고 오자마자 찢어버리기도 해요. 돈을 추가로 더 내라는 것 같아요. 여름에 거기다 집을 지어버릴 겁니다. 그때는 뭐 어쩌겠어요. 집터를 파 가기라도 하겠어요? 아무튼 분위기 전환 얘기를 하고 있었잖아요. 계속해보세요. 듣고 있습니다."

"아니, 아닙니다. 재미없잖아요. 그냥 사리에 맞는 얘기를 한 것뿐인데 짜증을 내고 그러시니."

"맙소사, 내가 뭐에 짜증을 냈다고 그래요? 그 반대요, 반대……"

"에이, 아닙니다. 쓸데없잖소……"

"이봐요, 당신이 이탈리아를 언급하지 않았소. 계속 달궈보세요. 난 이 주제가 맘에 들어요."

"이탈리아는 언급한 적 없는데요." 웃음을 터뜨리며 내가 말했다. "하지만 뭐 당신이 먼저 말을 꺼냈으니까…… 무엇보다도 거기는 꽤 쾌적하지요. 한동안 끊었다면서요?……" 나는 의미심장하게 턱밑을 손가락으로 톡톡 쳤다.

"더는 입에 대지 않아요. 그렇지만 뭐 지금은 분위기상 한잔해도 될 것 같은데…… 어때요, 약한 포도주 중에 소스나크* 같은 거라도…… 아, 됐어요. 농담입니다."

"맞아요, 없는 게 낫겠지요? 아무 소용 없습니다. 어차피 난 취하지 않으니까. 자, 그러니까, 무슨 일이냐 하면요. 아이고, 오늘 영 잠을 설쳤더니…… 아이고, 아이고. 불면증은 정말 끔찍하다니까." 눈

---

* 프랑스어 '코냑(Cognac)'을 고의로 잘못 읽은 언어유희.

물 사이로 그를 바라보며 나는 말을 계속했다. "아아…… 미안해요. 하품이 막 나오네요."

아르달리온은 꿈결 같은 미소를 지으며 티스푼을 만지작거렸다. 콧대가 사자처럼 낮은 두꺼운 낯짝은 숙이고 있었고 사마귀에 파묻힌 붉은 눈꺼풀은 그의 끔찍이도 선명한 눈을 반쯤 가리고 있었다. 그가 갑자기 눈빛을 번뜩이며 말했다.

"이탈리아에 다녀올 수만 있다면, 정말 아주 멋진 그림을 그릴 텐데요. 그럼 그것들을 팔아서 당장 빚도 청산하고 말이지요."

"빚? 빚이 있다고요?" 내가 조롱하듯 물었다.

"그만하세요, 게르만 카를로비치." 그가 말했다. 이름에 부칭(父稱)까지 붙여서 부른 것은 이번이 처음 같았다. "내가 무슨 말을 하려는 건지 잘 아시잖습니까? 100마르크 더 빌려주시지요. 그럼 피렌체에 있는 교회마다 가서 당신을 위해 기도하리다."

"자, 일단 이걸로 비자를 만드세요." 지갑을 활짝 열고 내가 말했다. "단 꾸물대지 말고 즉시 만드세요. 안 그러면 또 술값으로 다 써버릴 테니까. 내일 아침에 당장 가세요."

"자, 악수." 아르달리온이 말했다.

한동안 우리 둘 다 침묵했다. 그는 나로서는 별 흥미 없는 감정으로 넘쳐흘렀고, 나는 일이 처리되었기 때문에 할 말이 없었다.

"이렇게 하죠." 갑자기 아르달리온이 소리쳤다. "어때요, 리드카도 나랑 같이 보내주지그래요. 여긴 정말 따분해서 미칠 지경이에요. 당신 아내는 놀 거리가 필요해요. 나 혼자 간다면 그녀가 어떨 거 같아요?…… 아시다시피 질투가 장난 아닙니다. 내가 어디선가 곤드레만드레 취해

있는 모습만 내내 떠올릴 겁니다. 정말 한 달만 나랑 같이 보내주세요,
네?"

"아마 좀 있다가 갈 겁니다. 둘이 같이 가지요. 나도 오래전부터 여
행을 좀 하고 싶었어요. 자, 그럼, 난 가야 합니다. 커피 두 잔이 다지
요, 그렇죠?"

8장

다음날 이른 아침, 채 아홉시가 되지 않은 시간이었다. 나는 어느 지하철 중앙역으로 향했다. 그리고 역 출구 옆에 전략적 거점을 잡았다. 서류가방을 든 사람들의 무리가 일정한 시간 간격을 두고 돌 구렁에서 밖으로, 계단을 따라 위로, 위로, 이리저리 발을 움직이며, 쾅쾅거리며 쏟아져 나왔다. 때때로 누군가의 신발 코가 금속 광고판을 쳐서 철그렁 소리가 나곤 했다. 어떤 회사에서 그 자리가 적합하다고 판단했는지 출입구 쪽 계단마다 붙여놓은 것이다. 끝에서 두번째 계단 위에는 일부러 몸을 숙인 나이 지긋한 부랑자가 벽에 등을 기대고 모자를 손에 쥔 채(그 일에 최초로 모자를 도입했던 천재적인 거지는 누구였을까?) 있었다. 더 위쪽에는 몸에 덕지덕지 포스터를 붙인 신문팔이들이 광대 모자를 쓰고 서 있었다. 어둑어둑하고 우울한 날이었다. 각반을 찼는데도 발이 얼었다. 마침내 예상한 바대로, 정확히 아홉시 오 분 전에 오를로비우스가 심연에서 모습을 드러냈다. 나는 그즉시 몸을 돌려 천천히 그곳을 떠났다. 오를로비우스가 나를 앞지르더니 뒤돌아보며 멋지기는 하지만 가짜인 이를 드러냈다. 내가 원했던 대로 만남은 우연인 듯 이루어졌다.

"예, 사무실에 가던 길입니다." 그의 질문에 내가 대답했다. "은행에 들르려고요."

"개 같은 날씨군." 나와 나란히 철벅철벅 걸으면서 오를로비우스가 말했다. "부인은 잘 계시지요?"

"감사합니다. 잘 있습니다."

"당신은 어떠세요, 다 괜찮습니까?" 그가 정중하게 말을 계속했다.

"그다지 좋지 않습니다. 신경과민에 불면증도 있어요. 전에는 재미있었을 법한 온갖 시시콜콜한 일들이 이제는 신경을 건드리네요."

"레몬을 드세요." 오를로비우스가 한마디 거들었다.

"예전에는 재밋거리였을 법한 것이 이제는 짜증이 난단 말이죠. 이게 그 옙니다……" 나는 씩 웃고 지갑을 꺼냈다. "바보 같은 협박 편지를 받았어요. 이게 어쩐 일인지 마음에 걸려요. 한번 읽어보세요, 기이합니다."

오를로비우스가 멈춰 서서 편지를 안경 가까이 갖다 댔다. 그가 읽는 동안 나는 진열창을 살펴보았다. 욕조 두 개와 다른 여러 욕실 용품들이 하얗게 빛났다. 거만하고 어리석었다. 그 곁에는 관(棺) 가게가 있었다. 그곳에 있는 모든 것 또한 거만하고 어리석어 보였다.

"그런데," 오를로비우스가 말했다. "이걸 누가 썼는지 아십니까?"

편지를 지갑에 도로 집어넣고 키득거리며 내가 말했다.

"예, 물론 압니다. 웬 불한당 같은 녀석이지요. 한때 제가 아는 사람들 집에서 일했던 놈입니다. 정상이 아니에요. 그저 미쳤다고 할밖에요. 제가 무슨 자기 유산을 빼앗아갔다는 생각이 머리에 박혔답니다. 그게 어떤지 아시지요? 도저히 깨뜨릴 수 없는 강박관념 말입니다."

오를로비우스는 미치광이들이 사회에 어떤 위험을 야기하는지 상세히 설명하고는 경찰에 신고할 건지 물었다.

나는 어깨를 으쓱했다. "허튼수작인데요 뭘. 사실 말할 가치조차 없어요. 당신은 수상의 연설에 대해 어떻게 생각하세요, 읽으셨어요?"

우리는 나란히 걸으며 대내외 정치에 관한 평화로운 대화를 이어갔다. 그의 사무실 문 옆에서 나는 러시아식 예의범절에 따라 장갑을 벗기 시작했다.

"당신 신경과민 상태인데, 그건 해로워요." 오를로비우스가 말했다. "부인께 안부 전해주세요."

"전하지요, 전하겠습니다. 다만, 아세요, 결혼하지 않은 당신이 부러울 따름입니다."

"왜죠?" 오를로비우스가 물었다.

"그냥 그렇습니다. 딱히 뭐라고 말하기는 어렵습니다만, 제 결혼생활은 행복하지 않아요. 제 아내는 변덕스러워요. 다른 사람에게 마음이 가 있는 상태이기도 하고요. 네, 경박하고 차가운 사람입니다. 그래서 만약 내가…… 만약 내가…… 아내가 오래 울 거란 생각이 들지 않아요. 하지만, 용서하세요, 이건 다 아주 개인적인 슬픔이지요."

"오래전부터 뭔가 관찰해온 게 있습니다." 깊은 생각과 슬픔에 잠긴 모습으로 고개를 끄덕이며 오를로비우스가 말했다.

나는 그의 털북숭이 손을 쥐었다. 우리는 헤어졌다. 기가 막히게 잘되었다. 오를로비우스 같은 사람들은 속이기 아주 쉽다. 예의범절 더하기 감상성은 정확히 어리석음과 같기 때문이다. 내가 내 모범적인 아내를 중상모략했을 때, 누구든 동정하지 못해 안달인 그는 즉시 고결하고 다정한 남편의 편을 들었을 뿐 아니라, 그 자신이 뭔가 알아챘다고, 그가 말한 바에 따르면 '관찰해온 게 있다'고 판단하기까지 했다. 그 눈이 침침한 당나귀가 구름 한 점 없이 맑은 우리 부부 사이에서 뭘 감지했는지 알아보는 건 아주 흥미로울 듯했다. 그래, 멋지게 해치웠다. 나는 만족했다. 비자에 문제가 없었다면 훨씬 만족스러웠을 것이다. 아르달리온은 리다의 도움을 받아 비자 신청에 필요한 사항을 기입했다. 그러나 비자가 발부되려면 적어도 두 주가 걸린다고 했다. 3월 9일까지는 한 달 정도 남았다. 최악의 경우에 언제든 펠릭스에게 편지해서 날짜를 변경할 수 있었다.

2월 말경 아르달리온은 드디어 비자를 발급받았다. 그는 기차표를 샀다. 나는 차푯값 외에 200마르크를 더 주었다. 그는 3월 1일에 가기로 결정했다. 그런데 예기치 않은 낭패가 생겼다. 아르달리온이 누군가에게 돈을 빌려줘서 돌려받을 때까지 기다려야 했다. 아르달리온의 주장에 따르면 친구가 나타나서 관자놀이를 누르며 앓는 소리를 했다고 한다. "저녁까지 200마르크를 구하지 못하면 난 끝장이야." 상당히 불가사의한 경우이다. 아르달리온은 그걸 '명예의 문제'라 말했지만, 나는 명예가 개입된 모호한 문제들에 늘 극도로 회의적이다. 게다가, 잊지 마시라, 그건 돈을 구걸한 부랑자 자신의 명예가 아니라, 항상 그 이름이 비밀에 부쳐지는 제삼자나 심지어 제사자의 명예다. 아르달리온이 그 인간에게 돈을 주었고, 그는 사흘 후에 돈을 갚겠다고 맹세했단다. 봉건영주의 후예들이 항상 제시하는 시한이다. 그 시한이 지나자 아르달리온은 채무자를 찾으러 다녔다. 물론 어디에서도 찾을 수 없었다. 차디찬 분노에 휩싸여 나는 그의 이름을 물었다. 아르달리온이 머뭇머뭇하다 말했다. "기억하세요? 일전에 당신을 찾아왔던 그 사람입니다." 시쳇말로 나는 눈이 뒤집혔다.

상황이 복잡하지 않았더라면, 나는 아마 평정심을 되찾은 다음 그의 돈을 벌충해주었을 것이다. 나 자신이 돈이 무척 궁했던 데다 약간의 돈은 꼭 지니고 있어야 했다. 있는 대로 차표와 수중에 있는 몇 마르크를 가지고 가라고, 그러면 다음에 돈을 추가로 보내주겠다고 그에게 말했다. 그는 그렇게 하겠다고, 하지만 혹시라도 돈을 되돌려 받을 수도 있으니까 이틀만 더 기다려보겠다고 대답했다. 과연 3월 3일에 그에게서 전화가 왔고, 돈을 돌려받았으니 내일 저녁 가겠노라고 알려왔다. 4일에는 무슨 영문인지 아르달리온의 표를 보관하고 있던 리다가 표를 어디다 두었는지 기억하지 못하는 일이 생겼다. 침울한 표정으로 현관에 앉아 있던 아르달리온이 되풀이해서 말했다. "할 수 없시. 운멍이 아닌 거시 뭐." 밀려서 탁탁 서랍 여닫는 소리와 바스락바스락 정신없이 종이 뭉치를 뒤지는 소리가 들려왔다. 리다가 표를 찾는 중이었다. 한 시간 후에 아르달리온은 손을 내젓고 가버렸다. 리다는 침대 위에 앉아 가슴이 미어지도록 흐느꼈다. 5일 아침 그녀는 때 묻은 빨랫감 속에서 표를 찾았다. 6일 우리는 아르달리온을 전송

하러 갔다.

열시 십분발 기차였다. 긴 시곗바늘이 사냥개처럼 꼼짝 않고 눈금을 노려보다가 갑자기 그쪽으로 건너뛰더니 이내 그다음 눈금을 탐했다. 아르달리온은 아직 오지 않았다. 우리는 행선지가 '밀라노'라고 쓰여 있는 객차 곁에서 기다렸다. "무슨 일일까?" 리다가 계속 걱정했다. "왜 안 올까? 걱정되네." 출발을 지연시키는 아르달리온의 이 모든 멍청한 짓거리에 이제는 미칠 것 같았고, 입이 다물어지지 않을 지경이었다. 입을 다물었다가는 플랫폼에서 바로 발작이라도 일으킬 것 같았다. 지저분한 몰골을 한 두 남자가 우리에게 다가왔다. 한 사람은 청색의 매킨토시 레인코트를 자랑스레 걸쳤고, 다른 사람은 양가죽 옷깃이 너덜너덜한 러시아식 외투를 입고 있었다. 그들은 나를 지나치며 리다와 정중히 인사를 나눴다.

"아르달리온은 왜 안 오죠? 무슨 일인지 모르세요?" 초조한 눈빛으로 그들을 보며 리다가 물었다. 그녀는 그 짐승 같은 놈에게 주려고 수고스럽게 산 제비꽃 다발을 몸에서 멀찍이 들고 있었다. 매킨토시는 팔을 내저었고, 양가죽 옷깃은 굵은 목소리로 말했다.

"네스키무스.* 우린 모릅니다."

나는 더이상 자제하기가 힘들었다. 몸을 홱 돌려 출구를 향해 갔다. 리다가 나를 뒤쫓아왔다. "어디 가요, 기다려요. 틀림없이……"

그 순간 저 멀리서 아르달리온이 나타났다. 긴장한 얼굴에 음울해 보이는 사람이 한 팔로 그의 팔꿈치를 떠받치고 다른 팔로는 여행가

---

* '우리는 모릅니다'라는 뜻의 라틴어.

방을 옮기고 있었다. 아르달리온은 몸을 가눌 수 없을 정도로 취해 있었다. 그 음울한 인간한테서도 술 냄새가 진동했다.

"저 꼴로 어떻게 가!" 리다가 소리쳤다.

얼굴은 시뻘겠고 이마에는 구슬땀이 맺혔다. 아르달리온은 비틀거리며 어쩔 줄 몰라 했다. 외투를 걸치지 않았다(막연히 남쪽은 따뜻하리라 생각한 거다). 간신히 몸을 가누며 모두와 키스하기 시작했다. 나는 겨우 그를 피했다.

"화가 케른이라고 합니다." 음울한 인간이 내게 축축한 손을 불쑥 내밀더니 제 소개를 했다. "운이 좋아 카이로의 도박꾼 소굴에서 당신을 만난 적이 있지요."

"게르만, 어떻게 좀 해봐요! 이 사람 이 꼴로 보내면 안 돼요." 내 소매를 잡아당기며 리다가 울부짖었다.

그러는 사이 벌써 기차 문이 쾅쾅 닫혔다. 비틀대는 아르달리온이 비스킷 행상을 소리쳐 부르며 그의 리어카를 뒤따랐다. 친구들이 그를 붙잡았다. 그러자 그는 갑자기 두 팔로 리다를 껴안더니 달콤한 키스를 퍼부어대기 시작했다.

"아이고, 이 염소 새끼. 염소 새끼, 잘 있어, 염소 새끼, 고마워." 그가 쉴 새 없이 지껄여댔다.

"여러분, 객실로 들어 옮기게 나 좀 도와주세요." 태연자약하게 내가 말했다.

기차가 미끄러지듯 떠났다. 아르달리온이 만면에 웃음을 띠고 고함을 질러댔다. 창문 밖으로 굴러떨어질 판이었다. 리다가 나란히 달리며 그에게 무슨 말인가 외쳐댔다. 마지막 객차가 지나가자 그녀는 허리를 굽혀 떠나가는 기차 바퀴 아래쪽을 내려다보며 성호를 그었다. 그녀의 손에는 여전히 꽃다발이 들려 있었다.

휴! 이제 안심이다…… 나는 가슴 가득 숨을 들이마셨다가 요란스레 내뱉었다. 리다는 온종일 걱정이 되어 아무 말이 없었다. 그러나 두 마디 전보가 오자 진정되었다. "즐겁게 여행중." 이제 가장 지루한 마지막 일이 기다리고 있었다. 그녀에게 행동 지침을 숙지시켜야 했다.

나는 어떻게 그 대화에 돌입했나? 웬일인지 기억이 나지 않는다. 내 기억에 불이 들어오자 대화는 이미 무르익어 있다. 놀라서 말문이 막힌 리다가 맞은편 소파에 앉아서 나를 바라본다. 나는 의자 끄트머리에 걸터앉아 의사처럼 때때로 그녀의 손목을 매만진다. 그리고 차분한 목소리로 말하고, 말하고, 또 말한다. 나는 한 번도 한 적 없는 이야기를 해주었다. 나는 그녀에게 내 동생에 관해 이야기했다. 독일에서 공부하던 그는 전쟁이 시작되자 징집되어 러시아에 맞서 싸웠다. 나는 그를 조용하고 의기소침한 아이로 기억한다. 나는 부모에게 맞고 자랐지만, 그는 응석받이였다. 하지만 그는 부모에게 냉랭했다. 대신 형제애 이상의 믿기 어려운 숭배로 나를 대했다. 어디든 나를 따라다녔고, 내 눈을 응시하곤 했다. 그는 나와 관련된 건 전부 사랑했다. 내 손수건 냄새를 맡고 구기는 걸 좋아했다. 나의 온기가 남아 있는 셔츠를 걸치기를 좋아했다. 내 칫솔로 양치하기를 좋아했다. 아니다, 그건 도착적인 행동이 아니다. 그건 우리의 형언할 길 없는 일체성에 대해 그가 할 수 있는 최상의 표현이었다. 우리는 서로 무척 닮아서 가까운 친척들조차 우리를 혼동했다. 해가 갈수록 닮음은 완전 무결해졌다. 기억난다. 독일로 가는 그를 배웅하던 때, 가브릴로 프린

시프의 저격*을 얼마 앞두지 않은 시점이었다. 불쌍한 동생은 오랜 잔인한 이별을 예감한 듯 목메어 울고 또 울었다. 플랫폼에 서 있던 사람들이 우리를 바라보았다. 어떤 슬픈 환희에 차서 손을 잡은 채 서로의 눈을 들여다보던 똑같이 생긴 두 젊은이를…… 그리고 전쟁. 머나먼 러시아에 억류되어 있는 동안, 나는 동생에 관한 아무런 소식도 듣지 못했다. 하지만 왠지 그가 죽었으리라는 확신이 들었다. 숨 막히는 세월, 검은 상복에 덮인 세월. 나는 동생를 떠올리지 않도록 나를 훈련시켰다. 심지어 결혼 후에도 동생에 관해서는 리다에게 단 한 마디도 하지 않았다. 몹시도 아픈 기억이었다. 하지만 아내와 함께 독일에 왔을 때, 나의 펠릭스가 살아 있음을 곧 알게 되었다. 독일인 친척이 지나가던 길에 불쑥 나타나서는 그는 살아 있지만 도덕적으로는 파멸하게 되었다는 한마디를 내뱉고 갔다. 무슨 일인지, 어떻게 영혼이 파멸했는지 나는 모른다…… 그의 여린 심성이 전쟁의 시련을 견뎌내지 못한 게 분명하다. 내가 더는 존재하지 않는다는 생각이(그도 역시 형의 죽음을 확신했다는 건 이상한 일이다), 흠모해 마지않는 분신을, 더 엄밀히 말해 자신의 개성의 최적화된 판본을 앞으로는 결코 보지 못하리라는 생각이, 그 생각이 그의 삶을 망가뜨린 것이다. 그는 삶의 지주(支柱)와 목적을 상실한 듯했다. 그러니 앞으로의 삶은 되는대로 살아도 상관없있다. 그래서 그는 밑바닥으로 떨어졌다. 바이올린 같은 영혼의 소유자인 그는 도둑질과 위조 행위에 빠져들었다. 코카인에 손을 댔고, 끝내 살인까지 저질렀다. 그를 부양하던 여자를 독살했

---

* 1914년 6월 28일 사라예보에서 오스트리아·헝가리제국의 황태자 부부가 세르비아 민족주의자 가브릴로 프린시프에게 암살당한 사건.

다. 나는 마지막 일에 관해서는 그의 입을 통해 직접 들었다. 범죄를 너무도 교묘히 은폐해서 그는 조금의 혐의도 받지 않았다. 그런데 그와 나의 만남은 참으로 우연히, 참으로 예기치 않게 이루어졌다. 그리고 너무나 고통스러웠다…… 리다조차 느낀 내 내면의 우울증은 바로 이 만남이 초래한 것이었다. 프라하의 어느 카페였다. 그는, 나는 기억한다, 일어섰고, 나를 보자 팔을 벌리더니 졸도하여 뒤로 넘어졌다. 그는 그렇게 기절한 채 십팔 분을 누워 있었다.

그래, 무시무시한 만남이다. 나는 다정하고 어리바리한 어린애 대신, 몸을 격하게 움직이는 수다스러운 미치광이를 발견했다…… 나를, 죽은 자들 사이에서 일어선 멋진 회색 양복을 입은 소중한 게르만을 갑자기 만나고 난 후 그가 체험한 행복은 그의 마음에 평안을 가져다준 것이 아니라 반대로, 정반대로, 살인으로 인한 양심의 가책을 안고 살아간다는 것은 용납될 수도 가능하지도 않다는 확신을 심어주었다. 우리 사이에 끔찍한 대화가 오갔다. 그는 내 손에 연신 입을 맞춰댔고 내게 작별을 고했다…… 자살하려는 그의 결심은 이미 어느 누구도, 그에게 그토록 이상적인 영향력을 행사했던 나조차도 뒤흔들 수 없음을 나는 이내 이해했다. 내게 쉽지 않은 순간순간이었다. 그의 기억이 어떤 정교한 고문실로 변모되어버렸음을 나는 그의 입장에서 아주 생생히 느끼고 있었다. 그리고, 아, 출구는 단 하나, 죽음뿐임을 이해하고 있었다. 신이여, 누구도 그런 순간을 겪지 않게 하소서. 누구도 형제가 파멸해가는 모습을 보지 않게 하소서. 형제의 파멸을 막을 도덕적 권리를 모두가 지니게 하소서…… 하지만 아직 복잡한 문제가 남아 있었다. 신비주의적 성향이 낯설지 않은 그의 영혼은 분명

속죄를, 제물을 갈구하고 있었다. 그저 이마에 총구를 겨누는 정도는 그에게 충분치 않아 보였다. "내 죽음을 누군가에게 선물하고 싶어." 돌연 그가 말했고, 그의 눈이 다이아몬드빛 광기로 넘쳐났다. "내 죽음을 선물하고 싶어. 형과 나는 예전보다 훨씬 비슷해. 난 우리의 닮음에서 신의 숨은 의도를 느껴. 피아노 위에 손을 올려놓는 것이 음악의 창조를 의미하진 않아. 그런데 난 음악을 원해. 말해봐, 내가 세상에서 사라지는 게 형에게 이로울까?" 처음에 나는 그의 질문을 이해하지 못했다. 펠릭스가 헛소리를 하는 것 같았다. 그러나 그다음 말들은 그에게 확고한 계획이 있음을 보여주었다. 그래! 그것은 한편으로는 고뇌에 찬 정신의 심연이고, 다른 한편으로는 사무적인 구상이다. 그의 비극적인 운명과 뒤늦은 영웅수의의 부시부시하게 환한 빛 속에서 그의 계획 가운데 나와, 나의 이익과, 나의 풍요와 관련된 부분은, 이를테면 한밤에 친 번개로 갑자기 환해진 은행 건물 피뢰침처럼 어리석도록 물질적으로 보였다.

나는 대략 이쯤에서 이야기를 멈췄고, 팔짱을 낀 채 리다를 뚫어져라 바라보며 의자에 등을 대고 앉아 있었다. 그녀는 소파에서 카펫 위로 미끄러지듯 내려왔고, 무릎으로 기어서 내게 오더니 내 넓적다리에 머리를 바짝 대고는 나지막한 목소리로 위로하기 시작했다. "어쩜, 가엾어라, 불쌍한 사람." 그녀가 중얼거렸다. "당신도, 당신 동생도 너무 안됐어…… 맙소사, 세상에 이렇게 불행한 사람들이 또 있을까. 그는 파멸해선 안 돼요. 사람은 누구든 구원받을 수 있어요."

"동생을 구원해선 안 되지." 이른바 쓴웃음을 지으며 내가 말했다. "동생은 자기 생일인 3월 9일에, 그러니까 모레 죽기로 결정했어. 그건 대통령도 막을 수 없어. 자살은 방종이야. 순교자의 변덕에 응해주는 것, 죽음을 통해 선행을 베풀고 이익을 남기게 함으로써 그의 운명의 무게를 덜어주는 것, 할 수 있는 거라곤 그게 다야. 속되고 물질적인 이익이지만 어쨌든 이익이지."

리다가 내 다리를 끌어안고 초콜릿색 눈빛으로 나를 빤히 올려다보았다.

"동생의 계획은 이래." 흔들림 없는 어조로 나는 말을 이어나갔다. "그러니까, 난 수십만 마르크가 보장되는 생명보험에 들어 있고, 숲속 어디선가 내 시체가 발견되지. 과부가 된 내 아내, 그러니까 당신이……"

"그런 끔찍한 말은 관둬요." 리다가 카펫에서 펄쩍 뛰어오르더니 소리를 질렀다. "방금 어디선가 그런 이야기를 읽었어요…… 제발 입 다물어요……"

"……과부가 된 내 아내, 그러니까 당신이 그 돈을 받는 거야. 당신은 기다렸다가 한적한 곳으로 떠나지. 그러면 얼마 후에 내가 가명으로 당신과 재회해. 아마 당신과 다시 결혼까지 할 거야. 가명으로 말이지. 실로 내 이름은 내 동생과 함께 죽는 거지. 나와 동생은, 내 말 끊지 마, 두 방울의 피처럼 닮았어. 죽은 모습은 특히 날 닮았을 거야."

"그만, 그만! 난 그를 구해선 안 된다고 생각하지 않아요…… 아, 게르만, 이건 정말 몹쓸 짓이에요…… 그 사람 지금 어디 있어요? 여기 있어요? 베를린에?"

"아니야, 지방에 있어…… 구해야 한다, 구해야 한다…… 당신, 바보 같은 말만 되풀이하고 있어. 동생이 살인자이자 신비주의자라는 사실을 당신은 잊고 있어. 도무지 나로서는 동생의 죽음의 무게를 덜어주고 예쁘게 장식하는 사소한 일을 거부할 권리가 없어. 우리는 여기서 어떤 지고한 차원으로 들어서는 거야. 당신은 이 점을 이해해야 해. 과연 내가 당신한테 다음과 같이 말한다면 그건 또 다른 문제지. 잘 들어. 난 지금 사정이 안 좋아. 파산 직전이야. 모든 게 신물이 나. 조용한 곳으로 떠나서 사색이나 하고 거위나 기르며 살고 싶어. 그러니까 이 드문 경우를 이용하자고. 내가 이딴 말 하는 게 아니잖아. 비록 자연의 품에서 사는 게 꿈이긴 하지만 말이야. 난 다른 이야기를 하는 거야. 견딜 수 없이 힘들어도, 아무리 끔찍해도 친동생이 죽어가며 하는 부탁을 거절해선 안 돼. 이런 식일지라도 그의 신행을 방해해선 안 돼. 난 바로 이 말을 하고 싶은 거야……"

리다의 눈꺼풀이 파르르 떨었다. 그녀의 얼굴을 침투성이로 만들었다. 들이붓듯 쏟아지는 말의 홍수에도 불구하고 리다는 내 품에 폭 안겨 나를 꼭 껴안고 있었다. 나는 말을 계속했다.

"……그런 종류의 거절은 죄악이야. 나는 그런 죄악을 원치 않아. 죄악의 무거운 짐을 양심에 지고 살아가고 싶지 않다고. 당신은 내가 그에게 반대하지 않았다고, 사리에 맞게 그를 설득하려 애쓰지도 않았다고 생각하지? 내가 손쉽게 그의 제안에 동의했다고 생각하지? 그 많은 밤이 지나도록 내가 잠만 잤다고 생각하지? 여보, 끔찍이도 고통스러운 시간이 이제 벌써 반년이야. 악랄하기 짝이 없는 내 적에게도 그런 고통을 주라고는 신에게 간구하지 않을 거야. 난 그 돈이 몹시 필요해! 아니 어떻게 내가 거절하겠어, 말해봐, 어떻게 내가 동생을 절대적인 고통 속에 내버려둘 수 있겠어. 마지막 기쁨조차 빼앗으면서…… 에이, 빌어먹을, 말해봐야 무슨 소용이야!"

나는 리다를 내팽개치다시피 밀쳐내고 방 안을 서성이기 시작했다. 눈물을 삼켰다. 흐느꼈다. 멜로드라마의 진홍빛 환영이 날뛰었다.

"당신이 나보다 수만 배는 더 똑똑하지." 리다가 양손을 주무르며 (그렇다, 독자여, 딕시*, 양손을 주무르며) 나지막이 말했다. "그렇지만 이건 너무 끔찍하고 너무 생소해. 난 이런 건 책 속에만 있는 줄 알았어…… 어째 이건 정말…… 모든 게 정말 완전히 바뀌게 되잖아. 삶이 송두리째…… 정말…… 그럼, 예를 들어, 아르달리온은 어떻게 돼요?"

"지옥에나 가버리라고 해, 어찌 되든 무슨 상관이야! 우린 지금 인간의 가장 큰 비극에 관해 말하고 있잖아. 그런데 당신은 자꾸 무슨 말을 하는 거야……"

"아니, 난 그냥 물어본 거야. 당신 말에 겁이 났어. 머리가 온통 빙빙 돌아. 내 생각엔, 음, 지금 말고 나중에 그렇게 해요. 아르달리온을 만나서 사정을 설명하게. 게르만, 어떻게 생각해?"

"사소한 걱정은 그만둬." 내가 신경질이 나서 말했다. "때가 되면 알게 되겠지. 그래, 결국 뭐야. (별안간 날카로운 고함으로 바뀌었다) 도대체 당신은 어떻게 이렇게 미련해빠졌어!……"

리다가 왈칵 눈물을 쏟더니 갑자기 말 잘 듣는 상냥한 여자가 되어 바르르 몸을 떨며 내 품에 안겼다. "날 용서해요." 그녀가 횡설수설

---

* '나는 말했다'라는 뜻의 라틴어.

말했다. "아, 용서해…… 난 정말 바보야. 아, 날 용서해. 정말 이런 끔찍한 일이 생기다니…… 오늘 아침까지만 해도 모든 것이 그토록 분명했는데, 그토록 멋졌는데, 그토록 평소와 다름없었는데…… 여보, 당신 너무 고통 받았어. 당신이 불쌍해서 미칠 것 같아요. 당신이 원하는 건 뭐든 할게."

"지금 난 커피를 원해. 커피가 마시고 싶어 죽을 지경이야."

"부엌으로 가요." 눈물을 훔치며 그녀가 말했다. "뭐든 다 할게. 단 나랑 같이 있어요. 나 무서워요."

여전히 코를 훌쩍거리긴 했지만 이미 마음을 가라앉힌 리다가 부엌에서 커다란 갈색 원두를 커피 분쇄기 주둥이에 부었다. 그녀는 무릎 사이에 분쇄기를 쏙 끼고 손잡이를 놀리기 시작했다. 저음에는 빽빽했다. 탁탁 타다닥, 요란스러운 소리가 났다. 그러다가 갑자기 부드러워졌다.

"상상해봐, 리다." 탁자 위에 앉아 다리를 까불며 내가 말했다. "내가 당신에게 말한 게 전부 다 꾸며낸 이야기라고 상상해보라고. 난 이건 완전히 꾸며낸 이야기이거나 아니면 어디선가 읽은 이야기라는 생각을 나 자신에게 주입했어. 리다, 알겠어? 그게 공포에 질려 미치지 않는 유일한 방법이야. 그러니까, 두 인물이 있어. 기지 있는 자살자와 그의 보험에 든 분신…… 일겠지만 계약자가 자살할 경우 보험사는 돈을 지불할 의무가 없어. 그래서……"

"아주 진하게 내렸어." 리다가 말했다. "당신 마음에 들 거야. 응, 듣고 있어요."

"……그래서 이 통속적인 싸구려 소설의 주인공은 다음과 같은 조치를 필요로 하는 거야. 살인이 분명해 보이도록 상황이 설정되어야 하지. 기술적인 부분까지 세세히 말하고 싶진 않지만, 한마디로 말하면 이래. 총이 나무에 묶여 있고 방아쇠에 줄이 매달려 있어. 자살자가 등을 돌리고 줄을 당기면, 등에, 탕, 총알이 박히는 거지. 대충 이런 상황이야."

"아, 잠깐 기다려요!" 리다가 소리쳤다. "퍼뜩 떠오른 게 있어요. 어찌 된 영문인지 그는 다리에 권총을 고정시켰는데…… 어, 그게 아니다. 줄에 돌을 매달았다…… 가만있자, 어떻게 됐더라? 아, 맞다. 한쪽 끝에 큰 돌을 묶고 다른 쪽 끝에 권총을 묶었다. 그렇게 해서 권총 자살한 거다…… 돌이 물속으로 떨어지자 줄도 뒤따라 난간 너머로 떨어졌다. 그다음 권총까지, 전부 다 물속으로 떨어졌다…… 뭣 때문에 그랬는지, 그건 기억이 안 나네……"

"한마디로 감쪽같은 거지." 내가 말했다. "다리 위에 죽은 사람만 남는 거야. 커피는 참 좋단 말이야! 머리가 아파 미칠 지경이었어. 이젠 훨씬 낫군. 자, 이제 일이 어떻게 돌아갈지 당신 이해하지……"

불같이 뜨거운 커피를 홀짝이며 나는 생각했다. 그녀의 상상력은 참으로 절대적인 빈곤이구나. 이틀 후면 삶이 변한다. 전례 없는 사건, 지진…… 그런데 그녀는 나와 함께 커피를 홀짝이며 셜록 홈스의 모험*이나 떠올리고 있다……

하지만 그건 내 착각이었다. 리다가 흠칫 몸을 떨더니 천천히 잔을 내려놓으며 말했다.

---

* 『소어 다리 사건』을 말한다.

"게르만, 이 모든 게 정말 머지않아 일어난다면, 짐을 꾸려야 할 거예요. 아이고, 당신 알아요? 빨래가 산더미에…… 당신 턱시도는 또 세탁소에 맡겼어."

"첫째, 여보, 나는 야회복을 입고 화장당하고 싶은 마음이 전혀 없어. 둘째, 당신이 뭔가 해야 하고, 뭔가 준비해야 한다는 생각 따위는 머릿속에서 끄집어내버려. 단번에 싹 지워버리라고. 당신은 아무것도 할 필요 없어. 당신은 아무것도 모르는 상태잖아. 전혀 아무것도 모르는 거야. 내 말 잊지 마. 아는 사람들한테 그 어떤 어렴풋한 암시도 해선 안 되고 수선을 피워도, 물건을 사도 안 돼. 내 말 명심해, 이 여자야. 안 그랬다가는 모두에게 좋지 않아. 다시 말하지만 당신은 아직 아무것도 모르는 거야. 모레 당신 남편은 차를 놀고 나가서 돌아오지 않을 거야. 자, 그때, 바로 그때 당신 일이 시작돼. 단순하지만 막중한 일이야. 부탁이야, 내 말 주의 깊게 잘 들어.

10일 아침에 오를로비우스에게 전화해. 내가 어딘가로 떠났는데, 밖에서 밤을 새우고 여태 돌아오지 않았다고 말해. 앞으로 어떻게 해야 할지 묻고, 그의 충고를 따라. 경찰에 알린다거나 하는 전반적인 일처리를 그에게 맡겨. 중요한 건 정말 내가 죽었다고 믿는 척하는 거야. 그래, 결국 그건 사실이기도 해. 동생은 내 영혼의 일부니까."

"뭐든 나 할게. 그를 위해 그리고 당신을 위해 뭐든 다 할 기야. 하지만 난 벌써 너무 무섭고, 모든 게 뒤죽박죽 혼란스러워요." 그녀가 말했다.

"혼란스러울 거 없어. 제일 중요한 건 비통함을 자연스럽게 표현하는 거야. 티나지 않게 자연스러워야 해. 당신 일을 덜어주려고 오를로비우스에게 넌지시 일러뒀어. 나에 대한 당신의 사랑이 오래전에 식었다고. 그러니까 차분하고 절제된 비탄이어야 해. 한숨 한 번 쉬고 침묵하는 거야. 당신이 내 시체를, 그러니까 나인지 아닌지 분간하기 힘든 사람의 시체를 보게 되면 물론 진짜 큰 충격을 받겠지."

"아, 게르만, 난 못 해. 무서워 죽겠어요."

"영안실에서 화장을 고치려고 했다가는 상황이 훨씬 안 좋아질 거야. 어떤 일이 있어도 참아. 비명 지르지 마. 비명을 지른 후에는 슬픔의 강도를 높여야 하는데, 형편없는 연극이 될 거잖아. 각설하고. 유서에 따라 날 화장하고 모든 형식상의 절차를 거친 다음, 오를로비우스한테서 당신에게 지급되는 돈을 받아. 그가 일러주는 대로 돈을 처리한 다음 여길 떠나서 파리로 가자고. 당신 파리에서 어디 머물 거야?"

"몰라요, 게르만."

"나랑 함께 파리에 갔을 때 묵었던 곳을 기억해봐. 자, 응?"

"응, 물론 알아요. 호텔이잖아."

"무슨 호텔이었지?"

"게르만, 당신이 날 그런 눈빛으로 볼 때면 아무 기억도 안 나. 안다고 하잖아요. 암튼 무슨 호텔이야."

"힌트를 줄게. 풀과 관련 있어. 프랑스어로 풀이 뭐야?"

"잠깐. 에르브. 아, 생각났어요. 말레르브."

"만일의 경우에 대비해서, 이름을 잊어버리거든 검정색 트렁크를 봐. 거기에 호텔 라벨이 붙어 있어."

"여보, 게르만, 아무리 그래도 내가 그렇게까지 멍청하진 않아. 트렁크를 가져가긴 할 거예요. 검정색 트렁크."

"자, 당신은 거기 머무는 거야. 그다음에는 무지 중요한 일이 기다리고 있어. 그전에 먼저 처음부터 다시 말해봐."

"난 슬퍼할 거야. 너무 많이 울지 않도록 노력할 거야. 오를로비우스. 검정색 드레스를 두 벌 맞추고."

"잠깐. 시체를 보면 당신 어떻게 할 거야?"

"무릎 꿇고, 비명은 지르지 않고."

"그렇지, 자, 봐. 다 잘했어. 좋아, 그다음은?"

"그를 매장할 거야."

"첫째, 그가 아니라 나야. 제발 혼동하지 마. 둘째, 매장이 아니라 화장이야. 오블로비우스가 목사에게 내 도딕적 딕목과, 시민으로서 남편으로서 내가 보여주었던 훌륭함에 관해 말할 거야. 목사는 화장장 장례실에서 진심 어린 설교를 할 거고. 내 관은 오르간 소리에 맞춰 음부(陰府)로 서서히 가라앉겠지. 그걸로 끝이야. 그다음은?"

"그다음은 파리. 아니, 잠깐 기다려봐요. 먼저 돈과 관련된 온갖 형식적인 절차들. 있잖아, 오블로비우스는 아주 진절머리가 날 것 같아요. 파리에서는 호텔에 묵어요. 거봐, 내가 잊어버릴 줄 알았어. 잊어버릴 줄 알았고 정말 잊어버렸어. 왜 그런지 당신은 날 압박해…… 호델…… 호델…… 말레르브! 만일의 경우를 대비해서 검정색 트렁크를 가져가는 거야."

"그렇지. 이제 중요한 일이 남았어. 파리에 도착하자마자 나한테 알려야 해. 이제 내가 어떻게 하면 당신이 주소를 기억하게 할 수 있을까?"

"적는 게 나아, 게르만. 난 지금 머리가 멍해요. 일을 몽땅 망칠까봐 끔찍하게 무서워요."

"아니야, 여보. 난 아무것도 적어주지 않을 거야. 당신은 메모한 것마저 잃어버릴 테니까. 싫든 좋든 주소를 기억해야만 해. 절대 다른 방도는 없어. 주소를 적는 건 절대 안 돼. 알겠어?"

"게르만, 알았어요. 그렇지만 난 도무지 기억을 못 하겠어……"

"집어치워. 주소는 아주 간단해. 포스트레스탕트.* 익스." (나는 도시 이름을 댔다.)

"예전에 리자 숙모가 살았던 곳이잖아? 응, 그래. 그건 기억하기 쉬워요. 내가 당신에게 숙모 얘기 했던 적 있지. 지금 숙모는 니스 근교에 살아요. 니스로 가요."

"바로 그거야. 그러니까 당신은 그 두 낱말을 기억한 거야. 이제 이름. 간단히 무슈 말레르브라고 쓰는 게 어때?"

"아마 여전히 뚱뚱하고 활기 넘치겠지. 아르달리온이 편지로 돈을 부탁하곤 했던 거 알아요? 물론……"

"다 재밌는 얘긴데, 우린 지금 일 얘길 하고 있잖아. 이름 뭐로 할 거야?"

"게르만, 아직 말 안 해줬잖아요."

"아니야, 말했어. 무슈 말레르브로 하자고 했잖아."

"말도 안 돼. 게르만, 그건 호텔 이름이잖아, 안 그래요?"

"바로 그 때문이야. 연상하면 좀더 쉽게 떠올릴 수 있어."

---

* '유치우편'이라는 뜻의 프랑스어.

"아이고, 게르만, 난 연상 기억 못 해요. 그건 가망 없어. 제발 연상은 관둬요. 게다가 너무 늦었어. 나 피곤해요."

"그럼 당신이 생각해내. 당신이 기억할 수 있는 이름으로. 음, 좋아. 아르달리온 어때?"

"좋아요, 게르만."

"아주 좋았어. 무슈 아르달리온. 포스트레스탕트. 익스. 그리고 이렇게 편지해. 소중한 나의 벗, 아마 내 슬픔에 관해 들었을 거야. 이런 식으로 써내려가. 그래봐야 몇 줄만 쓰면 돼. 우체통에 직접 넣어. 직접 부치는 거야, 알았어?"

"좋아요, 게르만."

"이제 반복해봐."

"여보, 나 긴장돼서 죽을 지경이에요. 맙소사, 한시 반이네. 내일 하면 안 될까?"

"내일은 또 반복해서 외워야 해. 자, 어서, 듣고 있어."

"호텔 말레르브. 도착해. 편지를 부쳐. 직접. 아르달리온, 포스트레스탕트, 익스. 편지를 쓰고 나면, 그다음은요?"

"그건 당신하고 상관없어. 그때 가서 알게 될 거야. 그러면, 자, 당신이 다 잘해낼 거라 확신해도 될까?"

"응, 게르민. 또 빈복히게만 히지 마. 피곤해서 주을 것 같아요."

그녀는 부엌 한가운데 서서 어깨를 쫙 펴고 머리를 뒤로 젖힌 채 세차게 흔들었다. 그러고는 머리카락을 헝클어뜨리며 되풀이해 말했다. "아, 너무 피곤하다, 아⋯⋯" '아'는 하품으로 이어졌다. 우리는 자러 갔다. 그녀는 드레스와 스타킹, 자질구레한 것들을 닥치는 대로 아무 데나 벗어 던졌고, 무너지듯 침대 위로 쓰러지더니 곧바로 숨을 쌕쌕거리기 시작했다. 나도 누운 다음 불을 껐다. 그러나 잠을 이룰 수 없었다. 그녀가 갑자기 눈을 뜨더니 내 어깨를 건드렸던 기억이 난다.

"왜 그래?" 졸린 척하며 내가 물었다.

"게르만." 그녀가 중얼거리기 시작했다. "게르만, 근데 이거…… 사기 아냐? 그런 생각 안 들어요?"

"잠이나 자." 내가 대답했다. "당신 머리로는 이해 못 할 일이야. 심오한 비극을 두고 허튼 생각이나 하고 있잖아. 자, 제발."

그녀가 행복한 한숨을 내쉬더니 다른 쪽 옆구리로 돌아누워 다시 쌕쌕거리기 시작했다.

참 이상한 일이다. 멍청하고 잘 잊어버리는 데다 어리바리한 아내의 능력과 관련하여 조금의 자기기만도 없었음에도 불구하고, 왠지 나는 전혀 불안하지 않았다. 그녀의 헌신이 그녀를 무의식적으로 올바른 길로 이끌고 발을 헛디디지 않게 할 거라고, 그리고 무엇보다도 내 비밀을 지켜줄 거라고 나는 절대적으로 확신했다. 오를로비우스가 그녀의 서투른 억지 슬픔을 보고 생각에 잠긴 침통한 표정으로 고개를 가로젓는 모습이 벌써 눈에 선했다. 누가 알겠는가. 어쩌면 아내의 정부(情夫)가 불쌍한 남편을 살해한 건 아닌가 생각할 수도 있다. 그러나 오를로비우스는 때마침 이름 없는 미치광이가 보낸 협박 편지를 떠올릴 것이다.

다음날 우리는 하루를 집에서 보냈다. 나는 다시 끈덕지게 무진 애를 써서 아내를 내 의지로 가득 충전시켰다. 그건 마치 거위의 간을 부풀리려고 옥수수를 억지로 쑤셔넣는 형국이었다. 저녁 무렵 그녀는 걸음을 뗄 수 없는 지경이 되었다. 나는 그녀의 상태에 만족했다. 이제 나 자신이 준비할 때였다. 돈을 얼마나 가져가고 리다에게는 얼마를 남겨줄까. 그날 저녁 머리를 꽤나 쥐어짰던 기억이 난다. 돈이 궁했다. 그것도 아주 궁했다. 만일의 경우에 대비해 값나가는 물건을 가져가야겠다는 생각이 들어서 리다에게 말했다.

"당신 모스크바 브로치 나 줘."

"아, 그래, 그 브로치." 그녀가 말했고, 느릿느릿 방에서 나가더니 이내 돌아와서는 소파에 누워 전에 없이 통곡을 하기 시작했다.

"왜 울어, 무슨 일이야?"

그녀는 한동안 대답하지 않았다. 그리고 바보같이 흐느끼더니 나를 보지도 않고 브로치는 전당 잡혀 있다고, 아르달리온의 친구가 돈을 돌려주지 않아 전당 잡혀서 여행 경비를 주었다고 해명했다.

"그래, 알았어. 알았으니까 악 좀 쓰지 마. 일을 교활하게 처리했지만 다행히도 그가 떠났잖아. 꺼져버렸다고. 그게 중요한 거야."

그녀는 일순간 진정되었다. 내가 화를 내지 않자 심지어 얼굴이 환해졌다. 그리고 비틀거리며 침실로 가서 오랫동안 뭔가를 뒤지더니 반지 하나와 귀고리 한 쌍, 그리고 그녀의 할머니 것이었던 구식 담뱃갑을 가져왔다. 나는 아무것도 가져가지 않았다.

"자," 손거스리미를 물이뜯으며 방 안을 배회하던 내가 말했다. "그러니까 리다, 나한테 원한을 품을 만한 사람이 있었는지 당신한테 물어보면, 그러니까 나를 죽였을 만한 자가 누군지 알아내려고 하면 이렇게 말해. 난 몰라요. 한 가지 더. 난 여행가방을 가져갈 건데 이 사실은 물론 우리만 아는 거야. 내가 여행 채비를 한 걸로 비쳐선 안 돼.

수상쩍어할 거야. 그렇지만……"이 지점에서 말을 멈추고 생각에 잠 겼던 것으로 기억된다. 참 묘한 노릇이었다. 이게 웬일일까? 모든 것 이 그토록 경이롭게 계획되고 예견되었는데, 사소한 문제 하나가 비 어져나왔다. 짐을 싸다가 작고 거추장스러운 하찮은 물건 하나를 깜 박하고 넣지 않았음을 갑자기 알게 되는 꼴이다. 그런 부정직한 물건 들이 있다. 나 자신을 옹호하기 위해서는 여행가방의 문제가 아마 내 가 내 계획 가운데 변경하기로 결정한 유일한 요소였다는 점을 말해 야 한다. 나머지 것들은 모두 오래전에, 어쩌면 여러 달 전에, 어쩌면 내 시체를 꼭 닮은, 풀 위에서 자고 있는 부랑자를 보았던 바로 그 순 간에 계획한 그대로 진행되었다. 아니다. 나는 생각했다. 어쨌든 여행 가방은 가져가선 안 돼. 그걸 가져가면 아무래도 눈에 띌 거야.

"여행가방은 가져가지 않을 거야." 나는 큰 소리로 말하고 다시 방 안을 서성이기 시작했다.

3월 9일 아침을 어찌 잊으랴? 그날 아침은 여느 아침처럼 창백하고 차가웠다. 밤에는 눈이 약간 내렸다. 수위들이 보도를 쓸었다. 보도를 따라 낮은 눈 둥성이가 이어졌다. 반면 아스팔트는 이미 깨끗했고 까 맸다. 약간 반질거렸을 뿐이다. 리다는 편안히 자고 있었다. 사위가 고요했다. 나는 옷 입는 일에 착수했다. 셔츠 두 벌. 하나 위에 다른 것을 덧입었다. 위에 입은 셔츠는 내가 입던 것인데, 그에게 입힐 것 이었다. 내복도 두 벌. 위에 입은 내복 역시 그에게 입힐 것이었다. 그 다음 작은 꾸러미를 만들었다. 매니큐어 용품 세트와 면도 도구가 들 었다. 꾸러미를 잊어버릴까봐 현관 옷걸이에 걸린 외투 주머니에 곧 바로 찔러넣었다. 이어서 양말 두 켤레와(위에 덧신은 양말은 구멍이 났다) 검정 구두를 신고 쥐색 각반을 찼다. 그런 모습으로, 즉 맵시 있게 신은 벌써 신었지만 바지는 입지 않은 채, 모든 게 계획대로 되어가는지 속으로 짚어보며 한동안 방 한가운데 서 있었다. 여분의 가터*를 빠뜨렸다는 사실이 떠올랐다. 나는 낡은 가터를 찾아 꾸러미에 넣었다. 그 탓에 다시 현관으로 나갔다 와야 했다. 마침내 내가 좋아하는 연보라색 타이와 최근에 자주 입던 두꺼운 진회색 양복을 꺼냈다. 호주머니 여기저기에 물건을 넣었다. 지갑(약 1500마르크가 들어 있다), 여권, 주소와 계좌 따위가 적힌 잡다한 종잇조각들…… 퍼뜩 정신이 들었다. 여권은 가져가지 않기로 했잖은가. 이건 아주 교묘한 술책이다. 대수롭지 않은 종잇조각 때문에 신원이 드러나는 게 왠지 더 예술적이다. 내가 또 집은 것. 열쇠, 담뱃갑, 라이터. 이제 옷을 다 입었다. 나는 호주머니를 하나하나 툭툭 쳤다. 약간 숨이 찼다. 이중으로 된 속옷 껍질에 싸여 있어서 그런지 더웠다. 가장 중요한 일이 남아 있었다. 이건 완전한 의식(儀式)이었다. 그게 고이 잠들어 있는 서랍이 서서히 미끄러지듯 열린다. 세심하게 살핀다. 분명 처음 살펴보는 건 아니다. 기름칠이 기가 막히게 잘돼 있다. 가득 들어차 있다…… 1920년 레발에서 모르는 장교에게 선물받았다. 더 정확히 말하면, 나한테 맡기고 자취를 감췄다. 붙임성 좋은 그 중위가 그후 어떻게 되었는지 나는 모른다.

그사이 리다가 잠에서 깼다. 그녀는 딸기색 가운으로 몸을 폭 감쌌다. 우리는 주방에 앉았다. 엘자가 커피를 가져왔다. 그녀가 물러가자

---

* 스타킹이나 양말이 흘러내리지 않게 여미도록 고안된 밴드.

내가 말했다.

"자, 그날이 왔어. 나 곧 떠나."

문학적인 사소한 여담 하나. 다음 장면의 리듬은 러시아적이지는 않지만 상황이 지닌 웅장한 긴박감과 나의 서사적인 침착함을 잘 전달한다.

"게르만, 제발 있어줘. 아무 데도 가지 마요." 리다가 나직이 말했고, 양손을 모아 꽉 그러쥐었던 듯하다.

"당신, 다 잘 기억할 수 있지?" 나는 동요하지 않고 말을 계속했다.

"게르만." 그녀가 재차 말했다. "아무 데도 가지 마. 그가 원하는 건 다 그가 하게 해요. 이건 그의 운명이야. 당신은 끼어들지 마요……"

"당신이 전부 다 기억하고 있어서 기뻐." 내가 미소 지으며 말했다. "잘했어. 자, 빵 하나 더 먹고 갈 거야."

그녀가 울음을 터뜨렸다. 그러고는 코를 팽 풀었고, 뭔가 말하려는 듯하더니 다시 울기 시작했다. 다분히 진기한 광경이었다. 뿔 모양 빵에 버터를 바르는 나, 맞은편에 앉아서 울고불고 난리인 리다. 나는 입에 빵을 넣고 말했다. "적어도 사람들이 모두 듣는 데서 (씹어 삼켰다) 이렇게 말할 수는 있을 거야. 내가 어디 가는지 말하지 않고 떠나는 일이 꽤 자주 있었지만, 이번에는 불길한 예감이 들었다고 말이야. 그런데, 부인, 원한을 품은 사람들이 있었나요? 수사관 양반, 난 몰라요."

"그다음엔 어떻게 해?" 리다가 천천히 두 손을 떼어놓으며 부드럽게 신음하듯 말했다.

"응, 여보, 그걸로 충분해." 어조를 바꿔 내가 말했다. "좀 울었으니까 이제 좀 나아졌지. 그리고 오늘 엘자 있는 데서 울부짖을 생각은 꿈에도 하지 마."

그녀가 손수건으로 눈을 꾹꾹 누르며 슬픔에 끙 앓는 소리를 내더니 다시 손을 떼어놓았다. 하지만 말이 없어진 지 오래였고 눈물도 흘리지 않았다.

"다 외웠지?" 그녀를 뚫어져라 바라보며 마지막으로 물었다.

"그래요, 게르만. 다 외웠어요. 근데 나 너무 무서워……"

나는 일어섰고, 그녀도 일어섰다. 내가 말했다.

"잘 있어. 몸조심하고. 난 환자한테 갈 시간이야."

"게르만, 있잖아, 당신 정말 참석할 생각 없어?"

나는 무슨 말인지 이해조차 못했다.

"뭐라고, 참석?"

"아이, 내 말뜻 알잖아요. 그날…… 음, 그러니까 그날…… 줄을 가지고……"

"이런 바보. 달리 어쩌겠어? 누가 그걸 다 치우겠어? 당신 그렇게 생각 많이 할 거 없어. 오늘 영화나 보러 가. 나 간다, 이 멍청아."

우리는 키스한 적이 없었다. 나는 키스의 진창을 참지 못한다. 일본인들도 여자한테 절대 키스하지 않는다고 한다. 성적 흥분의 순간에 노 그렇냐고 한다. 그들은 맨 입술을 가까운 사람의 상피(上皮)에 대는 일을 이해하지 못하고 낯설어한다. 심지어 다소 혐오스러워한다. 그러나 그 순간 갑자기 아내에게 키스하고픈 충동이 일었다. 하지만 그녀는 키스할 준비가 되어 있지 않았다. 그래서 어쩌다보니 내 입술은 그녀의 머리카락을 살짝 스쳤고, 나는 다시 키스하려 하지 않았다.

그 대신 왜 그랬는지는 모르지만 구두 뒷굽을 철거덕 맞부딪치고는 그녀의 무기력한 손을 잡았다. 그리고 현관으로 가서 재빨리 외투를 걸치고 장갑을 낚아채듯 집어들고는 꾸러미가 있는지 확인했다. 나는 이미 문을 향해 걸어갔고, 주방에서 나지막이 나를 부르는 그녀의 우는 목소리가 들렸다. 나는 그 소리에 주의를 돌리지 않았다. 되도록 빨리 집에서 벗어나고 싶었다.

나는 커다란 공용 주차장이 있는 마당으로 향했다. 차고에는 차가 가득 들어차 있었다. 사람들이 다정한 미소로 나를 맞이했다. 차에 타 시동을 걸고 운전을 했다. 마당의 아스팔트 지표면은 차도보다 약간 높았다. 마당에서 차도로 연결된 경사진 좁은 터널을 들어갈 때, 브레이크에 살짝 저지당한 내 차는 소리 없이 가볍게 미끄러져 내려갔다.

9장

　사실 좀 지친다. 나는 거의 밤을 꼬박 새워 하루에 한 장(章) 혹은 그 이상도 쓰고 있다. 예술은 위대하고 강력한 것이다. 나로서는, 내가 처한 상황에서는, 실로 행동하고, 애를 태우고, 곡예비행을 해야 마땅하리라…… 물론 직접적인 위험은 없다. 그리고 그런 위험은 앞으로도 없으리라 짐작되지만, 꼼짝 않고 앉아서 쓰고 쓰고 또 쓰고 있는, 오랫동안 생각하고 생각하고 또 생각하고 있는 이 상황은 이상하다. 내가 쓰고 또 생각하는 것의 내용은 대체로 같다. 나는 줄곧 쓰고 또 생각하는 상황에 머무르지만은 않을 것이다. 매달리다보면 핵심을 말하게 될 것이고, 그때는 지체 없이 어떤 위험을 무릅쓰더라도 기필코 작품을 출간하리라는 점이 쓰면 쓸수록 분명해진다. 그렇지만 특별한 위험이랄 것도 없다. 원고를 보내자마자 나는 사라질 테니까. 턱수염을 기른 말수 적은 남자가 몸을 숨기기에 세상은 충분히 넓다.

내가 이미 언급한 것 같은, 심지어 내 이야기 속에서 내가 직접 말을 걸었던 것 같은(쓴 글을 다시 읽는 짓은 오래전에 집어치웠다. 그럴 틈도 없고 그런 짓은 매스껍기까지 하다……) 속을 꿰뚫어 보는 듯한 저 소설가에게 내 작품을 넘기기로 단번에 결정을 내린 건 아니었다. 처음에는 독일이나 프랑스 아니면 미국 출판사 편집장에게 곧장 보내면 간단하지 않을까 생각했다. 그러나 이 작품은 러시아어로 썼고, 완벽히 번역되기는 불가능하다. 글쎄, 솔직히 말해 나는 내 문학의 선율을 소중히 여기는 관계로 어조나 뉘앙스가 조금이라도 손상되면 모조리 엉망이 될 거라고 굳게 믿는다. 소비에트연방으로 보낼까도 생각했다. 하지만 주소가 없다. 게다가 일을 어떻게 진행시켜야 하는지도, 연방으로 원고를 반입하게 해줄지 어떨지도 모른다. 왜냐하면 나는 타성에 젖어 구식 철자법*을 쓰기 때문이다. 다시 쓰기에는 힘에 부친다…… 뭐라고, 다시 쓴다고! 도대체 다 쓸 수 있을지, 그 압박을 견딜 수 있을지, 뇌출혈로 쓰러져 죽지 않을지 모르는 노릇이다……

틀림없이 내 원고를 마음에 쏙 들어하고, 출판되도록 최선을 다할 내 사람에게 원고를 주기로 최종적으로 마음을 굳힌 지금, 나는 내가 선택한 사람이(내 첫 독자인 그대가) 소비에트연방에서 자기 책을 출판할 가망이 전혀 없는 망명 소설가임을 잘 안다. 하지만 이 책은 예외가 될 수도 있다. 궁극적으로 이 글을 쓴 사람은 자네가 아니니까.

---

* 소비에트 혁명과 함께 1917~1918년에 이루어진 철자법 개혁 이전의 러시아어 철자법.

오, 내 소중한 염원! 망명자인 그대의 서명에도 불구하고(속이 빤히 드러나는 그대의 거짓 서명은 그 누구도 속이지 못할 것이다) 내 책은 소비에트연방에서 수요를 찾을 것이다! 나는 결코 소비에트 체제의 적이 아니지만, 내 책은 현 시점이 제기하는 변증법적 요구들에 전적으로 부합하는 어떤 생각들을 자신도 모르게 표출할 것이 틀림없다. 때로는 내 기본 주제인 두 사람 사이의 닮음이 어떤 알레고리라는 생각마저 든다. 신체상의 이 놀라운 유사성은 아마 내게 미래의 무계급 사회에서 사람들을 결집시킬 저 이상적인 닮음을 약속하는 징표로 (무의식적으로!) 비친 것 같다. 그리고 특정한 경우를 이용하고자 애쓰는 가운데, 아직 사회에 눈을 뜨지 못하고 있던 나는 그럼에도 불구하고 모호하나마 어떤 사회적 기능을 수행하고 있었다. 그뿐만이 아니다. 내가 이 닮음을 완벽히 실현하지 못한 이유는 순전히 사회경제적 원인들로만 해명이 가능하다. 나와 펠릭스가 분명히 구분된 상이한 계급에 속했다는 점이 바로 그것이다. 특히 계급투쟁이 타협이 불가능한 첨예한 지경에 이른 오늘날에는 단독으로 계급 융합을 기대하기는 불가능하다. 사실 내 어머니는 태생이 천했고, 친할아버지는 젊었을 때 거위를 길렀다. 그래서 나 같은 기질과 습성의 인간이 내면에 지니게 되는, 비록 아직 완전히 발현되지는 않았지만 강렬한, 진정한 인식에 대한 염원이 어디에 기인하는지 바로 너 자신이 잘 이해하고 있다. 신세계를 꿈꾼다. 그곳에서는 모든 사람이 게르만과 펠릭스처럼 서로서로 닮았을 것이다. 펠릭스들과 게르만들의 세상. 장비 곁에서 쓰러져 죽은 노동자를 그의 완벽한 분신이 평온한 사회적 미소를 지으며 즉시 대체하는 세상. 그래서 나는 소비에트의 젊은이들이 이 책을 읽고, 경험이 풍부한 마르크스주의자의 지도 아래 이 책이 담고 있는 사회적 메시지의 기본적인 행보를 따라가보는 것이 상당히 유익하리라 생각한다. 다른 민족들에게도 내 책을 번역하게 할 것이다. 그러면 내 책을 읽은 미국인들은 유혈과 폭력에 대한 갈증을 풀 것이다. 프랑스인들은 부랑자에 대한 나의 특별한 애착에서 소돔의 신기루를 감지할 것이다. 독일인들은 반(半)슬라브적 영혼의 광적인 변덕을 즐길 것이다. 여러분, 더, 더 읽으시라! 전적으로 반기는 바올시다.

하지만 책을 쓰기가 쉽지 않다. 특히 나 자신이, 말하자면 가장 결정적인 행위에 다가가고 있는 지금, 내 과제의 어려움이 내게 여과 없이 드러난다. 자, 보시다시피 지금 나는 요리조리 피하며 독자에게 가장 본질적인 장의 서두 대신 이야기 전체의 서문에 속해야 할 것들을 떠들어대고 있다. 이런 식의 접근이 지닌 합리적이고 교활한 면모에도 불구하고 나는 이 글을 내가 쓰는 것이 아니라, 내 이성이 쓰는 것이 아니라 오직 기억이, 내 기억이 쓰는 것임을 이미 해명했다. 실로 그때도, 즉 내 이야기의 시곗바늘이 딱 멈추었던 시각에도, 나는 멈춰서 지금처럼 꾸물댔던 것 같다. 그때도 나는 곧 맞닥뜨릴 일과 상관없는 복잡한 추론으로 바빴다. 나는 아침에 길을 떠났지만, 펠릭스와는 오후 다섯시에 만나기로 약속했다. 집에 가만히 앉아 있을 수가 없었다. 하지만 나를 만남과 떼어놓는 칙칙한 하얀 시간을 어디에다 처분한단 말인가? 나는 편안히, 심지어 나른한 기분으로 앉아 핸들을 손가락 하나로 돌리다시피 했다. 고요하고 추운 소곤거리는 거리를 따라 천천히 차를 몰아 베를린 시내를 지나쳤다. 계속 나아가다보니 이미 베를린을 벗어나 있었다. 그날은 세상이 한결같이 두 가지 색조로 물들어 있었다. 검은 나뭇가지와 아스팔트, 그리고 희끄무레한 하늘과 군데군데 내린 눈. 나는 나른함에 젖어 계속 길을 달렸다. 가다보니 눈앞에 무언가 길쭉한 것을 운반하는 짐마차가 보였다. 마차꾼이 짐 뒤에 매놓은 커다랗고 추한 누더기가 한동안 눈앞에서 달랑거렸다. 짐마차는 이내 방향을 틀어 사라졌다. 나는 속력을 내지 않았다. 다음 네거리에서 내 차 앞으로 택시가 튀어나왔다. 끽 소리가 나도록 브레이크를 밟았다. 길이 다소 미끄러웠던 탓에 차가 빙글 나선형으로 돌았다. 나는 물결 따라 흘러가듯 유유히 지나갔다. 잠시 후에는 깊은 슬픔에 잠긴 상복을 입은 여인이 나를 보지 못하고 비스듬히 차도를 건넜다. 나는 경적을 울리지도, 차분하고 부드러운 운전에 변화를 가하지도 않고 그녀의 베일에서 2베르쇼크* 앞에서 흐르듯 지나쳤다. 그녀는 나를 알아차리지도 못했다. 나는 소리 없는 환영이었다. 온갖 종류의 탈것이 나를 앞질렀다. 느릿느릿한 전차가 나와 한참을 나란히 갔다. 나는 멍청하게 마주 앉은 승객들을 곁눈질했다. 울퉁불퉁한 구간을 두어 번 지났다. 그러자 닭들이 떼지어 나타나서 짧은 날개를 펴고 목을 길게 뽑고는 길을 가로질러 뛰어다녔다(이건 그때가 아니라 여름에 있었던 일인지도 모른다). 그다음에는 길고 긴 도로를 따라 눈 쌓인 그루터기만 여기저기 보이는 들판을 지나쳐 달렸다. 이윽고 내 차는 인적이 전혀 없는 곳에서 졸음에 겨운 듯, 청색에서 회청색으로 색깔을 바꾸며 서서히 속력을 늦추더니 멈췄다. 나는 핸들에 머리를 박고 알 수 없는 사색에 잠겼다. 무슨 생각을 했던가? 아무

---

* 1베르쇼크는 약 4.5센티미터.

생각도 하지 않았거나 허튼 생각이었다. 머릿속이 뒤죽박죽이었다. 나는 잠들다시피 한 상태였다. 반쯤 졸도한 채 곰곰이 터무니없는 생각을 했고, 언젠가 어떤 역에서 꿈에서 태양을 볼 수 있는지를 두고 누군가와 언쟁을 벌였던 일을 떠올렸다. 얼마 후에는 주위에 사람들이 많이 있는 느낌이 들었다. 사람들은 모두 한꺼번에 말하고 한꺼번에 침묵에 잠기더니, 서로서로 뭔지 모를 임무를 맡고는 소리 없이 흩어져 갔다. 나는 곧 차를 몰았고, 정오쯤 어떤 마을을 천천히 지나가다 그곳에 머물렀다 가기로 결정했다. 그런 굼뜬 속도로도 쾨니히스도르프까지는 한 시간 남짓이면 도달할 테니 아직 시간 여유가 많았다. 나는 어두컴컴하고 무료한 선술집 뒷방 커다란 탁자에 오랫동안 앉아 있었다. 완전히 혼자였다. 벽에는 낡은 사진이 걸려 있었다. 콧수염이 말려 올라간, 프록코트를 입은 일단의 남자들이었다. 앞줄의 몇몇은 한쪽 무릎을 꿇고 느긋이 앉아 있었고, 양옆에 자리한 둘은 심지어 드러누워 있었다. 그 사진을 보자 러시아 학생들의 단체 사진이 떠올랐다. 나는 레몬수를 여러 잔 마신 후 여전히 나른한, 망측하도록 나른한 기분으로 여정을 재개했다. 얼마 후에 어떤 다리 곁에서 다시 멈췄던 기억이 난다. 청색 모직 바지를 입고 등에 자루를 짊어진 노파가 망가진 자전거를 고치느라 부산을 떨고 있었다. 나는 차에서 내리지 않은 채, 노파가 청하지도 않은 전혀 불필요한 충고를 몇 마디 건넸다. 그리고 입을 다물었다. 핸들에 팔꿈치를 받치고 턱을 괸 채 손바닥으로 뺨을 감싸고, 오래 그리고 무의미하게 그녀를 바라보았다. 그녀는 법석을 떨고 또 떨어댔다. 그러나 눈을 깜빡하는 순간 눈앞에는 이미 아무도 없었다. 노파는 오래전에 떠났다. 나는 다루기 힘든 숫자 둘을 암산으로 곱하고자 애쓰며 차를 몰았다. 뭘 의미하는지 어디에서 떠올랐는지 몰랐지만, 일단 숫자들이 출현한 후에는 그것들을 맞닥뜨리게 할 필요가 있었다. 자, 이제 그것들은 맞붙었다가 흩어졌다. 퍼뜩 정신이 들었다. 나는 맹렬한 속도로 미친 듯이 달리고 있었다. 긴 끈을 삼키는 마술사처럼 차가 길을 덥석덥석 집어삼켰다. 느릿느릿 연이어 스쳐 지나가는 소나무, 소나무, 소나무. 또 나는 기억한다. 나는 끈으로 묶은 책 꾸러미를 든 작고 창백한 두 초등학생 아이와 마주쳐 잠시 말을 나눴다. 아이들은 불쾌한 새 같은 관상이었다. 까마귀 같았다. 그들은 나를 약간 두려워하는 것 같았다. 내가 떠났을 때, 한 아이는 검은 입을 크게, 다른 아이는 그보다 작게 벌린 채 눈길로 오랫동안 나를 뒤좇았다. 그리고 나는 불현듯 쾨니히스도르프에 와 있었다. 시계를 보니 벌써 다섯시였다. 붉은색 역 건물을 지나치며 나는 펠릭스가 왠지 늦을 것 같다고, 저 초콜릿 자판기 옆 계단을 아직 내려오지 않았다고, 그리고 땅딸막한 붉은색 건물의 외양만으로는 그가 여기를 이미 지나갔는지 아닌지를 추정할 방도가 도무지 없다고 생각했다. 요점인즉슨, 쾨니히스도르프까지 타고 오라고 내가 그한테 명한 기차는 세시 오 분 전에 도착한다. 그러니까 펠릭스가 기차를 놓치지 않았다면……

독자여, 나는 그에게 쾨니히스도르프에 내려서 한길을 따라 북쪽으로 10킬로미터를 걸어 노란 푯말까지 오라고 말해두었다. 자, 이제 나는 이 도로를 따라 전속력으로 달리고 있다. 잊히지 않는 순간! 도로는 텅 비어 있었다. 겨울에 버스는 하루에 단 두 번, 아침과 정오에 이 도로를 달린다. 이 10킬로미터를 달리면서 마주친 것은 암갈색 말이

끄는 수레뿐이었다. 마침내 친숙한 푯말이 저 멀리서 노란 새끼손가락이 되어 일어섰다. 그것은 점점 커져서 원래 크기로 자라났다. 푯말은 눈 무르몰카를 쓰고 있었다. 나는 차를 세우고 주위를 둘러보았다. 아무도 없었다. 노란 푯말은 아주 노랬다. 오른쪽 들판 너머 잿빛으로 고르게 채색된 숲이 무대배경을 이루었다. 아무도 없다. 나는 차 밖으로 나와서 등 뒤로 문을 탕 닫았다. 그 어떤 총성보다 더 큰 소리가 울려퍼졌다. 순간 나는 배수로에서 자라는 얽힌 덤불 뒤에서 작은 콧수염을 기른, 싱글거리는 창백한 얼굴이 나를 보고 있음을 알아차렸다……

나는 차 발판에 한쪽 다리를 올리고 펠릭스에게서 시선을 떼지 않으며 격분한 테너처럼 장갑으로 손을 후려쳤다. 그는 히죽거리며 머뭇머뭇 배수로에서 나왔다.

"야, 이 새끼야." 내가 이를 악물고 웅장한 오페라의 기세로 말했다. "이 비열한 사기꾼 놈아." 한껏 목청을 돋우고 더더욱 맹렬하게 장갑으로 몸을 내려치며 재차 말했다. (폭발하는 내 목소리 사이사이 오케스트라는 계속 우르릉댔다.) "이 새끼야, 어디서 감히 떠벌리고 다녀? 어디 감히, 어디 네가 감히 다른 사람에게 조언을 구해? 어디 감히 네 멋대로 한다고 뻐기고 지랄이야. 뭐 어쩌고 어째, 아무 날 아무 장소?…… 정말 넌 이 일로 죽어도 시원찮아." (우르릉, 쨍그랑쨍그랑, 그리고 다시 내 목소리.) "멍청한 놈! 이 짓거리로 퍽이나 많이도 우려냈겠다. 게임은 끝났어. 넌 형편없는 실수를 저질렀어. 단돈한 푼도 구경 못 할 줄 알아, 이 촉새 같은 놈아!" (뺨 때리는 소리처럼 요란한 오케스트라의 심벌즈 소리.)

나는 차가운 갈망에 휩싸여 그의 얼굴 표정을 살피며 그렇게 욕을 퍼부었다. 그는 당황한 기색이 역력했다. 진짜로 기분 상한 얼굴이었다. 가슴에 손을 꼭 대고 고개를 저어댔다. 오페라 한 토막이 끝났다. 안내방송자는 다시 평소 목소리로 말하기 시작했다.

"뭐 어쨌든 좋아. 혹시 몰라 자네 입을 막으려고 그저 형식상 나무라는 거니까…… 그건 그렇고 자네 모습이 아주 재밌는데. 제대로 분장했어!"

내가 지시한 대로 그는 콧수염을 깎지 않았다. 수염에 염색까지 한 듯했다. 게다가 시키지도 않았는데 곱슬머리를 양옆으로 크로켓처럼 동그랗게 말아 올렸다. 잔뜩 멋을 부린 머리 모양이 내게 대단한 즐거움을 선사했다.

"자네 물론 내가 일러준 길로 왔겠지?" 내가 미소 지으며 물었다.

"예, 일러주신 대로 왔어요. 떠벌리고 다녔다고 하신 건…… 아시다시피 난 사람들과 잘 어울리지 못하는 외로운 사람입니다."

"알지, 자네 고통이 안타까워. 그런데 오다가 마주친 사람 없었나?"

"누가 지나갈 때도 당신이 일러준 대로 배수로에 몸을 숨겼어요."

"좋았어. 분장도 아주 잘했어. 자, 여기서 빈둥거릴 필요 없어. 차에 타. 내버려둬, 내버려두라니까. 배낭은 이따 벗어노 돼. 빨리 타기나 해. 여길 떠야 해."

"어디로요?" 그가 궁금해했다.

"저기 저 숲속으로."

"저기로요?" 그가 물으며 지팡이로 가리켰다.

"그래, 바로 저리로 갈 거야. 탈 거야 안 탈 거야, 이 빌어먹을 놈아!"

그는 만족스러운 표정으로 자동차를 살펴보더니 서두르지 않고 기어 들어와서 나와 나란히 앉았다.

나는 핸들을 돌려 서서히 차를 몰았다⋯⋯ 어이쿠! 한 번 더, 어이쿠! (벌판으로 접어들었다.) 옅게 쌓인 눈과 메마른 풀이 바퀴 아래에서 바스락거리기 시작했다. 흙무더기 탓에 차가 연신 튀어올랐다. 나와 펠릭스도 튀어올랐다. 그가 말했다.

"이 차 문제없이 몰 수 있어요. (쿵) 멋진 드라이브가 되겠네요. (쿵) 걱정 마세요, 차 (쿵, 쿵) 망가지지 않을 거예요."

"그래, 차는 자네 것이 될 거야. 잠시 동안 (쿵) 자네 것이 되는 거지. 이봐, 하품하지 말고 주위를 좀 둘러봐. 도로에 아무도 없어?"

그가 뒤돌아보더니 고개를 저었다. 우리는 숲속으로 차를 몰았다. 아니 좀더 정확히 말해 숲으로 기어 들어갔다. 차체가 끽끽대고 쿵쾅거렸다. 침엽수 가지들이 자동차의 흙받기를 윤이 나도록 쓸어댔다.

소나무 숲 속으로 좀더 깊숙이 들어가서 차를 세우고 내렸다. 반짝반짝 윤이 나는 청색 자동차에서 눈을 떼지 못하던 그는, 이제 못 가진 자의 갈망이 아니라 가진 자의 평온한 만족감을 느끼며 자동차를 음미했다. 그의 눈빛이 꿈꾸는 듯 몽롱해졌다. 필시—유의하시라, 난 단언하는 게 아니라 그저 '필시'라고 말하는 거다—필시 그의 생각은 대충 이렇게 흘러갔을 것이다. '이 물건을 타고 내빼버리면 어떻게 될까? 과연 지금 선금을 받을 거잖아. 그가 하라는 대로 다 하는 척하다가 차를 타고 멀리 가버리는 거지. 설마 경찰에 알리지는 못할 거야.

입 다물 거란 말이지. 그럼 나는 내 차를 타고……'

나는 이 즐거운 생각의 흐름을 끊었다. "자, 펠릭스. 위대한 순간이 도래했어. 지금 옷을 갈아입게. 그리고 여기서 혼자 남아 있도록 해. 차는 두고 갈 테니. 삼십 분 후면 어두워지니까 자넬 성가시게 할 사람은 없을 거야. 여기서 밤을 새워. 내 외투를 주지. 아주 톡톡해. 만져봐. 아하, 그래 맞아! 차 안은 따뜻하잖아…… 푹 자고 날이 밝는 대로, 아니다, 그 얘기는 나중에 하자. 외모를 적절하게 꾸미는 게 먼저지. 어두워지면 못 해. 자넨 면도부터 해야겠어."

"면도요?" 바보같이 놀라며 펠릭스가 되물었다. "어떻게요? 난 면도칼 없는데. 숲에서 뭐로 면도할 수 있을지 모르겠네. 돌로 하나?"

"아니야, 놈은 뭐하러. 자네같이 지저분한 사람은 도끼로 면도해야 할 판이야. 하지만 난 선견지명이 있는 사람이니 다 가져왔지. 내가 다 할 거니까 걱정 마."

"웃겨죽겠네." 그가 능글맞은 미소를 지었다. "어찌 되려나. 면도칼로 순식간에 내 목을 긋는 건 아니겠죠?"

"걱정 마, 이 멍청아. 이건 위험하지 않아. 자, 어디 좀 앉아봐. 그래, 여기 발판 어때?"

그는 배낭을 벗어 던지고 앉았다. 나는 꾸러미를 꺼내서 면도기 세트, 비누, 면도솔을 발판에 늘어놓았다. 시들러야 했다. 낮이 파리해졌다. 공기는 내내 칙칙해졌다. 그리고 깊이를 모를 고요…… 이 정적은 이곳 태생인 것 같았다. 이 미동도 않는 나뭇가지들과, 저 곧게 뻗은 나무 몸통들과, 대지 여기저기 내려앉은 눈먼 눈(雪)과 한몸인 것 같았다.

나는 걸리적거리는 외투를 벗었다. 펠릭스는 호기심에 차서 반짝거리는 면도칼의 은색 손잡이와 면도날을 살펴보았다. 이어 면도솔을 살폈다. 면도솔을 뺨에 갖다 대고 부드러운지 시험하기까지 했다. 면도솔은 정말 아주 부드러웠다. 17마르크 50페니히짜리였다. 값비싼 면도 크림이 든 튜브에도 그는 완전히 매료되었다.

"자, 시작하지. 깎고 털고. 모로 앉아봐. 나 좀 앉게." 내가 말했다.

나는 한 움큼 모은 눈에 동그랗게 말린 비누 벌레를 짜넣고 솔로 휘저은 다음 얼음같이 찬 비누 거품을 그의 턱수염과 콧수염에 처발랐다. 그는 얼굴을 찌푸리며 히죽거렸다. 거품이 콧구멍에 들어갔다. 그는 콧등을 찡그렸다. 간지러웠다.

"고개 젖혀, 더." 내가 말했다.

발판에 무릎을 댄 불편한 자세로 나는 그의 턱수염을 깎기 시작했다. 탁탁 소리를 내며 털이 깎였다. 거품과 섞이는 모습이 혐오스러웠다. 약간 베였다. 거품이 피로 물들었다. 내가 콧수염을 깎기 시작하자 그는 눈을 질끈 감았다. 그러나 용감하게도 아무 소리도 내지 않았다. 그다지 즐겁지 않은 일임에는 틀림없었다. 나는 서둘렀다. 수염이 뻣뻣했다. 면도칼이 애를 먹었다.

"손수건 있어?" 내가 물었다.

그는 주머니에서 누더기 쪼가리를 꺼냈다. 나는 그의 얼굴에 묻은 피와 눈과 비누 거품을 꼼꼼히 닦아냈다. 그의 뺨이 갓 태어난 것처럼 빛났다. 면도가 아주 잘됐다. 귓가에 빨갛게 긁힌 상처가 있을 뿐이었다. 상처에 맺힌 작은 루비는 이제 막 검게 변했다. 그는 면도한 곳을 손바닥으로 쓰다듬었다.

"잠깐 기다려봐. 아직 안 끝났어. 눈썹을 손봐야겠어. 내 눈썹보다 짙어." 내가 말했다.

나는 가위를 쥐고 아주 조심스럽게 눈썹 몇 가닥을 잘라냈다.

"자, 이제 아주 좋아. 머리는 셔츠 갈아입고 빗지."

"당신 셔츠를 줄 거요?" 그가 묻더니 예의고 뭐고 없이 내 실크 셔츠의 가슴 부위를 만졌다.

"에이 저런, 손톱도 지저분하잖아!" 내가 쾌활하게 소리쳤다.

나는 자주 리다의 손톱을 손질해주었다. 그래서 지금 이 열 개의 거친 손톱을 손질하는 일이 별로 어렵지 않았다. 손톱을 손질하는 내내 그의 손과 내 손을 비교했다. 그의 손이 내 손보다 더 크고 더 가무잡잡했다. 하지만 괜찮다. 머지않아 희끄무레해질 것이다. 나는 결혼반지를 끼지 않는다. 그러니 그의 손에 손목시계만 채우면 되었다. 그는 손목을 이리저리 돌리며 손가락을 움직였다. 아주 흡족한 얼굴이었다.

"이제 서둘러. 옷 갈아입자. 이봐 친구, 실오라기 하나 남기지 말고 몽땅 벗어."

펠릭스가 끙끙댔다. 추울 것이다.

"괜찮아. 딱 일 분이면 돼. 자, 서둘러."

그가 이를 몽땅 드러내고 웃으며 짧은 코트를 벗어 던졌고, 검정색 스웨터를 머리 위로 벗었다. 속에 입은 셔츠는 우중충한 녹색이었다. 같은 천으로 된 타이를 맸다. 이어서 그는 신발을 벗고, 남자의 손으로 기운 양말도 잡아당겨 벗었다. 겨울 땅에 맨발이 닿자 생의 기쁨에 넘쳐 딸꾹 소리를 냈다. 평범한 인간은 맨발로 다니길 좋아한다. 이런 인간이 여름에 풀밭에서 맨 먼저 하는 일이 신발을 벗는 것이다. 하지만 맨발로 다니는 건 겨울에도 기분 좋은 일이다. 어린 시절이나 뭐 그 비슷한 기억을 떠올리게 하니까.

나는 멀찍이 서서 타이를 풀며 펠릭스를 주의 깊게 바라보았다.

"뭐 해? 계속해!" 머뭇대는 그를 보고 내가 고함을 쳤다.

그는 부끄러운 듯 약간 인상을 쓰고 털 없는 하얀 넓적다리에서 바지를 끌어내렸다. 셔츠로부터도 해방되었다. 내 앞에 겨울 숲속에서 벌거벗은 인간이 서 있었다.

나는 믿기 어려울 정도로 재빨리, 무슨 프레골리*처럼 잽싸게 옷을 벗었다. 겉에 입었던 셔츠와 속바지를 그에게 던졌다. 그가 옷을 입는 동안 나는 벗어놓은 양복에서 돈과 또 다른 뭔가를 약삭빠르게 꺼낸 다음, 묘기를 부리듯 재빨리 끌어올려 입은 특이하게 꽉 끼는 바지 호주머니에 감췄다. 그의 스웨터는 꽤 따뜻했다. 코트도 대충 맞았다. 최근에 나는 살이 빠졌다.

그사이 펠릭스는 내 장밋빛 속옷을 입었다. 하지만 여전히 맨발이었다. 그에게 양말과 가터를 주었다. 그 순간 그의 발이 눈에 확 들어왔다. 발도 손질이 필요했다. 그가 차 발판에 발을 올렸다. 우리는 서둘러 발톱을 다듬었다. 그러는 사이 그가 감기에 걸릴까 염려스러웠다. 그는 달랑 속옷만 입고 있었다. 손질이 끝나고 나서 그는 모파상의 소설에 나오는 인물처럼 눈으로 발을 닦고는**, 수긍이 가는 기

* 레오폴도 프레골리. 재빠른 변장술로 인기를 끈 이탈리아의 연극배우.
** 모파상의 단편 「첫눈」의 여주인공이 맨발로 거리에 나가서 눈으로 가슴을 닦는 장면을 부정확하게 기억한 것.

뺨에 젖어 양말을 신었다.

"서둘러, 서두르라고." 내가 거듭 말했다. "이제 어두워진단 말이야. 난 가야 해. 봐, 난 벌써 다 입었잖아. 거참 구두 더럽게 크네. 근데 자네 모자는 어딨어? 아, 보여, 고마워."

그는 허리띠를 꽉 조였다. 내 벅스킨* 단화에 발을 힘겹게 집어넣었다. 나는 그가 각반을 차고 연보라색 타이를 매는 것을 도와주었다. 마지막으로 그의 더러운 빗으로 기름진 머리카락을 이마와 관자놀이 뒤로 빗어주었다.

그는 이제 준비되었다. 그가, 내 진회색 고급 양복을 입은 분신이 내 앞에 서서 바보 같은 미소를 지으며 제 모습을 살펴보았다. 그러다 호주머니를 뒤셨다. 영수증과 담뱃갑은 도로 넣었지만 지갑은 열어보았다. 비어 있었다.

"미리 주기로 약속하시고선." 구슬리는 어조로 펠릭스가 말했다.

"물론 주지." 바지 주머니에서 지폐를 한 움큼 쥔 손을 꺼내며 내가 대답했다. "자, 여기 있네. 지금 당장 자네 몫을 세어주지. 구두 어때? 꽉 끼지 않나?"

"끼어요." 그가 말했다. "엄청 끼는데요. 하지만 그런대로 참을 만해요. 밤 동안은 벗고 있을까봐요. 그런데 내일 차를 몰고 대체 어디로 기란 말입니까?"

"자…… 전부 설명하지. 여길 깨끗이 치워야 해. 봐, 자네 누더기가 여기저기 흩어져 있잖아. 배낭 속엔 뭐가 들었나?"

---

* 사슴이나 양, 염소 따위의 가죽.

"난 달팽이 같은 존재요. 내 등이 내 집이죠! 배낭 가져갈래요? 소
시지 들었어요. 좀 드실래요?" 펠릭스가 말했다.

"나중에 보자고. 이것들 좀 배낭에 쑤셔넣기나 하지. 이 걸레도. 가
위도. 그렇지. 이제 외투를 입어. 자넬 나라고 해도 믿을지 마지막으
로 살펴보자고."

"돈 잊지 않을 거죠?" 그가 물었다.

"준다고 하잖아. 멍청하게 좀 굴지 마. 셈을 치르려던 참이잖아. 돈
은 여기 내 주머니에, 그러니까 자네 옛 주머니에 있다고. 자, 서둘
러."

그는 내 멋진 베이지색 외투를 걸쳤고 우아한 모자를 조심스럽게
썼다. 마지막 한 획이 남았다. 노란 장갑.

"좋아. 몇 발짝 걸어보지. 어디 보자. 자네한테 다 잘 맞나?"

그가 나를 향해 걸었다. 손을 주머니에 찔렀다 뺐다 했다.

그가 내게 가까이 다가왔다. 어깨를 쫙 펴고 으스대며 멋쟁이 흉내
를 냈다.

"다 됐지, 다 된 거지?" 나는 큰 소리로 말했다. "잠깐만. 어디 제대
로 좀 보자…… 그래, 다 된 거 같은데…… 이제 돌아서. 뒤태가 어떤
지 보고 싶어……"

그가 돌아섰다. 그리고 나는 그의 등에 총을 쏘았다.

나는 여러 가지 것들을 기억한다. 허공에 걸려 있다가 투명한 주름
을 펼치며 흩어지던 한 줄기 연기. 펠릭스가 쓰러지던 모습. 그는 곧
장 쓰러지지 않았다. 그는 먼저 삶과 관계되어 있는 움직임을 끝냈다.
그건 바로 한 바퀴 가까이 빙글 도는 것이었다. 거울 앞에서처럼 내

앞에서 재미 삼아 몸을 빙글 돌려보고 싶었던 모양이다. 이제 관성에 따라 이 보잘것없는 장난을 끝내며, 그는 이미 구멍이 뚫린 몸으로 내 얼굴을 바라보며 서서히 팔을 벌렸다. 묻는 듯했다. "이게 뭐죠?" 그리고 답을 얻지 못한 채, 천천히 뒤로 쓰러졌다. 그래, 이 모든 것을 나는 기억한다. 나는 또 기억한다. 새 옷이 불편하다는 듯이, 눈 위에서 뻣뻣해지기 시작하는 몸을 확확 움직여 내던 바스락 소리. 그는 곧 잠잠해졌다. 그때 나는 지구의 자전을 느꼈다. 모자만이 조용히 그의 정수리에서 분리되어 뒤로 떨어져 입을 벌리고 있었다. 주인에게 작별 인사를 하는 듯했다. 그게 아니면 진부한 문구를 떠올리게 하려는 듯했다. "참석한 이들은 모두 모자를 벗었도다." 그렇다. 이 모든 것을 기억한다. 그러나 단 하나 기억나지 않는 것이 있다. 총소리. 대신 내 귀에는 끈질긴 소리가 남았다. 그 소리가 나를 에워쌌고, 입술 위에서 떨렸다. 나는 그 소리의 장막을 뚫고 시체로 다가가서 탐욕에 찬 눈길을 보냈다.

신비로운 순간. 자기 작품을 천 번 이상 읽고 또 읽는, 낱말 하나하나 살펴보고 음미해보는 작가는 모든 것에 몹시 익숙해져서 좋은지 나쁜지 모른다. 내가 그 짝이다. 그 짝. 하지만 창조자의 은밀한 확신이 있다. 이건 틀림없다. 이목구비가 완전히 굳어 고정된 지금, 닮음은 살해된 게 누구인지, 니인지 그인지, 과연 내가 몰라보게 만들었다. 그를 보는 동안, 고른 소리를 내던 숲이 어두워졌다. 흐릿해져가는, 점점 희미해져가는 소리를 내던 얼굴을 마주하자 나는 고인 물속에 어린 내 모습을 보는 것 같았다.

내 몸이 더러워질까봐 몸통을 건드리지 않았다. 정말 완전히, 완전히 죽었는지 확인하지 않았다. 그 사실을, 의지와 시선이 만든 짧은 공중 궤도를 따라 내 총알이 정확히 미끄러져 갔다는 사실을 나는 직감으로 알았다. 서두르자, 서둘러. 이반 이바노비치가 바짓가랑이 밖으로 팔을 빼내며 소리쳤다.[*] 우리는 그를 모방하지 말자. 나는 재빨리, 그러나 조심스러운 눈빛으로 주위를 둘러보았다. 권총을 제외한 나머지는 모두 펠릭스가 스스로 배낭에 집어넣었다. 그러나 나는 냉정을 잃지 않고 혹시 그가 뭘 떨어뜨리지는 않았는지 확인했다. 그의 손발톱을 깎았던 발판을 쓸어내기까지 했다. 그러고 나서 나는 오래전에 계획한 일을 실행에 옮겼다. 바로 차를 숲 가장자리로 몰고 가는 것이었다. 아침에 길에서 차가 보일 것이고, 그러면 내 시체가 발견될 거라는 계산에서였다.

밤이 급습했다. 귓속에서 울리는 소리는 거의 잦아들었다. 나는 숲 속 깊숙이 들어갔다. 시체에서 멀지 않은 곳을 다시 지나갔지만, 배낭만 집어들었을 뿐 발을 멈추지 않았다. 무겁기 짝이 없는 부츠를 신었지만 전혀 의식하지 못한 채 확신에 찬 빠른 걸음을 내디뎠다. 호수를 돌아 으스스한 으스름에 싸인 끝 모를 숲속을, 으스스한 눈 속을 걷고 또 걸었다…… 하지만 나는 방향을 얼마나 잘 알고 있었던가! 그때 이미, 아이헨베르크로 난 길들을 살펴보았던 여름에 이미, 얼마나 정확하게, 얼마나 생생하게 이 모든 것을 마음속에 그렸던가!

나는 때맞춰 역에 도착했다. 십 분 후 내가 타야 하는 기차가 말 잘 듣는 유령이 되어 모습을 드러냈다. 밤의 절반을 나는 덜커덕덜커덕

---

[*] 23세의 나이에 요절한 러시아 시인 이반 이바노비치 코넵스코이를 가리킨다. 그의 때 이른 죽음과 그 원인이 된 성급한 기질을 암시한 것.

흔들리는 객차 안 딱딱한 의자에 앉아 갔다. 나와 나란히 앉은 두 중년 남자는 카드놀이를 하고 있었다. 색다른 카드였다. 적록색의 커다란 카드였는데 도토리 패가 들어 있었다.* 자정이 지나 기차를 갈아탔다. 두 시간을 더 달리자 이미 서쪽을 향하고 있었다. 아침에 다시 급행열차로 갈아탔다. 그제야 나는 화장실에서 배낭 안에 든 것들을 살펴보았다. 아까 쑤셔넣은 것 외에 여벌의 속옷과 소시지 조각, 에메랄드빛이 나는 커다란 사과 세 알과 신발 밑창, 5마르크의 돈과 여권이 든 부인용 지갑, 그리고 내가 펠릭스에게 보낸 편지들이 들어 있었다. 나는 즉시 사과와 소시지를 먹어치웠고, 편지는 주머니에 넣었다. 그리고 여권을 이루 말할 수 없이 생동하는 호기심으로 살펴보았다. 이상한 일이다. 사진 속 펠릭스는 분명 나를 그다지 닮지 않았다. 물론 내 사진이라고 해도 별문제는 없었다. 그럼에도 느낌이 이상했다. 그 순간 생각했다. 바로 이것이 그로 하여금 우리가 닮았음을 느끼지 못하게 한 진짜 이유이다. 그는 사진이나 거울에 비친 자신의 모습을 보았다. 그러니까 실상과는 달리 오른쪽에서 왼쪽으로 봤을 거다. 무엇보다도 여권에 열거된 그의 간단한 개인적 특성조차 집에 둔 내 여권에 있는 몇몇 규정에 완전히 부합하지는 않았다. 인간의 어리석음, 부주의, 태만, 이 모든 것이 위 사실 속에서 표현되었다. 이건 분명 대수롭지 않은 사실이긴 하다. 그러나 그 사소한 사실이 중요한 득성을 띤다. 여름밤이면 기타를 튕기던 러시아 하인**들처럼 바이올린을 켰을 것 같은 그의, 그 돌대가리의 직업은 '음악가'였다. 그 사실이 나를 즉

---

* 독일식 트럼프 카드에는 '클로버' 대신 '도토리'가 그려져 있다.

각 음악가로 변모시켰다. 저녁에 작은 국경 도시에서 여행가방과 외투 등등을 샀다. 그의 물건들과 브라우닝 권총이 든 배낭을 내가 어떻게 했는지는, 어떻게 감췄는지는 말하지 않겠다. 라인 강이여, 침묵하라. 그리고 3월 11일에 검정색 싸구려 외투를 입은 수염이 텁수룩한 신사는 벌써 국경을 넘어가 있었다.

** 도스토옙스키의 『카라마조프가의 형제들』에서 살인을 저지른 하인 스메르댜코프를 암시한다.

10장

어릴 적부터 나는 제비꽃과 음악을 사랑했다. 나는 츠비카우*에서 태어났다. 아버지는 제화공이고 어머니는 세탁부였다. 내게 화가 나면 어머니는 체코어로 식식댔다. 내 유년 시절은 어둡고 기쁨이 없었다. 성인이 되자마자 방랑길에 올랐다. 나는 바이올린을 연주했다. 나는 왼손잡이다. 얼굴은 달걀형이다. 난 늘 여자를 멀리해왔다. 배신하지 않는 여자는 없다. 전쟁은 아주 끔찍했다. 그러나 모든 것이 지나가듯 전쟁도 지나갔다. 모든 쥐는 세 집이 있나…… 나는 나람쥐와 참새를 좋아한다. 맥주는 체코가 더 싸다. 아, 대장간에서 발에 편자를 박아준다면야 얼마나 많이 절약할 수 있겠는가! 장관이란 놈들은

---

* 독일 작센 주의 공업도시.

전부 다 매수됐다. 그리고 시 쓰기는 무의미한 짓거리다. 어느 날 풍물 장터에서 쌍둥이를 본 적이 있다. 그 둘을 분간해내는 사람에게 상을 내걸었다. 붉은 머리의 프리츠가 한 녀석의 귀싸대기를 올려붙였고, 그래서 녀석의 귀가 벌겋게 부어올랐다. 자, 이게 다른 점이오! 우리는 얼마나 웃었던지…… 매질, 도둑질, 살육, 이딴 게 좋고 나쁘고는 다 상황에 달렸다. 난 수중에 돈이 들어오면 내 것으로 만들어왔다. 네가 집은 건 네 거다. 내 돈도 남의 돈도 없는 법이다. '이건 뮐러 소유다'라고 쓰여 있는 동전은 없다. 난 돈이 좋다. 난 항상 참된 친구를 갖기를 소망해왔다. 우린 함께 음악을 연주하고, 친구는 내게 집과 화원을 물려주는 거다. 돈, 사랑스러운 돈. 사랑스러운 잔돈. 사랑스러운 큰돈. 나는 길을 따라 떠돌며 여기저기서 일했다. 그러던 어느 날 나를 닮았다고 주장하는 멋쟁이 한 놈을 만났다. 허튼소리였다. 그는 날 닮지 않았다. 하지만 그와 언쟁하지 않았다. 그는 부자였고, 부자와 친하게 지내는 사람은 누구든 부자가 되니까. 그는 내가 그 대신 드라이브하러 간 틈을 타 자신의 사기 행각을 마무리하려고 했다. 나는 그 멍청한 놈을 죽이고 돈을 빼앗았다. 그가 숲속에 누워 있다. 숲속에 누워 있다. 주위는 눈으로 덮여 있다. 까마귀들이 까악까악 운다. 다람쥐들이 폴짝폴짝 뛴다. 나는 다람쥐를 좋아한다. 고급 외투를 입은 가엾은 신사가 자기 차에서 멀지 않은 곳에 죽은 채 누워 있다. 나는 차를 몰 줄 안다. 나는 제비꽃과 음악을 좋아한다. 나는 츠비카우에서 태어났다. 아버지는 안경 쓴 대머리 제화공이었고, 어머니는 손이 새빨간 세탁부였다. 내게 화가 나면 어머니는……

그리고 새로운 우스꽝스러운 디테일과 함께 모든 게 처음부터 다시 시작한다. 굳건히 자리 잡은 그림자가 그렇게 자기 권리를 내세웠다. 낯선 나라에서 은신처를 찾고 있었던 건 내가 아니라, 수염을 기른 건 내가 아니라 나를 죽인 펠릭스이다. 아, 그를 잘 알았더라면, 오래전 부터 가깝게 지냈더라면, 내가 물려받은 영혼 안에 집들이하는 즐거움을 누렸을 텐데. 영혼의 구석구석, 영혼의 과거에 존재하는 모든 복도를 알았을 텐데. 영혼의 모든 시설을 이용했을 텐데. 하지만 나는 펠릭스의 영혼을 아주 피상적으로만 연구했다. 내가 아는 사실은 그의 개성의 개략적인 윤곽, 그리고 우연한 특성 두세 개뿐이었다.

이런 기분 나쁜 느낌들을 나는 힘겹게 이겨냈다. 이를테면, 처형할 채비를 할 때 그 물러빠진 덩치 큰 녀석이 멍청히 서서 고분고분 내 밀을 따르던 모습을 잊기가 나소 어려웠다. 그 순종하는 자가운 발. 그는 내 말을 얼마나 잘 따랐던가! 떠올리기 당혹스럽다. 엄지발톱은 가위로 한 번에 자를 수 없을 정도로 억셌다. 깡통의 양철이 따개를 감듯이 발톱이 가위의 날에 감겼다. 과연 인간의 의지가 다른 인간을 장난감 인형으로 만들 정도로 강력하단 말인가? 정말 내가 그의 수염을 깎은 것인가? 놀랍다! 이런 것들을 상기할 때 무엇보다 고통스러웠던 것은 펠릭스의 고분고분함이었다. 그의 터무니없이 어리석은 기계적인 순종이었다. 하지만, 재차 말하건대, 나는 이 모든 것을 이겨냈다. 나를 더 당혹스럽게 했던 것은 도무지 기울에 익숙해질 수 없었다는 점이다. 내가 수염을 기르기 시작한 것은 사실 다른 사람들한테서보다는 나 자신한테서 몸을 숨기기 위함이었다. 과도한 상상은 끔찍하다. 나처럼 그토록 예민한 감각을 타고난 인간이 하찮은 것들에, 가령 어두운 거울에 비친 모습에, 발치에 쓰러져 죽은 자기 그림자 등

등에 고통 받는 것은 매우 당연하다. 멈추시오, 여러분. 내가 경찰관처럼 거대한 하얀 손바닥을 들어올린다. 멈추시오! 여러분, 절대 연민의 한숨을 내쉬지 마시오. 동정은 멈추시오! 여러분 중에는 나를, 인정받지 못하는 시인을 불쌍히 여길 사람들이 분명 있을 테지만, 나는 여러분의 연민을 받아들이지 않는 바이오. "연기, 안개, 안개 속에서 선율이 떨린다." 이건 시구가 아니오. 이건 도스토옙스키의 소설 『피와 침』*에서 가져온 구절이오. 미안하오, 『죄와 벌』이오. 그 무슨 회개 따위는 전적으로 논외요. 예술가는 사람들이 자기 작품을 이해하지 못해도 회한을 느끼지 않는 법이오. 보험금에 관해서는……

안다. 내 소설을 통틀어(내가 기억하는 한) 내 주된 원동력으로 보이는 것에, 그러니까 바로 사리사욕에 내가 관심을 거의 할애하지 않은 것은 소설가의 눈으로 보면 잘못임을 나는 안다. 도대체 나는 어째서 내 분신의 시체를 필요로 했는지 분명히 밝히지 않았단 말인가? 그러나 이 순간 나는 의심에 사로잡힌다. 실제로 나는 영리(營利)에 무척이나 급급했던 게 아닐까? 의미가 다소 모호한 그 액수(돈으로 환산한 인간의 가치, 세상에서 사라지는 것에 대한 적정한 보상)를 받는 일이 내게 아주 중요했던 게 아닐까? 아니면 반대로, 나를 대신해 이 글을 쓰고 있는 내 기억이 달리 행동할 수 없었던 건 아닐까? (기억이 끝까지 정직해서) 오를로비우스의 서재에서 나눈 대화에 특별한 의미를 부여할 수 없었던 건 아닐까? (그 서재를 묘사한 적이 있었는지 기억이 나지 않는다.)

---

*『죄와 벌』의 독일어 번역 제목.

죽은 후의 내 기분에 관해 하고 싶은 말이 또 있다. 내 작품이 완벽하다는 점에 대해, 즉 흑백의 숲속에 나를 빼닮은 사람이 죽은 채 누워 있다는 점에 대해 마음 깊은 곳에서는 아무런 의구심도 일지 않았다. 그럼에도 불구하고 아직 명성을 누리지 못한, 자신에게 엄격한 만큼 자존심도 강한 천재적인 신예 작가인 나는, 3월 9일에 외딴 숲속에서 탈고하고 서명한 나의 이 작품을 사람들이 어서 평가해주기를, 기만이(모든 예술 작품은 기만이다) 성공하기를 고통스럽게 갈망했다. 반면 보험사가 지불하는 저작료는 내 의식 속에서 부차적인 일이었다. 오, 그래, 나는 사심 없는 예술가였다.

지나가는 것은 소중할지니.* 어느 화창한 날 마침내 리다가 외국에 있는 나를 찾아왔다. 나는 그녀의 호텔에 들렀다. "쉿, 조용." 그녀가 내 품으로 달려왔을 때, 내가 심각한 목소리로 말했다. "기억해, 내 이름은 펠릭스이고 난 그저 당신이 아는 사람이야." 그녀는 상복이 아주 잘 어울렸다. 나도 예술적인 검정색 나비넥타이와 밤색 수염이 잘 어울렸고 말이다. 그녀가 이야기하기 시작했다. 그래, 모든 게 아무 문제 없이 예상했던 대로 일어났다. "그리고 그는, 고결했던 그는……" 화장터에서 목사가 직업적인 흐느낌을 담아 나에 대해 말하는 동안, 그녀는 진심으로 울었던 것 같다. 나는 그녀에게 앞으로의 계획을 알려주었고, 이내 사랑을 구하기 시작했다.

이제 나는 그녀에게, 과부에게 장가들었다. 우리는 한적하고 그림 같은 곳에 작은 집을 구해 살고 있다. 많은 시간을 자그마한 허브 정

<hr />

* 푸시킨의 시 「삶이 그대를 속일지라도」에서 인용.

원에서 한가로이 보낸다. 그곳에 앉아 있으면 저 멀리서 사파이어빛 푸른 만(灣)이 보인다. 우리는 자주 불쌍한 동생을 떠올린다. 나는 그의 삶의 온갖 새로운 에피소드를 들려준다. "그래, 운명이야!" 한숨 지으며 리다가 말한다. "적어도 천국에서 우리의 행복으로 위안을 삼겠지."

그래, 리다는 나와 함께 행복하다. 그녀는 다른 누구도 필요치 않다. 때로 그녀가 말한다. "아르달리온한테서 영원히 벗어나서 얼마나 기쁜지 몰라요. 나는 아르달리온이 너무 불쌍했어. 그와 많은 시간을 함께했지만, 인간으로서 그는 참을 수 없었어요. 지금 어디쯤 있을까? 불쌍한 사람, 술로 신세를 완전히 망쳤을 거예요. 그것도 운명이야!"

나는 아침마다 읽고 쓴다. 곧 내 새 이름으로 뭔가 출간될 거다. 가까이 사는 러시아 작가가 내 문체를, 생생한 상상력을 극찬했다.

가끔 오를로비우스가 리다에게 짤막한 소식을 전해오곤 한다. 예를 들어 새해 인사 같은 거다. 남편과 인사 나누는 영광을 누리지 못해 아쉽다며 안부를 전해달라고 리다에게 부탁하곤 한다. 내심 이렇게 생각하는 모양이다. "그 과부는 참 빨리도 위로를 얻었다…… 불쌍한 게르만 카를로비치!"

여러분은 이 에필로그의 어조가 느껴지시는지? 이것은 고전적인 방식으로 쓰였다. 인물 하나하나에 대한 언급이 이야기를 마무리한다. 이때 묘사된 인물들의 삶은 비록 개괄적이기는 하지만 이전에 묘사된 모습과 정확히 일치한다. 그리고 약간의 유머가, 삶의 보수성에 대한 암시가 허용된다.

리다는 여전히 잘 잊어버리고 깔끔하지 못하다……

그리고 에필로그 맨 끝을 위해 준비된 특히 따뜻한 부분이 있게 마련이다. 그건 때로 소설 속에서 잠깐 스쳤을 뿐인 대수롭지 않은 사물과 관련된다. 벽에는 예전과 똑같은 파스텔 초상화가 여전히 걸려 있고, 그걸 바라볼 때마다 게르만은 웃으며 욕해댄다.

피니스.*

꿈이다, 꿈…… 게다가 맛깔스럽지도 않다. 이 모든 게 난 몹시 필요하다……

우리 이야기로 돌아가자. 자제하도록 하자. 여행의 몇몇 사소한 부분은 생략하자. 12일에 익스(당연한 소심함 때문에 이 도시를 계속 익스로 지칭할 것이나)에 도착한 후 내 기억으로는 제일 먼저 독일어 신문을 사러 갔다. 몇몇 신문을 찾았지만 아직 아무 소식도 실려 있지 않았다. 나는 이류 호텔에 방을 잡았다. 커다란 방이었다. 바닥이 돌로 되어 있고 벽은 판지로 만든 것 같았다. 벽에는 물감으로 그린 듯한 불그죽죽한 문이 옆방으로 나 있었고, 구아슈 물감**이 칠해진 거울이 있었다. 끔찍이도 추웠다. 그러나 가짜 벽난로의 활짝 열린 아궁이는 불을 때기에 적합하지 않았다. 호텔의 하녀가 가져온 나무 부스러기가 다 타자 훨씬 추워졌다. 그곳에서 나는 진을 쏙 빼는 희한한 환영들로 가득 찬 밤을 보냈다. 아침이 되자 온통 끈적끈적하고 꺼끌꺼끌한 느낌이 들었다. 골목으로 나갔다. 속이 느글거리도록 달콤한 냄새가 코로 들어왔다. 사람들로 북적대는 이 남쪽 지방의 시장을 보

---

* '끝'이라는 뜻의 라틴어.

** 수용성의 아라비아고무를 섞은 불투명한 수채물감.

앉을 때 나는 이 도시에는 더 머물 수 없다고 느꼈다. 오한이 났고, 좁은 거리를 가득 메운 소란에 머리가 터질 지경이었다. 나는 관광안내소로 향했다. 수다스러운 남자가 주소를 몇 개 주었다. 나는 아늑한 외딴곳을 찾고 있었다. 저녁이 다 되어 굼뜬 버스가 내가 고른 곳에 나를 떨어뜨렸을 때, 나는 그런 장소를 찾았다고 생각했다.

코르크참나무들 사이에 괜찮아 보이는 호텔이 외따로 서 있었다. 태반이 아직 덧문을 내려두었다(여름이나 돼야 철이 시작되었다). 정원에 자라는 미모사의 병아리처럼 부드러운 솜털이 스페인에서 불어오는 바람에 떨었다. 예배당을 떠올리게 하는 정자 안에서 약수가 솟구쳤고, 석류석빛 어두운 창 귀퉁이에는 거미줄이 쳐져 있었다. 투숙객은 많지 않았다. 의사가 있었는데, 그는 호텔의 영혼이자 타블도트*의 왕이었다. 그는 탁자의 상석을 차지하고 앉아서 장광설을 늘어놓곤 했다. 모직 코트를 입은 매부리코 노인도 있었다. 그가 근처 개울에서 잡은 송어를 민첩한 가정부가 가벼운 발소리를 내며 다가와 우리에게 내놓곤 하면, 그는 별 뜻 없이 끙 앓는 소리를 내뱉곤 했다. 마다가스카르에서 이 생기 없는 곳까지 찾아온 천박한 젊은 남녀 한 쌍도 묵었다. 모슬린 주름 장식을 단 옷을 입은 노파도 있었다. 학교 교장이었다. 대가족을 거느린 보석상도 있었다. 까다롭게 격식을 따지는 부인도 있었다. 처음에는 자작부인 차림이더니 나중에는 백작부인 차림이었다. 그런데 이 글을 쓰고 있는 지금은 호텔의 평판을 높이기 위해서라면 뭐든 하는 의사의 노력 덕에 후작부인으로 탈바꿈했다. 또

---

* 호텔이나 하숙집에서 여러 사람이 정해진 메뉴로 식사하는 공동 식탁.

파리에서 온 음침한 외판원이 있었다. 전매특허를 받은 햄을 팔고 다녔다. 마지막으로 다소 무례한 뚱뚱한 수도원장이 있었는데, 인근에 있는 수도원의 아름다움에 대해 늘 씨부렁거렸다. 그럴 때마다 수도원에 대한 농밀한 애정을 표현하려고 작게 오므린 두툼한 입술에 손을 붙였다가 키스를 날렸다. 자, 다 진열한 것 같다. 딱정벌레같이 뚱한 표정의 지배인이 뒷짐을 지고 문가에 서서 도끼눈으로 저녁 식사 의식을 지켜보았다. 밖에는 강한 바람이 휘몰아쳤다.

여기서 받은 새로운 인상은 내게 좋은 영향을 끼쳤다. 음식이 나쁘지 않았다. 내 방은 밝았고, 나는 창 너머로 바람이 올리브 나무 속잎을 들추어 젖히는 모습을 흥미롭게 바라보았다. 저 멀리 후지 산을 닮은 원뿔 모양 산이 있었다. 언사줏빛으로 물든 새하얀 봉우리가 무자비하게 푸른 하늘을 배경으로 도드라졌다. 나는 외출이 뜸했다. 이 3월의 바람이, 살인적으로 차가운 산바람이 겁이 났다. 쉴 새 없이 불어대며 모든 것을 박살냈다. 앞이 보이지 않았다. 머리가 웅웅대는 소리로 가득 찼다. 둘째 날, 그럼에도 신문을 구하러 도시로 갔다. 여전히 아무 일도 없었다. 참을 수 없을 정도로 약이 올라 한 며칠 더 기다리기로 했다.

그들이 한 모든 질문에 성의껏 대답했음에도 불구하고, 타블도트 자리에서 나는 사교적이지 못한 인상을 준 것 같다. 응접실에 들르라고 의사가 저녁마다 채근했지만 가지 않았다. 조율이 안 된 피아노와 고급 가구가 비치된, 원탁 위에는 소책자들이 어지럽게 놓인 갑갑하고 조그마한 방이었다. 눈물이 어린 푸른 눈에 염소수염을 한 의사는 배가 불룩 나왔다. 그는 음식을 기계적으로 입맛 떨어지게 먹었다. 달걀 프라이 노른자를 빵 조각으로 교묘히 덮어 싸서는 군침이 돌아 축축한 입으로 휘파람을 불며 한입에 넣곤 했다. 고기 요리를 먹고 나서 사람들이 접시에 남긴 뼈는 소스로 기름진 손가락으로 모아 되는대로 싸서 헐렁한 코트 주머니에 쑤셔넣었다. 그러면서 그는 괴짜를 연기했다. 그는 이렇게 말하곤 했다. "이건 불쌍한 개들을 위한 겁니다. 때로 동물이 사람보다 낫지요." 그 주장은 식사 자리에서 (지금까지도 이어지고 있는) 격렬한 논란을 불러일으켰는데, 수도원장이 특히 열을 냈다. 내가 독일인이자 음악가임을 알고 의사는 내게 엄청난 관심을 보이기 시작했다. 여기저기서 내게 보내는 눈길로 보아, 나는 나의 텁수룩한 얼굴보다는 국적과 직업이 사람들의 관심을 끈다는 결론을 내렸다. 의사는 나의 두 가지 점 모두에서 호텔의 명성에 긍정적인 영향을 미칠 게 틀림없는 뭔가를 감지했다. 계단에서, 또 길고 긴 하얀 복도 한쪽에서 그는 나를 붙들고 끝없는 잡담을 늘어놓기 시작했다. 햄 외판원의 사회적 결함에 대해 논하는가 하면, 수도원장의 종교적 편협성을 개탄하기도 했다. 이 모든 게 좀 부담스러워졌지만, 적어도 흥미롭긴 했다. 밤이 오고 정원의 외로운 가로등 불빛을 받은 나뭇잎의 그림자가 방 안 여기저기서 흔들리기 시작하면 나는, 내 광대한 영혼은, 내 텅 빈 영혼은 부질없고 끔찍한 당혹감으로 가득 찼다. 오, 아니다. 부서져 산산조각 난 물건이 무섭지 않듯이, 나는 망자(亡者)가 두렵지 않다. 두려울 게 뭐냐! 이 기만적인 그림자의 세계에서 삶을 견뎌내지 못하지나 않을까, 모든 것을 해결해주는 어떤 놀라운 환호의 순간까지 목숨을 부지하지 못하지나 않을까, 내가 두려워한 건 그것이었다. 그 순간에 이르기까지 어떤 일이 있어도 창조의 환희와 자긍심을 느끼게 하는 순간들을, 해방과 축복의 순간들을 살아내야 했다.

머문 지 엿새째 되는 날, 바람이 몹시 거세져서 호텔이 격랑이 이는 바다 가운데 떠 있는 배처럼 느껴졌다. 유리창이 덜컹댔고 벽이 삐걱거렸다. 두툼한 나뭇잎들이 소란을 떨며 뒷걸음질 치더니 재빨리 산개해서 건물에 대한 포위망을 구축했다. 나는 정원으로 나가려 했지만, 바람에 곧바로 몸을 숙이지 않을 수 없었다. 기적적으로 모자를 붙잡고 방으로 돌아왔다. 잦아들 줄 모르는 거친 바람의 아우성을 들으며 창가에 서서 깊은 생각에 잠겨 있던 나는, 벨 소리를 듣지 못했다. 아침을 먹으러 아래로 내려가서 자리에 앉았을 때 하녀는 벌써 고기 요리를 내놓고 있었다. 닭 내장 꼬치구이에 토마토소스를 곁들인 요리였다. 의사가 좋아하는 요리다. 처음에는 의사가 능숙하게 이끌어가는 공동의 대화에 귀를 기울이지 않았다. 그러다 갑자기 모두 나를 바라보고 있음을 알아차렸다.

"당신은 이 일을 어떻게 생각하세요?" 의사가 내게 말했다.

"무슨 일요?" 내가 물었다.

"우리는 당신네 나라 독일에서 일어난 살인에 대해 말하고 있었어요. 생명보험을 들어놓고 다른 사람을 죽이려면," 흥미로운 논쟁을 예감하며 의사가 말을 계속했다. "도대체 그 사람은 어떤 끔찍한 괴물이어야 하느냔 밀이죠……"

나한테 무슨 일이 일어났는지 모른다. 나는 돌연 손을 들어올리고 말했다. "이보세요, 그만하시죠……" 그리고 그 손으로 주먹을 꼭 쥐고 식탁을 쾅쾅 내리쳤다. 그 바람에 냅킨 고리가 공중으로 튀어올랐다. 나는 내 목소리를 의식하지 못하고 고함치기 시작했다. "그만들

해요, 그만들 해! 어떻게 당신들이 감히, 당신들이 무슨 권리로? 이건 모욕이오! 용납할 수 없소! 어떻게 당신들이 감히 내 나라에 관해, 내 민족에 관해…… 입 닥쳐요! 입 닥쳐!" 나는 점점 큰 소리로 고함쳤다. "당신들…… 감히 나한테, 내 얼굴에 대고 독일에서 뭐가 어쨌다고…… 입 닥쳐요!……"

하지만 벌써 오래전부터, 내가 주먹을 내리치는 바람에 냅킨 고리가 굴러갔던 때부터 모두 입을 다물고 있었다. 고리는 탁자 끝까지 굴러갔고, 보석상의 막내아들이 그것을 조심스럽게 쳐서 쓰러뜨렸다. 이례적으로 질 좋은 고요였다. 바람까지도 웅웅 소리를 그친 듯했다. 의사는 포크와 나이프를 손에 든 채 얼어붙었다. 파리가 그의 이마에 얼어붙었다. 목에 경련이 느껴졌다. 탁자에 냅킨을 내던지고 밖으로 나갔다. 모든 얼굴이 내 움직임을 좇아 무의식중에 방향을 바꾸는 것이 느껴졌다.

걸음을 멈추지 않고 홀의 탁자 위에 펼쳐진 신문을 잡아채서 계단을 올라가다보니 내 방이었다. 침대 위에 앉았다. 사시나무 떨듯 떨었다. 흐느낌에 목이 메었다. 분노에 치를 떨었다. 손은 온통 토마토소스로 얼룩져 있었다. '아무 일도 아닐 거야. 우연의 일치겠지. 프랑스인들이 이 일에 뭐하러 관심을 두겠어.' 신문을 펼 때만 해도 그렇게 생각할 수 있었다. 그러나 순간 내 이름이, 내 예전 이름이 눈앞을 획 스쳐갔다……

신문을 통해 알게 된 정보가 뭔지는 정확히 기억나지 않는다. 그 후로 나는 적잖이 신문을 읽었다. 신문의 내용이 머릿속에서 약간 뒤죽박죽되었다. 신문이 여기 어딘가에 어지러이 널려 있지만 정리할 짬

이 없다. 하지만 두 가지 사실은 금방 이해했던 것으로 기억한다. 살인자의 신원은 알고, 희생자의 신원은 모른다. 보도된 내용은 통신원이 직접 쓴 게 아니었다. 베를린 신문들이 보도한 내용을 간단히 요약한 것에 불과했고, 정쟁(政爭)과 앵무병*에 대한 기사 사이에서 아주 무례하게 그리고 소홀히 다루어졌다. 전례 없는 어조였다. 나에 대해 도저히 용인할 수 없는 부당한 태도를 보여서, 동명이인에 관해 말하는 게 아닌가 생각했을 정도다. 가족을 모두 난도질한 얼빠진 놈에 대해 쓸 때나 그런 어조를 취하니까. 지금 생각해보니 그건 국제경찰의 농간이었다. 나를 겁먹게 만들고 혼란스럽게 하려 했던 거다. 그 순간에 나는 제정신이 아니었다. 이 줄 저 줄 기사를 좇던 눈앞 가득 점들이 빙빙 놀았다. 놀연 문을 쾅쾅 누드리는 소리가 들려왔다. 신문을 침대 아래로 밀어넣고 말했다. "들어오세요!"

의사가 들어왔다. 그는 뭔가를 씹어 삼키려던 참이었다.

"들어보세요." 문턱을 넘자마자 그가 말했다. "실수가 있었네요. 제 말을 오해하셨어요. 제 말은……"

"나가요! 당장 나가!" 내가 고함쳤다.

그는 얼굴빛이 확 달라져서 문도 닫지 않고 나가버렸다. 나는 벌떡 일어나서 문을 쾅 닫았다. 믿을 수 없을 정도로 요란한 소리였다. 그리고 침대 밑에서 신문을 끄집어냈다. 그러나 방금 읽은 기사를 찾을 수 없었다. 나는 처음부터 끝까지 신문을 다 훑었다. 기사를 찾을 수가 없다! 과연 꿈이었단 말인가? 나는 처음부터 다시 훑기 시작했다.

---

* 조류 특히 앵무새로부터 사람에게 전염되는 질환.

꼭 악몽 같았다. 뭔가가 없어진다. 찾을 수도 없고, 찾는 데 어떤 논리를 제공하는 법칙도 없다. 대신 모든 것이 형체를 알 수 없고 터무니없이 제멋대로이다. 아니, 신문에는 그 기사가 없었다. 단 한 마디도 없었다. 분명 나는 앞뒤 분간 못 하는 끔찍한 흥분 상태였다. 지금 쥐고 있는 신문이 방금 전에 쥐고 있던 파리 신문이 아니라 시일이 지난 독일 신문이었음을 단 몇 초 후에 알아차렸으니까. 나는 다시 침대 밑에서 내가 찾던 신문을 끄집어내어 시시한 데다 명예까지 훼손시키는 기사를 재차 읽었다. 실로 내게 가장 큰 충격을 주었던 사실이, 모욕적인 충격을 주었던 사실이 무엇이었는지 돌연 명확해졌다. 닮음에 관한 단 한 마디 말도 없었던 것이다. 닮음을 평가하기는커녕('그렇다. 경탄스러울 만큼 닮았다. 그럼에도 이러이러한 점에서 죽은 자는 그가 아니다.' 음, 적어도 그렇게는 말할 수 있지 않았겠는가), 언급 자체가 없었다. 그 사람은 나와는 완전히 다르게 생겼다는 투였다. 그런데, 자, 시체가 하룻밤 새에 부패될 리는 만무했다. 반대로 그의 얼굴은 점점 대리석과 같아져야 했다. 그만큼 우리의 닮음도 더 뚜렷해져야 했다. 설령 시체가 상당한 시간이 흐른 뒤에 발견되었더라도, 그래서 죽은 시각을 두고 입방아를 찧어대더라도, 그나 나나 썩는 과정은 같을 것 아닌가. 경솔하게 내뱉는 말이지만 말이다. 빌어먹을, 난 지금 교양에 신경 쓸 기분이 아니다. 나한테 가장 가치 있고 중요한 것을 이렇게 무시하는 처사는 극도로 비열한 의도 같은 것이 있기 때문이리라. 그게 내가 아니라는 사실을, 누구도 그게 내 시체라고 생각하지 않으리라는 사실을 첫 순간부터 모두가 무척 잘 알고 있었다는 인상을 풍겼다. 기사에서 드러나는 무성의한 태도는 그 자체만으로 부주의한 내 실수를, 물론 내가 무슨 일이 있어도 저질러선 안 되었던 실수를 강조하는 듯했다. 그런데 한편으로는 주둥이를 가리고 얼굴을 돌린 채 말없이, 그러나 기쁨을 주체하지 못해 온몸을 부들부들 떨며 고소해하고 있었고, 복수심에 불타 비난을 퍼붓고 있었다. 그렇다. 복수심에 불타는, 비열한, 참을 수 없이 터져나오는 비난을……

그 순간 다시 문을 두드리는 소리가 들렸다. 한숨을 내쉬고 벌떡 일어섰다. 의사와 지배인이 들어왔다. "여기," 의사가 나를 가리키며 깊이 상처 입은 목소리로 지배인에게 말했다. "여기 이 양반이 내게 공연히 화를 낸 것도 모자라 이제는 날 모욕하고 있소. 말을 들으려고도 하지 않고 아주 무례하게 굴어요. 제발 저 사람하고 말 좀 해보시오. 난 서런 태노가 익숙하지 않아서요."

"해명하셔야겠습니다." 나를 노려보며 지배인이 말했다. "분명 당신이……"

"나가요!" 내가 발을 구르며 소리치기 시작했다. "당신들이 나한테 한 짓은…… 이건 너무한 짓이오…… 당신들, 감히 모욕하고 보복할 생각 마요…… 이게 내 요구요, 아시겠소, 내 요구란 말이오……"

의사와 지배인이 손바닥이 보이게 두 팔을 치켜들고 시계처럼 뻣뻣한 다리로 나를 압박해 오며 지껄이기 시작했다. 나는 더이상 버티지 못했다. 격분한 상태는 지나갔다. 대신 눈물의 압박을 느꼈고, 돌연(승리는 누구든 원하는 자에게 돌리며) 침대로 몸을 날려 통곡하기 시작했다.

"그저 신경과민이에요, 신경과민." 요술에 걸린 듯 부드러워진 의사가 말했다.

지배인이 미소 짓더니 등 뒤로 문을 부드럽게 닫고 나갔다. 의사는 물을 따라주며 진정제를 권하고는 내 어깨를 다독였다. 나는 계속 흐느끼는 가운데 내가 처한 수치스러운 상황을 무척 잘 인식했다. 심지어 냉정히 비웃고 있었다. 동시에 히스테리 발작이 지닌 모든 매력과 희미하나마 나한테 이로운 뭔가를 느꼈다. 그래서 나는 의사의 고기 냄새 나는 크고 더러운 손수건으로 뺨을 닦으며 계속 몸을 떨었다. 의사가 나를 토닥이며 중얼거렸다.

"어쩜 이렇게 오해할 수 있나그래! 내가 늘 말하듯 전쟁은 이제 신물이 나요…… 당신들도 나름의 결함이 있고, 우리도 부족한 부분이 있어요. 정치는 잊어야 해요. 우리가 무슨 얘기를 하고 있었는지 당신은 전혀 이해하지 못한 거요. 난 그저 어느 살인 사건에 대한 당신 의견을 물었을 뿐이오."

"어떤 살인요?" 흐느끼며 내가 물었다.

"아, 참 비열한 짓이에요. 어떤 사람과 옷을 바꿔 입고는 그를 죽였어요. 하지만 친구, 진정하시오. 독일에만 살인자들이 있는 건 아니니까. 다행스럽게도 우리에겐 랑드뤼*들이 있어요. 그러니 당신이 유일한 게 아니에요. 진정해요. 순전히 신경 발작이니까. 이곳 물은 신경 발작에 효험이 아주 좋아요. 더 엄밀히 말하면 위에 좋지만, 결국 마찬가지지요."

그는 몇 마디 더 하고 일어섰다. 나는 그에게 손수건을 돌려주었다.

"그런데 그거 아세요?" 문가에 서서 그가 말했다. "그 젊은 백작부

---

* 결혼을 미끼로 여성들을 유혹하고 살해한 프랑스의 연쇄살인마.

인이 당신한테 빠져 있어요. 오늘 저녁 당신이 피아노로 뭐든 연주하면(그가 손가락으로 트릴* 연주를 흉내 냈다) 정말이지 그녀를 당신 침대로 끌어들일 수 있을 거요."

그는 이미 복도에 있었다. 하지만 갑자기 생각을 바꿔 되돌아왔다.

"분별없던 젊은 시절에," 그가 말했다. "대학생이었을 적에 떠들썩하게 술판을 벌인 적이 있었지요. 우리 중 가장 신앙심이 없는 녀석이 특히 취해 있었어요. 녀석이 완전히 뻗어버리자마자 우린 녀석에게 캐석**을 입히고 머리가 빠진 정수리 부분에 동그랗게 남은 잔털을 깨끗이 밀어버렸지요. 그리고, 자, 밤늦게 여자들만 있는 수도원의 문을 두드립니다. 한 수녀가 문을 열자 우리 중 한 녀석이 이렇게 말하죠. '오, 자매여, 이 불쌍한 신부가 얼마나 딱한 상황에 처해 있는지 좀 보세요. 데리고 들어가서, 여기서 한숨 푹 자게 해주세요.' 상상해보세요. 그를 데리고 들어갔다니까요. 얼마나 웃었는지 모릅니다!"

의사가 살짝 주저앉으며 자기 궁둥이를 철썩 때렸다. 무슨 꿍꿍이가 있어 그런 말을(옷을 갈아입혔다…… 다른 사람으로 믿게 했다……) 한 건 아닐까? 그는 스파이가 아닐까? 갑자기 든 생각이었다. 나는 다시 악의에 사로잡혔다. 그러나 그의 바보같이 빛나는 주름살을 보고 자제했다. 나는 웃는 척했다. 그는 아주 만족하여 내게 손을 흔들고는 마침내, 마침내 나를 조용히 내버려뒀다.

라스콜니코프와의 그로테스크한 유사성에도 불구하고……*** 아

---

* 한 음과 그 음보다 2도 높은 음을 교대로 빨리 연주해서 내는 장식음.
** 성직자의 평상용 긴 옷.
*** 『죄와 벌』 3부 5장에서 주인공 라스콜니코프가 동요를 감추려고 웃음을 간신히 참는 표정을 염두에 둔 말.

니, 그건 아니다. 취소. 그다음은 뭐였지? 그래, 맞다. 우선 신문을 되도록 많이 구해 보기로 마음먹었다. 나는 아래층으로 달려 내려갔다. 계단에서 뚱뚱한 수도원장과 마주쳤다. 그가 나를 동정 어린 시선으로 바라보았다. 그의 느끼한 미소를 보고 나는 그사이에 의사가 모두에게 우리의 화해에 관해 말했음을 눈치챘다. 밖으로 나서자마자 바람이 나를 때려눕히려 했다. 나는 굴복하지 않았다. 초조해하며 호텔 출입문에 바짝 붙어 있었다. 자, 버스가 모습을 드러냈다. 안절부절못하며 손을 흔들어 버스를 세우고는 올라탔다. 우리는 하얀 먼지가 미처 날뛰는 한길을 따라 달려갔다. 도시에서 독일 신문 몇 부를 샀고, 그 김에 우체국에 들러 편지가 왔는지 물어보았다. 편지는 없었다. 대신 신문에는 기사가 많이 났다, 아주 많이, 너무나 많이…… 글 쓰는 데 완전히 몰입한 지 일주일이 지난 지금, 나는 회복되어 멸시만 느낄 뿐이다. 그 당시에는 차갑게 비웃는 기사의 어조가 기가 막혀 거의 졸도할 지경이었다. 결국 전체적인 그림은 이렇다. 3월 10일 일요일 정오에 쾨니히스도르프에서 그쪽으로 가던 이발사가 숲 가에서 시체를 발견했다. 이발사가 여름에도 아무도 찾지 않는 숲속에 왜 갔는지, 왜 저녁이 되어서야 시체를 발견했다고 알렸는지, 그 점에 대한 의혹은 여전히 남아 있었다. 그다음은 이미 언급했던 기막히게 웃기는 이야기이다. 내가 의도적으로 숲 가에 세워둔 자동차가 사라졌다. T자 모양의 자국이 연속적으로 찍혀 있는 것을 발견하고 경찰이 타이어 상표를 밝혀냈다. 경이로운 기억력을 타고난 몇몇 쾨니히스도르프 주민들은 바퀴살의 중심축이 커다란 청색 이인승 컨버터블 '이카루스'가 지나갔음을 기억해냈다. 게다가 내가 살던 거리에 있는 차량 정비소에서 일하는 훌륭한 젊은이들이 마력, 기통, 차량 등록번호뿐 아니라 엔진과 차대번호에 관한 정보까지 친절히 제공했다. 사람들은 지금 이 순간 내가 그 차를 타고 어딘가 달리고 있다고 생각한다. 기막히게 웃긴다. 내가 보기에는 도로에서 누군가가 내 차를 보고 지체 없이 훔쳤고, 서두르다가 시체는 못 본 게 틀림없다. 반대로 시체를 목격한 이발사는 차는 눈에 띄지 않았다고 주장한다. 그가 수상쩍다. 경찰은 즉각 그를 체포했어야 했다. 실로 대수롭지 않은 일로 목이 달아나기도 하는데 말이다. 그러나 천만에! 그가 살인자로 간주될 가능성은 여전히 보이지 않는다. 조금의 거리낌도 없이 서둘러 내게 죄를 씌웠다. 냉정하고 막돼먹은 짓거리였다. 내게 유죄를 선고해서 기쁜 듯했다. 나에 대한 앙갚음인 듯했다. 그들에게 나는 오래전부터 죄인이었고, 그래서 오래전부터 날 벌하고 싶어 한 듯했다. 죽은 자가 내가 아니라고 미리 판단해버린 채, 그가 나와 닮았음을 전혀 알아보지 못한 채, 더 엄밀히 말하면, 닮음의 가능성을 선험적으로 배제한 채(인간은 보고 싶어하지 않는 것은 보지 못하니까) 경찰은 내가 나를 전혀 닮지 않은 사람에게 그저 내 옷을 입히는 것으로 세상을 속일 수 있을 거라 생각했음을 눈부신 논리에 근거해서 밝혔고, 그런 내 생각에 놀라움을 금치 못했다. 그런 추론에서 묻어나는 우둔함과 노골적인 불공정싱은 말도 안 되게 웃긴다. 그러한 추론에 기초하여 그들은 내 지직 능력을 의심했다. 내가 정상이 아니라는 설까지 제기되었는데, 나를 아는 몇몇 인물이 그 점을 확인해주었다. 그중에 머저리 오를로비우스가 있었다(또 누가 있었는지 궁금하다). 그는 내가 나 자신에게 편지를 쓰곤 했다고 이야기했다(자, 이건 예상 밖이다!). 하지만 경찰을 완전히 당혹스럽게 만든 것은 어떻게 내 희생양(신문은 '희생양'이란 단어를 특히 만끽했다)이 내 옷을 입고 있나 하는, 더 정확하게 말하면 어떻게 내가 산 사람에게 내 양복을 입게 하고 내 양말과 그에게는 너무 꽉 끼는 단화까지 신게 했나 하는 의문이었다. (신발은 일을 치른 뒤에도 신길 수 있었다. 똑똑한 녀석들!) 그게 내 시체가 아니라는 생각을 머릿속에 단단히 박고서(즉, 마음에 들지 않는 작가가 쓴 책을 한 번 읽고 나서 별로라고 판단한 이후로는 그 독단적인 의견에서 출발하는 문학비평가 같은 태도로), 그 점을 확신하고서, 그들은 펠릭스와 나의 닮음에 직면하여, 아름다운 책에서 오기(誤記)나 오식이 눈에 띄지 않듯이, 더 깊이 있고 지각 있는 태도로 내 작품을 대한다면 그냥 지나칠, 전혀 중요치 않은 작은 흠집들에 탐욕스레 달려들었다. 그들은 손이 거칠다는 점을 언급했고, 티눈 따위를 중요한 단서라며 제시하기도 했다. 그런데도 손발톱은 네 곳 모두 말끔하다는 점에 주목했다. 그리고 누군가가, 십중팔구 시체를 발견한 이발사가, 전문가의 눈에는 명백한(그래서 뭐!) 여러 정황으로 볼 때 죽은 사람이 아닌 다른 사람이 손발톱을 깎았다는 사실로 형사들의 주의를 이끌었다.

심문당할 때 리다가 어떻게 처신했는지 도무지 알아낼 방도가 없다. 다시 말하지만 살해당한 게 내가 아님을 누구도 의심하지 않았고, 틀림없이 그녀가 공모했다고 의심하기 시작했을 테니 말이다. 그녀 탓이지 누굴 나무라겠는가. 보험금은 날아갔고, 그러니 과부의 눈물로 호소해봐야 아무 소용 없음을 그녀는 이해할 것이다. 그녀는 결국 버티지 못할 것이다. 내 무죄에 대한 믿음과 나를 구하고자 하는 바람으로 내 동생의 비극에 관해 떠벌릴 텐데, 그건 전혀 부질없는 짓이리

라. 나한테 동생이 있었던 적이 없음을 밝혀내는 건 그다지 어려운 일이 아니니까. 자살과 관련해서는, 말도 많았던 줄이 경찰의 머릿속 그림 속에 받아들여질 가능성은 거의 없다.

나로서는, 나의 안전과 관련해서는 다음의 사실이 중요하다. 즉, 피살자의 신원은 알려지지 않았고 알려질 수도 없다. 그사이 나는 그의 이름으로 살아왔고, 여기저기 벌써 그 이름의 흔적들을 남겼다. 내가 누구를 소위 '없애버렸는지' 밝혀내면 나를 금방 찾아낼 수 있을 것이다. 그러나 그것을 밝혀낼 방도는 없다. 나로서는 고마운 일이다. 새로운 방책을 강구하기에는 난 너무 지쳤으니까. 그리고 그와 같이 대단한 예술을 펼쳐서 내 것으로 만든 이름을 내가 어떻게 떨쳐버리겠는가! 여러분, 실로 나는 내 이름을 닮았다. 그건 그에게 어울렸듯이 나에게도 어울린다. 그 점은 바보나 이해 못할 사실이다.

그건 그렇고, 자, 차는 머지않아 발견될 것이다. 그러나 그들에게 도움이 되지는 않을 것이다. 나도 차가 발견되기를 원했으니까. 참 웃기는 일 아닌가! 그들은 내가 차분히 핸들을 잡고 앉아 있을 거라고 생각한다. 그러나 실제로 그들은 겁을 잔뜩 집어먹은 지극히 평범한 도둑을 잡아들이게 될 것이다.

한가한 매문가(賣文家)들, 논란을 불러일으키는 자들, 피 묻은 자리를 제 익실극의 무대로 삼는 악한들, 이들이 내가 미망히 받아야 할 상이라 여기는 무시무시한 별칭들을 나는 여기에서 언급하지 않겠다. 시사 풍자 작가들이 열광하는, 정신분석적인 사려 깊은 추론도 곱씹지 않겠다. 혐오스럽고 추한 이 모든 짓거리가 처음에는 나를 광분케 했다. 특히, 엽기 행각을 벌여 신문 판매 부수나 올려주는 흡혈귀적 성향의 이런저런 얼간이에 내가 비유되고 있다는 사실이 그랬다. 자기 차에 시체를 태워 함께 불 질러버린 놈이 있었는데 꾀를 부린답시고 발을 잘라버린 뒤였다. 자기보다 희생양의 키가 더 컸기 때문이다. 그래, 그렇지만, 빌어먹을 무슨 상관이냐! 그들과 나 사이에는 공통점이 전혀 없다. 나를 미치고 폴짝 뛰게 만든 또 다른 사실은 내 여권 사진이 신문에 실렸다는 거다. 그 사진에서 나는 전혀 나 같지 않았고, 정말 범죄자 같았다. 너무도 악의적으로 고쳐놓았다. 정말이지 다른 사진을 실을 수도 있었는데 말이다. 이를테면 책을 들여다보고 있는, 부드러운 초콜릿 색조의 음영이 진, 돈 들여 찍은 사진도 있다. 같은 사진사가 찍은 다른 자세를 취한 사진도 있다. 눈을 심각하게 치뜬 채 손가락으로 관자놀이를 누르고 있다. 독일 소설가들이 즐겨 취하는 자세다. 도대체 선택의 폭이 넓지 않은가 말이다. 스냅 사진도 여러 장 있다. 그중 한 장은 아주 훌륭하다. 아르달리온 소유의 땅에서 수영복을 입고 찍은 사진이다. 그런데, 그런데, 하마터면 잊어버릴 뻔했다. 덤불 하나하나 살펴보고 땅까지 파보며 샅샅이 수사하던 경찰은 아무것도 찾지 못했다. 놀라운 물건 하나를 빼면 말이다. 바로 밀조한 보드카 병이다. 보드카는 6월부터 거기 놓여 있었다. 리다가 그걸 감췄던 일을 묘사했던 적이 있는 것 같다…… 아쉽다. 어디 구석에다 발랄라이카*도 감춰둘 걸 그랬다. 그랬으면 쨍 포도주 잔 부딪는 소리와 '파잘레이 제 미냐, 다라가야……'** 노랫소리에 맞추어 벌어진

---

* 우크라이나의 민속 현악기.
** '내 사랑, 날 불쌍히 여겨주오'라는 뜻. 니콜라이 바칼레이니코프의 유명한 러시아 로맨스 〈불쌍히 여겨주오〉의 후렴구.

슬라브적 살인에 대해 상상하는 즐거움을 선사해줄 수 있었을 텐데.

하지만 충분하다, 충분해…… 이 모든 끔찍한 혼란과 헛소리는 타성과 아둔함과 편견에 젖은 사람들이 티 한 점 없이 완전무결한 내 분신의 시체에서 나를 알아보지 못했기 때문에 일어나고 있다. 비통과 함께, 그리고 경멸과 함께 나는 인정받지 못하고 있다는 사실 자체를 받아들인다. (누구의 빛나는 솜씨인들 그들이 흐리게 하지 않았겠는가?) 그러나 완전무결함에 대한 나의 믿음은 변함이 없다. 나한테는 비난받을 만한 점이 전혀 없다. 아무 근거 없이 내 구상 자체가 틀렸다는 결론을 내리고서는, 나 자신이 매우 잘 알고 있는, 성공적인 창작에 비춰볼 때 전혀 중요하지 않은 사소한 차이를 냉큼 잡아내며, 실수를, 꾸며낸 실수를 소급해서 내게 떠안겼다. 모든 게 더할 나위 없이 치밀하게 계획되고 실행되었음을, 모든 일이 완벽하게 마무리된 것이 어떤 의미에서는 필연이었음을, 어쩌면 내 의지와 상관없이 창조적 직관의 도움으로 이루어졌음을 나는 주장하는 바이다. 그래서, 자, 인정을 받고, 내 머리가 낳은 자식을 옹호하고 구하며, 내 작품의 깊이를 세상에 해명하기 위해 이 이야기를 쓰는 것이기도 하다.

모조리 다 빨아들여서 모든 것을 알게 된 나는 최근 신문을 구겨서 내팽개친 후, 나를 성가시게 따라다니는 몸이 근질근질한 느낌에 휩싸여, 나 혼자만 이해할 수 있는 어떤 조치를 즉시 강구하고픈 몹시 간절한 욕구로 타올라 탁자에 앉아서 글을 쓰기 시작했다. 만일 내 문학의 힘에 대한, 경이로운 재능에 대한 절대적인 믿음이 없었다면…… 처음에는 글이 잘 써지지 않았다. 오르막이었다. 나는 멈췄다 다시 쓰곤 했다. 진을 빼는 이 노역은, 그러나, 내게 큰 기쁨을 안겨주었다.

이건 쓰디쓴 약이다. 중세의 잔혹한 숙청이다. 하지만 효과가 있다.

글을 쓰기 시작한 지 일주일이 흘렀다. 이제 작업이 끝나간다. 나는 차분하다. 호텔에 묵고 있는 모든 사람이 나를 정중하고 친절하게 대한다. 이제 나는 타블도트 자리가 아니라 창가에 놓인 작은 식탁에 앉아서 식사한다. 의사는 내가 식사를 따로 하는 것을 받아들였고, 내가 듣고 있다는 사실을 아랑곳하지 않고, 신경과민인 사람에게는 안정이 필요하며 음악가들은 대체로 신경이 예민하다고 모두에게 설명한다. 그는 식사 시간에 종종 자기 자리에서 말을 건넨다. 어떤 요리를 권하거나 오늘만은 예외적으로 공동의 식탁에 함께 앉을 의향이 없는지 농담 삼아 묻곤 한다. 그러면 모두 아주 온화한 표정으로 내게 눈길을 보낸다.

하지만 나는 너무나 지쳤다. 피곤해서 죽을 지경이다…… 이런 날도 있었다. 예를 들어 그저께 같은 날이다. 두 번 정도 잠깐 쉬었다가 내리 열아홉 시간을 글을 썼다. 그러고 나서 내가 잠들었다고 생각하는가? 아니, 나는 잠들 수 없었다. 녹초가 되어, 형틀에 묶인 듯 온몸이 축 늘어져 있었다. 이제 이야기는 끝나가고, 덧붙일 게 거의 남지 않은 지금, 이 다 써버린 종이와 작별하자니 몹시 아쉽다. 그렇지만 작별해야 한다. 다시 읽고 고치고 봉해서 용감하게 부쳐야 한다. 그리고 나는 더 먼 곳으로 떠나야 한다. 아프리카든 아시아든 어디든 상관없다. 그러나 난 얼마나 움직이고 싶어하지 않는가, 얼마나 안식을 갈구하는가…… 과연? 독자가 상상하게 하라. 모종의 이름으로 살아가는 인간의 처지를. 다른 여권을 구할 수가……

11장

1931년 3월 30일

나는 새로운 곳으로 거처를 옮겼다. 재앙이 닥쳤기 때문이다. 열 개
의 장이 전부일 거라 생각했다. 절대 아니다! 지금 생각해보면 그 어
떤 어려움에도 아랑곳하지 않고, 얼마나 꿋꿋이, 얼마나 태연히 나는
열번째 장을 마무리했던가. 그러나 다 쓰지 못했다. 호텔 청소부가 방
을 치우러 와서 부산을 떨었고, 나는 아무것도 할 수 없어 정원으로
나갔다. 천국에 있는 듯 고요가 나를 감쌌다. 처음에는 왜 그런지 잘
몰랐다. 그러나 몸을 흔들고 정신을 차리자 퍼뜩 생각이 났다. 며칠을
줄곧 미친 듯이 불어대던 바람이 그친 것이다.

대기는 경이로웠다. 비단결 같은 버드나무 솜털이 날아다녔다. 상

록수 이파리가 생기를 되찾은 척했다. 반은 헐벗은 코르크참나무의 탄탄한 몸통은 검붉게 번들거렸다. 나는 한길을 따라 걷기 시작했다. 비탈진 거무스름한 포도밭을 지나쳤다. 웅크려 앉은 십자가를 닮은, 헐벗은 포도나무들이 일정한 간격을 두고 서 있었다. 나는 이내 풀 위에 앉았다. 포도밭을 가로질러, 무성한 참나무 잎을 허리까지 두른 산을 보며, 꽃을 피우는 관목들 덕에 황금빛으로 물든 산꼭대기를 보며, 그리고 깊고 깊은, 푸르고 푸른 하늘을 보며, 나른한 부드러움에 젖어 (가려져서 보이지는 않지만 상냥함이 내 영혼의 주된 속성일 것이기 때문이다) 소박한 새 삶이 시작되었다고, 창조적 공상의 무거운 짐은 이제 벗었다고 생각했다…… 저 멀리 호텔 쪽에서 버스가 모습을 드러냈다. 나는 마지막으로 베를린 신문을 읽는 즐거움을 누리기로 했다. 승객 가운데 햄 외판원을 발견하고 처음에는 자는 척했다(잠결에 미소 짓는 척까지 했다). 하지만 곧 진짜로 잠이 들었다.

익스에서 신문을 산 나는 집으로 돌아오는 길에야 겨우 신문을 펼쳐서 쾌활한 미소를 띤 채 읽기 시작했다. 그러다 폭소를 터뜨리고 말았다. 내 차가 발견됐다는 것이다.

내 차가 사라진 연유는 이랬다. 3월 10일 아침 도로를 따라 걸어가던 세 청년이 있었다. 실직한 정비공, 우리가 이미 알고 있는 이발사, 그리고 일정한 직업이 없는 이발사의 동생이었다. 멀리 떨어진 숲 가에서 번득이는 자동차 라디에이터가 눈에 띄자 그들은 즉시 그쪽으로 다가갔다. 법을 준수해온 선량한 인간인 이발사는 차 주인을 기다려 보고, 만약 나타나지 않으면 차를 쾨니히스도르프로 옮겨야 한다고 말했다. 하지만 말썽꾼이었던 그의 동생과 정비공은 다른 제안을 했

220

다. 이발사는 그건 용납할 수 없다고 반대했고, 이쪽저쪽 주위를 살피며 숲속 깊숙이 들어갔다. 그는 곧 시체를 발견했다. 그는 동료들을 부르러 서둘러 숲 가로 되돌아갔지만, 그들도 자동차도 사라졌음을 알고 몸서리쳤다. 차를 몰고 내뺀 것이었다. 한동안 그는 근처를 어슬렁거리며 동료들이 돌아오기를 기다렸다. 그들은 돌아오지 않았다. 저녁이 되자 그는 결국 자신이 발견한 것을 경찰에 알리기로 마음먹었지만, 사랑하는 동생 때문에 차에 대해서는 함구했다.

그 두 녀석이 차를 망가뜨려서 감추고, 자기들도 숨어 있으려다 생각을 고쳐먹고 자수한 사실이 이제야 드러났다. "차 안에서," 신문은 덧붙였다. "피살자의 신원을 입증하는 물건이 발견되었다."

처음에 나는 실수로 '살인자'로 읽었고, 훨씬 신바람이 났다. 차가 내 소유라는 사실은 실로 처음부터 알려져 있지 않았느냐 말이다. 그러나 다시 읽고는 생각에 잠겼다. 그 구절이 신경을 건드렸다. 그 속에는 어떤 어리석은 비밀이 있었다. 물론 나는 이내 이렇게 중얼거렸다. 뭐 이건 새로운 계략이거나 아니면 말도 많았던 보드카 이상으로 중요할 것 없는 뭔가가 발견된 거라고. 그럼에도 꺼림칙해서 한동안 이 일에 연루된 모든 물건을 일일이 떠올려보기까지 했다(누더기도 역겨운 머리빗도 떠올랐다). 그때 나는 분명하고 자신감 있게 행동했으니 별 어려움 없이 모든 것을 되짚어볼 수 있었다. 모든 게 제대로 되어 있었다. 쿠오드 에라트 데몬스트란둠.*

그러나 평온은 찾아오지 않았다. 마지막 장을 마무리해야 했지만,

---

* '증명 끝'이라는 뜻의 라틴어.

나는 글을 쓰는 대신 다시 밖으로 나갔다. 늦은 시간까지 쏘다니다 돌아왔을 때는 그야말로 완전히 녹초가 되었다. 막연한 불안감에도 불구하고 나는 곧바로 잠이 들었다. 꿈을 꾸었다. 오랜 시간 찾은 끝에 (꿈에서는 나타나지 않고 암시되어 있다) 마침내 나는 내게서 자취를 감춘 리다를 찾아냈다. 그녀는 다 괜찮다고, 유산을 받았으며 내가 죽어서 다른 사람에게 시집간다고 차분히 말했다. 잠을 깼다. 몹시 격분했다. 심장이 미친 듯이 뛰었다. 속았어! 속수무책이야! 죽은 사람이 법에 호소할 수는 없잖아. 그래, 어쩔 수 없어. 리다는 그 점을 알고 있어! 잠이 깨자 나는 웃음을 터뜨렸다. 이런 말도 안 되는 꿈이라니. 그러나 극도로 불쾌한 뭔가가, 한번 웃고 떨쳐버려서는 안 되는 뭔가가 실제로 있음을 문득 깨달았다. 문제는 꿈이 아니라 어제 접한 소식의 불가사의함에 있다. 물건이 발견되었다…… 만약 피살자의 이름을 찾는 데 실제로 성공했다면, 그리고 만약 그 이름이 맞다면. 그러나 여기에는 너무나 많은 '만약'이 있었다. 모든 물건이 흘러가는 물길을, 행성이 이동하는 경로를 어제 꼼꼼히 살폈던 게 떠올랐다. 그것들의 궤도를 점선으로 이을 수도 있었다. 그럼에도 마음이 가라앉지 않았다.

견딜 수 없는 흐릿한 예감에서 벗어날 방법을 찾던 중에 나는 원고를 모아서 종이 뭉치를 손바닥에 올려놓고 저울질했다. "이야!" 장난스러운 감탄사가 튀어나왔다. 나는 마지막 몇 줄을 마저 쓰기 전에 처음부터 끝까지 다시 읽어보기로 결정했다. 문득 대단한 만족이 나를 기다리고 있으리라는 생각이 들었다. 잠옷을 입고 책상 가에 서서 잔뜩 휘갈겨 쓴 두툼한 원고를 양손에 쥐고 사랑스럽게 흔들었다. 바스

락거렸다. 그런 다음 침대에 다시 누워 담배를 피워 물고 베개를 어깨
뼈 아래에 편하게 받쳤다. 그런데, 내내 손에 쥐고 있었던 것 같은데,
원고가 책상 위에 놓여 있었다. 욕이 나오는 걸 참고 차분히 일어나서
원고를 침대로 가져왔고, 베개를 다시 받쳤다. 문을 바라보았고, 문을
열쇠로 잠갔나 안 잠갔나 스스로에게 물었다. 하녀가 아홉시에 커피
를 가져올 때, 그녀를 들여보내느라 원고 읽는 걸 중단하고 싶지 않았
다. 다시 일어났다. 역시 차분했다. 문은 잠겨 있지 않았다. 그러니까
일어나지 않아도 됐던 거다. 헛기침을 한 번 하고 누워서 편안히 자리
를 잡았다. 당장 읽고 싶었다. 그런데 이번에는 담뱃불이 꺼져 있었
다. 독일제와 달리 프랑스제 담배는 줄곧 주의를 기울여야 한다. 성냥
이 어디 갔지? 방금 있었는데. 나는 세번째로 일어났다. 이젠 손까지
약간 떨렸다. 잉크병 뒤에서 성냥을 찾았다. 침대로 돌아왔는데 이부
자리에 덮여 있던 빼곡한 성냥갑이 엉덩이에 깔려 뭉개져버렸다. 공
연히 다시 일어나야 했단 얘기다. 순간 열불이 났다. 바닥에 흩어진
원고를 집어올렸다. 방금 나를 채웠던 달콤한 기대감이 거의 고통으
로 변했고, 교활한 어떤 녀석이 내 실수를 더 많이 보여주려고, 오직
실수만 보여주려고 작정한 것같이 느껴졌다. 그렇지만 다시 담뱃불을
붙이고 완강히 거부하는 베개를 주먹으로 쳐서 실신시키고 나서 원고
로 눈을 돌렸다. 맨 첫머리에 아무 제목도 붙이지 않았음에 놀랐다.
언젠가 제목을 붙였던 것 같은데. 뭐더라, 무슨 무슨 '수기'라는 말로
끝났다. 그런데 누구의 수기인지 기억나지 않았다. 아무튼 '수기'는
끔찍이도 진부하고 따분하다. 제목을 뭐로 한다? '분신'? 하지만 그런
제목은 이미 있다.* '거울'? '거울에 비친 작가의 초상'?** 자연스럽지

못하고, 달콤하다 못해 느글거린다…… 닮음? 인정받지 못한 닮음? 닮음의 옹호? 좀 건조하고 철학적인 경향이 있다…… '비평가들에게 보내는 답변'***은 어떨까? 아니면 '시인과 군중'?**** 그다지 나쁘지 않다. 생각해봐야 한다. 우선 다시 읽어보자—나는 소리 내어 말했다—제목은 그다음에 생각하자.

나는 읽기 시작했다. 이내 내가 읽고 있는 건지 기억을 떠올리고 있는 건지 알 수 없어졌다. 게다가 변형된 내 기억은 산소를 갑절로 들이마시고 있었다. 유리창을 닦은 후라 방 안은 더 밝았고, 두 번에 걸쳐 예술의 볕을 쬔 터라 과거는 더욱 생생히 떠올랐다. 나는 다시 프라하 근교의 언덕을 오르고 있었다. 종달새 소리를 듣고 있었다. 둥글고 붉은 가스탱크를 보고 있었다. 다시 믿기지 않는 흥분에 들떠서 잠자는 부랑자를 지켜보며 서 있었다. 그가 다시 기지개를 켜고 하품을 했다. 고개를 숙인 시든 제비꽃이 그의 단춧구멍에 매달려 있었다. 나는 더 읽어나갔다. 그러자 내 장밋빛 아내가, 아르달리온이, 오를로비우스가 나타났다. 그들 모두 생기가 넘쳤다. 하지만 어떤 의미에서 그들의 생명은 내 손아귀에 있었다. 다시 나는 노란 푯말을 보았고, 플롯을 짜며 숲을 돌아다녔다. 다시 가을날, 나와 아내는 제 그림자를 맞으러 나뭇잎이 떨어지는 모습을 바라보았다. 그리고 이제 나 자신이 기묘한 반복으로 가득한 작센의 마을로 부드럽게 빠져들었다. 그

---

* 도스토옙스키의 소설 제목.
** 제임스 조이스의 『젊은 예술가의 초상』을 바꿔 쓴 것.
*** 푸시킨의 「비평에 대한 논박」을 연상시키는 제목.
**** 푸시킨의 시 제목.

러자 분신이 살며시 일어나 나를 맞았다. 그리고 나는 다시 그를 에워
싸서 포로로 붙잡았다. 그러나 그는 내 손아귀에서 빠져나갔다. 나는
계획을 포기하는 척했다. 그러자 이야기가 창조자에게 지속과 종결을
요구하며 뜻밖에 다시 강렬하게 타올랐다. 그리고 다시 3월 어느 날
나는 졸음에 겨워 한길을 달리고 있었다. 그곳에서, 풋말 곁 덤불 속
에서 그는 이미 내가 도착하기를 기다리고 있었다.

"……빨리 타기나 해. 우린 여길 떠야 해."

"어디로요?" 그가 궁금해했다.

"저기 저 숲속으로."

"저기로요?" 그가 물으며 가리켰다……

지팡이로, 독사여, 시팡이로. 지팡이로, 친애하는 독지여, 지팡이
로. 손수 만든 지팡이로. 벌겋게 달군 쇠로 이름을 새겨넣은 지팡이
로. 츠비카우 출신 아무개 펠릭스. 지팡이로 가리켰다, 친애하고 존경
하는 독자여, 지팡이로. 지팡이가 뭔지 그대는 아는가? 그래 그렇지,
지팡이로, 그걸로 가리켰다. 그리고 차에 탔고, 지팡이를 차 안에 두
고 내렸다. 과연 차는 일시적으로 그의 소유였으니까. 나는 그걸 두고
'가진 자의 평온한 만족감'이라 썼다. 자, 예술적 기억은 참 기묘하지
않은가! 다른 어떤 기억보다 멋지다. "저기로요?" 그가 물으며 지팡
이로 가리켰다. 니는 지금까지 살아오면서 그토록 놀란 적이 없었
다……

나는 침대에 앉아 휘둥그레진 눈으로 그 페이지를, 도대체 내가
쓴—아니다, 내가 쓴 게 아니다, 내 기이한 협력자가 쓴 것이다—구
절을 노려보았다. 이미 돌이킬 수 없음을 잘 알고 있었다. 아, 전혀 그

렇지 않다. 차 안에서 지팡이를 찾았고, 이제 이름이 알려졌으며, 우리가 공유하는 이 이름이 드러난 이상 체포는 불가피하다는 사실, 아, 나를 몸서리치게 하는 건 결코 그게 아니다. 그토록 주도면밀히 계획된, 그토록 주도면밀히 집필된 내 작품이 내가 저지른 실수 때문에 이제 모조리 내적으로, 본질적으로 파괴되었다는, 쓰레기 더미가 되어버렸다는 의식, 바로 이 생각이 나를 찔러댔다. 이봐요, 이봐! 심지어 그의 시체가 내 시체라고 진짜 믿었다 해도 마찬가지로 지팡이는 발견되었을 것이고, 그다음에는 그를 체포하는 줄로 생각하며 날 체포했을 거요. 바로 그 점이 가장 수치스럽단 말이오! 실로 모든 게 바로 실수가 있을 수 없음에 기반을 두고 있었소. 그런데 지금 보니 실수가 있었소. 게다가 그게 어떤 실수요? 아주 하찮고 우스꽝스럽고 조악한 실수가 지금 드러난 거요. 들어봐요, 들어봐! 나는 경이로운 내 작품의 잔해를 지켜보며 서 있었소. 그러자 날 인정하지 않은 군중이 옳았는지도 모른다고 역겨운 목소리가 내 귀에 대고 소릴 질러댔소…… 그래요, 난 전부 의심하게 되었소. 핵심을 의심하게 된 거요. 그리고 길지 않은 여생을 온전히 단 하나, 이 의심과의 헛된 싸움에만 쏟게 되리라는 사실을 알아버렸소. 나는 사형수의 미소를 지었소. 그리고 고통스러워 비명을 질러대는 뭉툭한 연필로 첫 페이지에 재빨리 그리고 단호하게 '절망'이라는 단어를 썼소. 이보다 나은 제목은 찾을 수 없소.

커피를 가져왔다. 커피는 마셨지만 토스트에는 손이 가지 않았다. 그러고 나서 서둘러 옷을 입고 짐을 꾸려서 가방을 손수 아래로 날랐다. 다행히 의사는 나를 보지 못했다. 그 대신 지배인이 내가 갑작스

레 떠나자 놀랐다. 그는 방값을 지나치게 비싸게 받았지만 나는 개의
치 않았다. 그저 내가 처한 상황에서는 그게 관례니까, 나는 떠났다.
나는 어떤 전통을 따르고 있었다. 그건 그렇고 내 추측에 프랑스 경찰
은 이미 내 자취를 파악했다.

　도시로 가는 길에 버스 창밖으로, 밀가루를 뿌려놓은 것같이 하얀
자동차를 타고 맹렬히 달려오는 프랑스 경찰 두 명을 보았다. 우리는
서로 지나쳤다. 먼지구름이 일었다. 바로 나를 체포하려고 달려오고
있었는지는 모른다. 또 경찰이 아니었을지도 모를 일이다. 그들은 너
무 빨리 휙 지나갔다. 도시에 도착하자 우체국에 들렀다. 혹시나 해서
였는데 이젠 들렀던 게 후회된다. 우체국에서 준 편지가 없었다면 나
는 잘 지냈을 테니까. 같은 날 나는 색감이 화려한 작은 여행 책자를
아무렇게나 펼쳐서 풍경 하나를 골랐고, 저녁 늦게 그 풍경 속 산마을
에 당도했다. 받은 편지는…… 아니다. 그래도 보여주는 게 낫겠단
생각이 든다. 인간의 비열함을 가르쳐주는 하나의 예로써 말이다.

　"이보시오, 신사 양반. 당신에게 편지하는 이유는 세 가지요. 첫째,
그녀가 부탁했소. 둘째, 내가 당신을 어떻게 생각하는지 분명히 말해
두고 싶었기 때문이오. 셋째, 진심으로 당신에게 충고하오. 법의 손에
당신 자신을 맡기고, 이 피투성이의 혼란상과 혐오스러운 미스터리를
해명할 기회를 가지시오. 이로 인해 누구보다 고통 받고 있는 사람은,
당연하지만, 아무 죄 없이 겁에 질려 있는 그녀란 말이오. 경고하건대
당신이 그녀에게 말하려고 했던 음울한 도스토옙스키적 성향*은 내가

────────────
* 도스토옙스키 작품 속 인물들이 겪는 내적 불안정성과 같은 날카롭고 모순적인 정서
상태.

보기에는 상당히 의심스럽소. 부드럽게 말하자면, 내 생각에 그건 몽땅 헛소리요. 그녀의 감정을 갖고 놀고 있으니 비열하기까지 한 거짓말이란 말이오.

그녀가 편지를 부탁한 건 당신이 아직 아무것도 모르고 있다고 생각했기 때문이오. 그녀는 완전히 자제력을 잃고, 만약 누가 편지하면 당신이 화낼 거라 말하고 있어요. 당신이 화내는 걸 내가 봐야 하는데. 분명 기차게 재밌을 테니까요.

그래서 상황이 이렇게 된 거지요. 하지만 사람을 죽이고 적당한 옷을 입히는 것으로는 충분하지 않아요. 또 하나의 디테일이 필요한데, 바로 닮음이지요. 그러나 세상에 닮은 사람은 없고, 있을 수도 없어요. 당신이 아무리 잘 변장시켜도 말이오. 하지만 그런 미묘한 부분까지 이르지도 않았소. 게다가 일의 시작은 선한 영혼이 그녀에게 정직하게 알려준 거였소. '당신 남편의 서류들과 함께 시체가 발견되었습니다. 하지만 죽은 사람은 당신 남편이 아닙니다.' 그런데 끔찍한 건 바로 이거요. 비열한 악당한테 훈련받은 이 가련한 여자는 시체를 보기도 전에, 보기도 전에, 무슨 말인지 알겠소? 모든 정황에도 불구하고 그게 남편의 시체라고 주장했단 말이오. 도대체 어떻게 당신 같은 사람이 그녀에게, 당신과는 전혀 맞지 않는 여자에게, 그런 성스러운 경외심을 불어넣을 수 있었는지, 난 그저 이해가 안 되오. 그러려면 실제로 어딘지 괴물 같은 남다른 데가 있어야 하는 것 아니오. 또 어떤 시련이 그녀를 기다릴지는 하느님만이 아시오. 아니요. 당신은 그녀에게 드리운 공모의 그림자를 지워줘야만 하오. 사건 자체는 누구에게나 분명하오. 신사 양반, 보험사를 속이는 그런 수법들은 오래전부터 알려져 있었소. 심지어 당신 술책은 날림에다 진부해서 오래 전부터 염증을 일으켜왔다고 말하고 싶소이다.

이제 내가 당신을 어떻게 생각하는지 말하지요. 첫 소식은 내가 어떤 도시에서 발이 묶여 있을 때 날아들었소. 이탈리아까지 가지 못했소. 정말 다행이지요. 자, 그 기사를 읽었을 때 난, 아시겠소? 전혀 놀라지 않았어요! 당신이 거칠고 사나운 짐승이란 걸 이미 알고 있었고, 내가 직접 본 것을 수사관에게 감추지 않았소. 특히 그녀를 대하던 당신의 태도, 당신의 그 오만한 멸시, 끝없는 냉소, 속 좁은 잔인함, 또 우리 모두를 짓누르던 냉기 등과 관련해서 말이오. 당신은 엄니가 썩은 크고 무시무시한 멧돼지를 기가 막히게 닮았어요. 그렇게 생긴 멧돼지 하나 잡아다가 당신 옷을 입혀보시 ⏤랬소. 당신에게 고백할 게 하나 더 있소. 심약한 내가, 주정뱅이인 내가, 예술을 위해서라면 명예도 기꺼이 팔아넘길 녀석인 내가 당신에게 말하건대, 당신이 던져주는 푼돈깨나 받곤 했다는 사실이 수치스럽소. 그리고 이 수치로부터 벗어날 수만 있다면야 나는 이 수치를 기꺼이 널리 알릴 거요, 이 수치에 대해 거리에서 소리칠 거요.

이봐요, 멧돼지 양반! 이런 상황은 지속될 수 없소. 나는 당신의 파멸을 원하오. 당신이 살인자이기 때문이 아니오. 남을 잘 믿고, 그 탓에 십 년 동안 당신과 함께한 삶의 지옥에서 고통 받고 망연자실한 젊은 여자의 순진함을 이용한 비열하고도 비열한 악당이기 때문이오. 당신 내면에 한 줄기 빛이라도 남아 있다면, 자수하시오!"

이 편지에는 논평을 달지 않고 내버려둬야 할 것 같다. 이전 장들을 읽은 공정한 독자는 내가 얼마나 선한 호의로 아르달리온을 대했는지

보았다. 이게 그의 보답이다. 하지만 뭐 상관없다, 상관없어…… 그가 술에 취해서 이 역겨운 편지를 썼다고 생각하고 싶다. 정말 이 모든 게 다 너무나 엉망이고, 도무지 진실과 거리가 멀고, 중상하는 주장들로 가득하다. 주의 깊은 독자는 바로 저 주장들이 지닌 모순을 이해하는 데 어려움이 없을 것이다. 명랑하고 경박하고 우둔한 나의 리다를 겁에 질려서 정신 나간 여자로, 아니면 편지에도 쓰여 있는 바와 같이 고뇌에 찬 여자로 칭하는 것, 마지막 부분에는 거의 뺨까지 치게 만드는 모종의 불화가 우리 사이에 있었다는 암시를 주는 것, 그 부분에 대해서는, 용서하시라, 어떤 말로 표현해야 할지 모르겠다. 어떤 말로도 명확히 표현할 수가 없다. 나에 관한 기사를 쓴 기자가 사실, 비록 다른 맥락에서이긴 하지만, 이미 다 써버렸다. 느낄 수 있는 고통과 모욕과 당혹의 최대한도를 이미 다 느꼈다고 생각했던 나는 이 편지를 다시 읽으며, 나를 둘러싼 모든 것을, 탁자도, 탁자 위에 놓인 유리잔도, 심지어 새로 얻은 방의 구석에 놓인 쥐덫도 흔들어놓을 정도로 끔찍한 전율에 압도당하는 상태에 이르렀다.

그러나 나는 돌연 이마를 탁 치고 웃음을 터뜨렸다. 이렇게 단순했단 말인가! 이 편지에 담긴 광분의 미스터리가 이렇게 쉽게 풀린단 말인가. 이건 소유자의 광분이다. 아르달리온은 내가 그의 이름을 암호로 써서, 그리고 살인이 마침 그의 땅에서 일어나서 날 용서할 수 없는 것이다. 그는 실수하고 있다. 그는 오래전에 파산했다. 그 땅이 누구 소유인지 아무도 모른다. 그리고 대체로, 아, 어릿광대 아르달리온에 관해서는 충분히 썼다, 충분히! 그의 초상화에 최후의 한 획을 그었다. 나는 마지막으로 붓을 놀려 모서리에 비스듬히 서명을 넣었다.

이 초상화는 그 어릿광대가 내 얼굴로 창조해낸, 저 덧칠해놓은 병약한 얼굴보다 나을 것이다. 이제 됐다! 여러분, 이건 잘 그렸소.

하지만 어떻게 그가 감히…… 에이, 뒈져버려, 뒈져버려, 몽땅 다 뒈져버려!

3월 31일 밤에

아, 맙소사, 내 소설이 일기로 퇴화하는구나. 하지만 어찌할 도리가 없다. 나는 이미 글을 쓰지 않고는 살 수 없다. 일기는, 사실, 가장 저급한 문학 형식이다. 전문가들은 중요한 의미를 지닌 듯한 이 '밤에'의 매력을 인정할 것이다. 아, '밤에'. 그래, 봐, 자지도 않고 밤에 썼어, 참 매력적이잖아! 참 나른해 보이지! 그런데도 난 이 글을 밤에 쓰고 있다.

내가 무료하게 소일하며 지내고 있는 마을은 빽빽한 높은 산들 사이 계곡의 요람에 누워 있다. 나는 길 아래쪽에서 식료품점을 하고 있는, 얼굴이 까무잡잡한 노파의 집에 딸린 헛간 같은 큰 방을 빌렸다. 마을에 길이라곤 하나밖에 없다. 나는 이곳의 매력을 길게 묘사할 수도 있으리라. 예를 들면, 이곳에서 구름은 창을 너머 집으로 들어와서 느릿느릿 기어가다가 맞은편 창으로 빠져나가곤 한다. 하지만 이 모든 걸 묘사하는 일은 무척이나 따분하다. 내가 여기에서 유일한 여행객이라는 점이, 게다가 외국인이라는 점이 날 즐겁게 한다. 이곳 사람들이 내가 독일에서 왔다는 사실을 용케 눈치채서(사실 내가 직접 집

주인 노파에게 말했다) 나는 비상한 호기심을 불러일으켰다. 분명 몸을 감춰야만 하는데도, 이보다 더 좋을 수 없는, 가장, 말하자면, 눈에 잘 띄는 장소로 기어 올라가고 있다. 하지만 난 지쳤다. 이 모든 게 빨리 끝났으면 싶다.

때마침 오늘 나는 이곳 경찰과 인사를 나눴다. 꼭 오페레타에 등장할 것 같은 녀석이다! 통통하고 볼이 발그레한 사내다. 안짱다리에 멋부린 검은 콧수염을 길렀다. 나는 거리 끝에 있는 벤치에 앉아 있었고, 주위에 있던 마을 사람들은 자기 일로 분주했다. 실은 바쁜 척한 거였고, 어떤 자세를 잡고 있었든 어깨 너머로, 겨드랑이 사이로, 무릎 밑으로, 열띤 호기심과 함께 날 지켜보고 있었다. 나는 그 사실을 아주 분명히 알았다. 경찰이 머뭇머뭇 다가왔다. 비에 관해, 그다음에는 정치에 관해 말했다. 그 경찰은 고인이 된 펠릭스를 생각나게 하는 구석이 있었다. 강한 말투가 그랬고, 독학한 사람의 지혜가 그랬다. 나는 여기서 마지막으로 누군가가 체포된 게 언제인지 물었다. 그는 잠시 생각하더니 육 년 전이라고 대답했다. 스페인 사람이 다툼 끝에 누굴 살인한 혐의를 받고 산속에 숨었는데 붙잡혔다고 했다. 이어 그는 그래야 한다고 생각했는지 산에 곰이 있다고 알려주었다. 늑대하고 싸우라고 일부러 풀어놓았다는데, 나는 그게 몹시도 웃겼다. 그러나 그는 웃지 않았다. 낙담한 그는 오른손으로 왼쪽 콧수염을 배배 꼬았다. 그러고는 주제를 오늘날의 교육으로 바꿨다. "자, 예를 들어 나는," 그가 말했다. "나는 지리, 산수, 군사학을 압니다. 그리고 필체가 아름답지요……" 내가 물었다. "그런데 바이올린은 연주할 줄 아세요?" 그는 슬프게 고개를 가로저었다.

지금 나는 얼음같이 찬 방에 덜덜 떨며 앉아 있다. 짖어대는 개들한 테 욕을 퍼붓는다. 탁, 구석에서 쥐덫 소리가 나고 쥐의 목이 잘리길 매 순간 고대한다. 집주인 노파가 내 안색이 안 좋다며, 아마 재판 전에 죽을까 염려스러워서 가져다줄 생각을 한 버베나* 술을 기계적으로 홀짝거린다. 자, 지금 난 여기 이렇게 앉아서 학교에서 쓰는 모눈종이 위에 글을 쓴다. 이곳에서 다른 종이는 구할 수 없었다. 생각에 잠겼다가는 다시 쥐덫을 보곤 한다. 신에게 감사한다. 방에 거울은 없다. 내가 찬양할 신이 없듯이. 온통 어둠이다. 온통 무섭다. 헛되이 지어진 이 어두운 세계에 내가 더 머물 특별한 이유는 없다. 자살은 원치 않는다. 그건 경제적이지 못할 것이다. 인간이 죽는 걸 돕도록 정부에 고용된 사람은 거의 어느 나라에나 있다. ⏌다음은 영원한 부재의 조가비 소리다. 그러나 가장 놀라운 건 이 모든 게 아직 끝나지 않았을 수 있다는 사실이다. 그러니까 처형당하지 않고 징역을 살다가, 한 오 년 후쯤 사면을 받고 베를린으로 돌아가서는 다시 초콜릿 사업을 할 수도 있다. 왠지 모르지만 그건 지독히 우습다.

내가 유인원을 죽였다 치자. 누구도 날 건드리지 않는다. 특히 영리한 유인원이라 치자. 아무도 날 건드리지 않는다. 맨살을 드러낸 새로운 종의 말하는 유인원이라 치자. 건드리지 않는다. 이 미묘한 계단을 따라 조심스레 오르다보면 라이프니츠니 셰익스피어에까지 다다라서 그들을 죽일 수 있다. 그리고 어느 누구도 나를 건드리지 않을 것이다. 왜냐하면 모든 게 서서히 일어나서, 언제 경계를 넘었는지 말할

---

* 마편초과의 식물로 약재로도 쓰인다.

수 없기 때문이다. 경계를 넘은 후에 소피스트는 곤경에 처하게 된다.

개들이 짖는다. 춥다. 벗어날 수 없는 이 치명적인 아픔…… 지팡이로 가리켰다. 지팡이. '지팡이'에서 어떤 단어들을 짜낼 수 있을까? 팔, 라크, 칼, 람파.* 끔찍이도 춥다. 짖는다. 한 놈이 짖기 시작하면, 나머지 개들이 모조리 함께 짖어댄다. 비가 온다. 전등의 파리한 노란 불빛. 도대체 난 뭘 한 건가?

4월 1일

내 이야기가 피골이 상접한 일기로 악화될 위험은 다행히도 사라졌다. 방금 오페레타의 등장인물 같은 나의 경찰이 들렀다. 군도를 차고 있었고, 내 눈을 보지 않고 사무적인 말투로 정중히 신분증을 보여달라고 했다. 나는 어차피 조만간 거주지를 등록하러 갈 거고, 지금은 침대 밖으로 기어나가고 싶지 않다고 대답했다. 그는 고집했다. 공손하게 용서를 구하며 고집을 꺾지 않았다. 나는 기어나와서 여권을 주었다. 그가 물러가며 문간에서 몸을 돌려 여전히 공손한 목소리로 집에 머물러 있으라고 부탁했다. 그래, 말 안 해도 안다!

나는 살금살금 창으로 다가가서 커튼을 한쪽으로 조심스럽게 걷었다. 거리에 백 명 남짓한 사람들이 입을 딱 벌리고 서서 내 창을 바라보고 있다. 나의 경찰이 군중을 헤치며 길을 가고 있다. 중산모를 삐

---

* '지팡이'를 뜻하는 러시아어 '팔카'를 이용한 언어유희. 하지만 게르만은 이 말놀이에서도 실수하고 있다. '람파(лампа)'에는 '팔카(палка)'에는 없는 'м'이 들어가 있다.

뚜름히 쓴 신사가 그에게 뭔가를 열심히 물어본다. 호기심에 찬 사람들이 그들을 떼밀었다. 보지 않는 게 낫다.

아마도 이 모든 건 거짓 존재, 사악한 꿈이다. 그리고 나는 프라하 근교의 어느 풀밭에서 잠을 깰 것이다. 적어도 나를 이토록 빨리 궁지로 몰아넣은 건 좋다.

다시 커튼을 걷었다. 서서 바라들 본다. 그들은 수백, 수천, 수백만. 그러나 완전한 침묵. 들리는 건 숨소리뿐. 창을 열고 짤막한 연설을 한번 해볼까……

영문판 작가 서문

나는 소설『절망*Despair*』의 러시아어 원작『절망 Отчаяние』(영어 제목보다 울부짖음 소리가 훨씬 우렁차다)을 1932년 베를린에서 썼 다. 1934년에 러시아어판『절망』은 파리에서 발간되던 망명 러시아인 들의 문예지인『현대의 수기』에 연재되었다. 1936년에는 베를린의 망 명 출판사 페트로폴리스에서 단행본으로 출간되었다. 이 책은 (게르 만의 예측과 달리) 여타 나의 책들처럼 원조 경찰 국가에서 출판이 금 지되었다.

또 다른 짐승 같은 정권의 확성기 소리가 이미 울려퍼지고 있던 베 를린에서 살던 시절인 1936년 말에 나는 런던의 한 출판사를 위해 『절망』을 영어로 번역했다. 문필생활 틈틈이, 말하자면 러시아어 작 품들의 여백에 영어를 끼적거리곤 했지만, (1920년경에 케임브리지 대학 잡지에 실렸던 형편없는 시 한 편을 제외하면)『절망』의 번역은 느슨한 의미로나마 예술적인 목적에 영어를 사용하려고 한 최초의 진지한 시도였다. 번역을 하고 보니 문체가 투박해 보였다. 그래서 나는 베를린의 에이전시를 통해 찾은 성질이 좀 고약한 영국인에게 내 번역을 읽어봐달라고 부탁했다. 그는 첫 장에서 몇몇 실수를 꼬집어내더니 더는 읽으려 하지 않았다. 내용이 못마땅했던 것이다. 그는 주인공의 고백이 작가의 진짜 고백이 아닐까 의심했던 것 같다.

런던의 존 롱 리미티드 출판사가 1937년에『절망』을 포켓판으로 출간했다. 책 뒤에는 그 출판사가 출간하는 도서의 체계적인 분류 목록이 덤으로 실려 있기까지 했다. 그런데도 책의 판매는 지지부진했다. 몇 년 후에는 독일군의 포탄이 재고로 남은 책을 몽땅 날려버렸다. 내가 간직하고 있는 포켓판이 유일하게 남은 것으로 알고 있다. 그러나 모를 일이지 않은가. 두세 권 정도는 본머스와 트위드머스 사이* 바닷가 기숙학교의 어두컴컴한 서가에 방치된 읽을 거리 사이에 여전히 도사리고 있을지도.

나는 이 영문 개정판에 삼십 년 전에 한 번역의 매무새를 고치는 것 이상의 노력을 들였다. 나는『절망』자체를 다시 썼다. 판본 세 개를 다 비교해보는 행운을 누리게 될 연구자들은 새로 삽입된 중요한 구절을 볼 수도 있을 것이다. 내가 소심했던 시절에 어리석게 빠뜨린 것이다. 학자의 관점으로 볼 때 그런 식의 개작이 올바른 일인가? 현명

---

* '영국의 남북 전역에 걸쳐'라는 의미. 본머스는 영국 남부의 해안 도시이고, 트위드머스는 영국 북부의 휴양도시.

한 일인가? 나는 푸시킨이 그의 구절을 전율하며 바꿔 말하는 사람들에게 뭐라고 말했을지 쉽사리 떠올려볼 수 있다. 내가 1935년에 이 1965년 판본을 예견했다면 얼마나 기뻐하고 흥분했을지도 안다. 젊은 작가가 훗날의 그인 늙은 작가에게 바치는 열광적인 사랑은 무엇보다 칭찬받을 만한 형태의 야망이다. 더 커진 서재에 앉은 나이 든 작가는 이 사랑에 보답하지 않는다. 적나라하게 드러난 입천장과 물기 없는 눈을 떠올리며 후회할 때조차도 그는 젊은 날의 서투른 신예 작가에게 짜증이 나서 얼굴을 찌푸릴 뿐이다.

나는 『절망』에서 나의 다른 책들에서처럼 어떠한 사회적 논평도 제시하지 않고, 어떠한 교훈도 입에 담지 않는다. 이 책은 인간의 정신을 고양시키지도 않고, 인류에게 올바른 출구를 제시하지도 않는다. 『절망』에는 짧은 시간 동안 찬양의 울부짖음 속에서 열광적으로 환영받다가 그 순간이 지나면 야유의 메아리에 잠식당하는 저 기름기 번지르르한 저속한 소설들에서보다 '이념'이 훨씬 적다. 열렬한 프로이트주의자가 나의 외따로 떨어진 황무지에서 보았다고 생각할 수도 있는 매력적인 모습의 물건이나 빈(Wien)식 송아지 커틀릿의 꿈은 더 면밀히 살펴보면 내 대리자들이 조롱을 위해 준비한 신기루로 드러날 것이다. 만약을 위해서 덧붙이자면, 문학 '유파' 전문가들은 아무 생각 없이 '독일 인상주의자들의 영향' 따위를 들먹이는 짓을 이번에는 삼가는 것이 현명할 것이다. 나는 독일어를 모르고 인상주의자들의 책은 읽어본 적도 없으며 그들이 누군지도 모른다. 대신 프랑스어는 안다. 그러니 자, 누군가가 나의 게르만의 모습에서 '실존주의의 아버지'를 본다면, 그건 흥미로울지도 모르겠다.

이 책에서는 소비에트 체제를 반대하는 백계(白系) 러시아인의 목소리가 나의 다른 러시아어 소설들에서보다 약하다.* 그러므로 1930년대 좌파 프로파간다의 토양 위에서 자란 독자들이 이 작품을 읽고 느낄 당혹과 짜증은 다른 작품을 읽을 때보다 덜할 것이다. 평범한 독자라면 단순한 구성과 재미있는 이야기가 그저 반가울 것이다. 하지만 11장에서 무례한 편지를 써서 보낸 인물**이 생각하는 것처럼 이야기가 그렇게 단순하지는 않다.

소설에는 흥미진진한 대화가 많다. 겨울 숲에서 펠릭스가 최후를 맞는 장면은 물론 대단한 재밋거리이다.

나는 『절망』의 증류기들 속에서 내가 훨씬 나중에 쓴 소설 속 화자의 어조에 주입한 수사적인 독기 같은 것을 찾으려는 불가피한 시도들을 예견할 수도, 방지할 수도 없다. 게르만과 험버트는 닮았다. 하지만 둘의 닮음은 한 화가가 삶의 다른 시기에 그린 용 두 마리가 닮은 경우와 같다. 둘 다 제정신이 아닌 악당이다. 그렇지만 험버트에게는 일 년에 한 번 땅거미가 질 무렵 거닐도록 허락된 낙원으로 가는 푸른 오솔길이 있다. 반면 게르만은 보석금을 얼마를 내든 결코 잠시라도 지옥에서 풀려날 수 없을 것이다.

4장에서 게르만은 시 몇 소절을 중얼대고 그중 한 소절은 되풀이하는데, 그 소절들은 1830년대 중엽 푸시킨이 아내에게 바친 시에서 가

---

* 이 같은 사실이 1939년 『절망』의 프랑스어판에 극히 어리석은 서평을 바친 한 공산주의자 비평가(장 폴 사르트르)가 "작가도 주인공도 전쟁과 망명의 희생양이다"라고 말하는 것을 막지는 못했다. (원주)
** 아르달리온을 말함.

져온 것이다. 여기에 시 전문을 내 번역으로 소개한다. 운율과 압운을 살렸는데, 그것은 시의 창공에서 별들의 특별한 결합이 이루어지는 아주 예외적인 경우들에만 쓰이는 대체로 바람직하지 않은, 아니 용인 자체가 되지 않는 번역 방식이다. 마침 내 번역이 그런 예외적인 경우들 가운데 하나이다.

'Tis time, my dear, 'tis time. The heart demand repose.
Day after day flits by, and with each hour there goes
A little bit of life; but meanwhile you and I
Together plan to dwell… yet lo! 'tis then we die.
There is no bliss on earth: there's peace and freedom, though.
An enviable lot I long have yearned to know:
Long have I, weary slave, been contemplating flight
To a remote abode of work and pure delight.

때가 되었네. 나의 벗이여, 때가 되었어. 가슴이 안식을 구하네.
나날이 날아가고, 매 시각이 존재의
작은 조각을 가져가네. 너와 나 둘이서
삶을 계획하지만 …… 보라! 흔순간 우리는 죽으리리.
세상에 행복은 없네. 하지만 평온과 자유는 있지.
오래전부터 나는 부러운 운명을 꿈꾸었네.
오래전부터 지친 노예인 나는 도주를 궁리했네.
노동과 순수한 기쁨의 먼 처소로의 도주를.

미처버린 게르만이 종국에 허둥지둥 도망쳐가는 '먼 처소'는 루시용 지방에 소박하게 자리 잡고 있다. 나는 게르만보다 삼 년 일찍 그곳에 갔고, 거기서 내 체스 소설 『루진의 방어』를 쓰기 시작했다. 우리는 실패의 터무니없이 높은 정점에 다다른 게르만을 그곳에 내버려두고 떠난다. 나는 결국 그가 어찌 되었는지 기억하지 못한다. 실로 열다섯 권의 다른 책과, 책의 권수보다 두 배나 많은 해가 그 시절로부터 나를 떼어놓고 있지 않은가. 나는 게르만이 자신이 연출하려고 한 그 영화*를 찍었는지 안 찍었는지조차 생각나지 않는다.

1965년 3월 1일, 몽트뢰에서
블라디미르 나보코프

---

* 영문판 『절망』에서 게르만은 체포당하지 않으려고 영화배우인 척해서 모여든 군중에게 기만적인 연설을 한다.

자유의 예술과 광기의 예술, 『절망』의 세계

떠돌이 작가의 생애

더할 나위 없이 행복한 유년 시절을 보낸 조국 러시아를 볼셰비키 혁명으로 등지고 평생 타지를 떠돈 사람. '블라디미르 시린(Влади- мир Сирин)'이란 필명으로 러시아문학의 새로운 한 장을 열었고, 본명으로는 생전에 영문학의 고전이 되었으며, 짧은 묘비명은 프랑스 어로 새긴 작가. 소설『절망』의 작가 블라디미르 나보코프이다.

블라디미르 블라디미로비치 나보코프는 1899년 4월 22일 상트페 테르부르크의 오래된 귀족 명문가에서 대어났다. 유복한 가정에서 다 방면에 걸쳐 최상의 교육을 받으며 자란 나보코프는 열일곱 살이던 1916년 자비로『시집』을 출간하며 문학에 입문했다.

1917년 볼셰비키 혁명은 나보코프의 '귀족의 둥지'를 앗아갔다. 그 리고 1919년 그는 크림을 거쳐 영원히 러시아를 떠난다. 그 후 영국,

독일, 프랑스, 미국, 스위스를 전전하며 '집 없는' 떠돌이의 삶을 살았다. 그가 러시아에서 보낸 유년 시절의 추억은 잃어버린 낙원에 대한 기억으로 그의 문학에 자리 잡는다.

영국으로 간 나보코프는 1922년까지 케임브리지 대학에서 수학하며 러시아문학과 프랑스문학을 공부했다. 대학을 마칠 무렵 그는 큰 슬픔을 겪어야 했다. 1922년 유력 정치인이자 '유일하게 존경하는 사람'이었던 아버지가 암살당한 것이다. 남은 가족이 있는 베를린에서의 삶이 이어진다. 큰 슬픔에 뒤이어 생활고가 닥쳤다. 그러나 재앙 속에도 기쁨은 있었다. 나보코프는 1923년에 만나 평생의 조력자이자 벗이 된 베라 슬로님과 1925년 결혼했다. 1934년에는 외아들 드미트리가 태어난다.

베를린에서 나보코프는 작가적 재능을 빠른 속도로 꽃피운다. 생계를 어렵게 꾸려나가면서도 필명으로 단편과 시, 희곡, 번역, 비평과 서평을 다수 발표한다. 『마셴카』를 시작으로 연이어 출간된 『킹, 퀸, 잭』『루진의 방어』『공적』『절망』『카메라 옵스쿠라』『사형장으로의 초대』 등의 장편소설은 시린을 가장 뛰어난 젊은 망명 작가로 인정받게 했다.

1937년 나치의 박해를 피해 프랑스로 이주했다가 1940년에는 유럽을 떠나 미국으로 재차 망명길에 오른다(그의 아내 베라는 유대인이었다). 마지막 러시아어 소설 『재능』과 첫 영어 소설 『서배스천 나이트의 진짜 인생』은 프랑스에서 집필했다. 프랑스는 기항지였다. 『재능』으로 유럽에서 러시아 작가로 사는 삶을 결산한 나보코프는 첫 영어 소설을 들고 미국 작가로서의 제2의 삶을 위해 뉴욕으로 떠났다.

미국에서 나보코프는 대학 강단에서 러시아어를 가르치고 러시아 문학과 유럽문학을 강의하는 한편, 필명 시린을 버리고 미국문학 작가로서의 새 삶을 개척한다. 그리고 작가의 운명을 바꾼 소설 『롤리타』가 1955년에 파리에서 출간된다. 『롤리타』는 1958년에는 미국에서, 이듬해에는 영국에서 출간되었다. 나보코프는 작가적 명성과 경제적 여유를 한꺼번에 얻으면서 강의를 접고 문학에 전념한다. 미국문학 작가 나보코프는 『서배스천 나이트의 진짜 인생』과 『롤리타』외에 『좌경선』『프닌』『창백한 불꽃』『아다 혹은 열정』『투명한 물체들』『어릿광대를 보라!』 등의 장편소설을 남겼다.

1960년 나보코프는 미국을 떠나 스위스로 이주한다. 그는 생의 마지막 십칠 년을 그의 유년 시절 러시아의 추억을 떠올리게 하는 작은 휴양도시 몽트뢰에서 보냈다. 여전히 집 없는 떠돌이였지만 젊은 시절과는 상황이 달랐다. 나보코프 부부는 고급 호텔에서 여생을 보냈다. 말년에 BBC 통신원과의 인터뷰 중 러시아로 돌아갈 의향이 있느냐는 질문을 받고 나보코프는 이렇게 대답한다.

나는 결코 돌아가지 않습니다. 내가 필요로 하는 러시아는 전부 나와 늘 함께 있으니까요. 문학이, 말이, 그리고 러시아에서 보낸 나 자신의 유년 시절이 나의 러시아입니다…… 나는 돌아가지 않습니다…… 그곳 사람들이 내 작품을 알고 있으리라 생각하지 않습니다……

나보코프는 1977년 7월 2일 몽트뢰에서 생을 마감했고, 이웃 마을 묘지에 안장되었다. 나보코프의 작품은 1986년에 소비에트 러시아의 독자를 공식적으로 처음 만났다.

러시아 작가 나보코프

나보코프는 방대한 문학 유산을 남겼다. 그는 수백 편의 시를 쓴 시인이자 극작가였다. 학자로서는 러시아문학과 서구문학에 대한 고유의 깊이 있는 시각을 제시했고, 번역가로서는 근대 러시아 고전문학의 번역에 심혈을 기울였다. 무엇보다도 소설가로서는 러시아어와 영어로 쓴 각각 여덟 편의 장편소설 외에도 수십 편의 중·단편소설을 남기며 작가적 명성을 누렸다.

"작가의 예술이야말로 그의 진정한 여권이다." 이 한마디 말로 나보코프는 국가와 민족을 초월한 자신의 삶과 예술의 정체성을 규정짓고자 했다. 통일적인 작가적 개성이 그의 문학을 관류하고 있음을 말하는 것이자, 문학이 떠돌이 삶의 피난처였음을 말하는 것이다. 미국문학 작가로서의 제2의 삶이 안겨준 명성을 넘어 20세기 세계문학의 작가가 된 데 대한 자긍심이 담겨 있는 말이기도 할 것이다. 그러나 나보코프는 미국문학의 새로운 흐름을 이끈 작가요, 20세기 후반 세계문학의 흐름에 가장 큰 영향력을 미쳤던 작가 중 한 명이기 이전에 러시아문학 작가이다. 크게 두 가지 이유에서 그렇다. 우선 그의 작품 곳곳에 스며들어 있는 러시아문학의 기억이 그의 문학의 뿌리에 대한 불멸의 증거이다. 그리고 다른 무엇보다 근대 러시아 고전문학 및 러시아와 유럽 모더니즘의 전통을 직접적으로 이어받은 시린의 러시아어 소설 속에서 나보코프의 고유한 예술 세계가 구축되었기 때문이다. 그러므로 나보코프의 영어 소설은 미국 문화의 토양에 뿌리내린 러시아 문화의 현상이라고도 말할 수 있을 것이다. 나보코프의 문학은 20세기의 문화적 삶에서 러시아와 유럽, 그리고 미국 문화가 서로 소통하는 중요한 통로였다. 이 소통의 결실이 그를 20세기 세계문학 작가의 반열에 올려놓았다.

나보코프가 러시아어 소설에서 쓴 필명은 작가의 문학적 입장을 이해하는 열쇠이다. 사실 필명이 필요했던 이유는 단순하다. 아버지 블라디미르 드미트리예비치 나보코프와의 혼동을 피하기 위함이었다. 그러나 작가가 필명상의 성으로 선택한 시린에는 중요한 의미가 담겨 있나.

고대 러시아 예술과 신화에 등장하는 시린은 상반신이 처녀인 천국의 새로, 때때로 땅으로 내려와서 경이로운 노래 솜씨로 사람들을 매혹한다. 다른 한편으로 서구 신화에서 시린은 정처 없이 떠도는 불행한 영혼의 구현이다. 나보코프의 문학적 입장은 시린의 신화적 형상이 지닌 두 가지 의미 모두와 관련된다. 곧 이 세상에는 없는 경이롭도록 아름다운 소리의 조화와 정처 없는 내면의 비극성, 바로 이 양면성이 나보코프의 작가 의식을 대변한다.

미적 유희로 떠돌이 영혼이 비극을 초극하는 작가의 모습은 19세기 리얼리즘 작가들을 통해 독자들에게 익숙한 러시아문학 전통에는 낯선 현상이다. 나보코프의 문학적 입장은 사회적 약자에 대한 사랑, 곧 19세기 러시아 고전문학이 휴머니즘의 파토스에 입각해 확립한 전통에 대한 일종의 반역이다.

나보코프의 문학에 연민을 위한 자리는 없다. 이 작가에게는 사회적 책임에 대한 생각 자체가 예술에 부적합한 것이다. 그는 개인주의를 삶의 원칙으로 내세우며 예술의 사회적 책무를 거부한다. 그에게 중요한 것은 개인의 내적 삶이며, 예술의 본령은 창조적 주관이 향유하는 조화의 즐거움이다.

이와 같은 작가적 입장이 담긴 시린의 소설에 대다수 망명 러시아 비평가들은 거의 한목소리로 '러시아적이지 않다'는 비난을 보냈다. 나보코프는 자신이 목적이 없는, 도덕적 책무 의식과 인간에 대한 사랑이 결여된 공허한 재능을 가졌을 뿐이라는 폄하에 직면해야 했다. 작가는 배타적인 자기우월감으로 이런 비난에 맞선다. 그리고 가능한 삶과 문학의 조건으로 유일하게 고독을 천명한다. 삶에서 그는 누구와도 이웃하기를 거부했다. 예술에서 그는 이해를 바라지 않는다는 듯이 공공연히 독자를 무시하는 태도를 내비쳤다.

나보코프의 소설은 저마다 창조적 자아와 현실의 비극적 갈등을 담고 있다. 그의 예술가 주인공들은 고유한 예술 세계를 창조하며, 획일화된 규범을 강요하고 자유로운 개인적 시각을 말살하는 속물적 현실에 맞서 싸운다. 예술이 창조하는 '다른 세계'는 창조적 자아의 유일한 실존 조건이다. 나보코프의 작품에서 이 세계로의 '존재 이월'은 흔히 꿈이나 주인공의 죽음 속에서 실현된다.

인간적 온기가 없고 사회에 무관심한 데다 냉정하고 오만하기까지 한 유미주의자 나보코프의 면모는 잔혹한 역사의 습격에 맞서 사적인 실존의 권리를 지키고, 20세기의 집단주의 문화에 맞서 창조적 개성의 자유를 실천하기 위한 것이었다. 그것이 이념과 윤리를 비워낸 자리에 깃든 나보코프의 이념, 나보코프의 윤리이다.

나보코프 소설의 근간인 이 개인주의적 파토스가 일각에서 그를 '러시아적이지 않다'는 비난에 휘말리게 했지만, 사실은 역설적이게도 바로 이 점 때문에 그는 가장 러시아적인 작가로 대두된다. 나보코프 문학 정신의 원천은 '리얼리즘 이전'의 러시아문학의 전통에, 러시아 국민 시인 푸시킨이 노래한 '은밀한 내적 자유'의 이상에 있기 때문이다. 예술과 사회적 삶 사이의 어떠한 타협도 거부하고 예술가의 완전한 내적 자존과 창조적 유희의 권리를 옹호하며 문학으로 실천할 것, 이것이 푸시킨주의자 나보코프의 문학적 신조이다. 그의 말이다.

내 램프의 불빛 속에 소위 사회적 삶을 위한 사리, 그리고 내 동포들을 폭동으로 내몬 저 모든 것을 위한 자리는 단연코 없다. 만일 내가 상아탑을 요구하지 않는다면, 그것은 내가 오직 내 다락방에 만족하기 때문이다.

도대체 나는 왜 쓰는가? 만족을 얻기 위해서이다. 난관을 극복하기 위해서이다. 나는 그 어떤 도덕적 교훈도 추구하지 않는다. 나는 수수께끼를 내고 멋지게 풀이하는 것이 그저 좋을 따름이다.

살인과 예술—『절망』의 마법적 서사

『절망』은 나보코프의 여섯번째 소설이다. 1932년 집필된 이 소설은

1934년 당시 파리에서 발간되던 망명 러시아인들의 문예지 『현대의 수기』 54, 55, 56호에 연재됨으로써 독자들과 처음 만났다. 단행본은 1936년 베를린에서 출간되었고, 나보코프는 초판이 간행되던 해 이 작품의 영어 번역에 착수하여 1937년 런던에서 영문판 『절망 Despair』이 출간되었다. 1966년에는 영문 개정판이 나왔다.

『절망』은 블라디미르 시린이 쓴 러시아어 소설 중 가장 뛰어난 작품의 하나로 손꼽힌다. 바로 이 소설을 통해 나보코프는 작가로서 확고한 명성을 얻게 된다. 출간 당시 『절망』에 대한 높은 평가에는 블라디미르 호다세비치와 게오르기 아다모비치 같은 나보코프를 영원히 적대시했던 비평가들도 동참했다.

영문 개정판에 붙인 서문에서 작가는 그의 여느 다른 작품에서와 마찬가지로 이 작품에서 어떠한 사회적 동기도 도덕적 가르침도 찾지 말 것을 독자에게 주문한다. 그가 일관되게 추구해온 서사의 마법을 즐기라는 말인데, 사실 러시아어 소설 『절망』이야말로 나보코프의 정교한 서사 기교와 유희 기법의 체계가 충만하게 실현된 첫 주요 작품이다.

독자는 이 작품을 읽으며 텍스트 속에 숨어서 도발적 태도를 서슴지 않는 작가와 힘겹고도 즐거운 숨바꼭질을 벌이게 된다. 독자가 숨은 작가를 만나기 위해서는 신뢰할 수 없는 화자를 매개로 펼쳐지는 양가적인 서사와, 숨겨진 문맥에 대한 다양한 암시와 패러디 등을 통해 구축된 복잡한 유희의 미로를 거쳐야 한다. 그 과정에서 독자는 범죄와 분신이라는 전통적인 모티프를 매개로 나보코프가 재해석하고 있는 '천재와 죄악', '진정한 재능과 거짓 재능', '죄와 벌' 등과 같은 러시아 고전문학의 근본 주제들을 만나게 된다.

소설 『절망』은 참회를 거부하는 살인자의 고백록이다. 독자는 소설 속의 소설, 자기가 저지른 죄를 정당화하려 애쓰는 주인공의 이야기를 읽는다. 주인공 화자가 전하는 사건의 개요는 이렇다.

주인공 화자 게르만 카를로비치는 초콜릿 사업을 하는 독일계 망명 러시아인이다. 그는 1920년대 중엽 베를린에서 행복하고 평화로운 삶을 살고 있다. 그러나 어느 순간부터 사업은 지지부진하기만 하다. 어느 날 프라하 출장중에 한가로이 교외를 거닐던 게르만은 풀밭에 누워 자고 있는 부랑자 펠릭스와 마주친다. 그는 자신을 완벽하게 닮은 부랑자를 보고 놀라움을 금치 못한다. 이상적인 분신을 만난 그에게 천재적인 범죄 계획이 싹트고, 그는 그것을 자신의 완벽한 예술로 간주한다. 그 계획이란 거액의 생명보험에 가입한 다음 자신으로 위장시킨 분신을 죽이고 외국으로 도주하는 것이다. 그러면 그의 아내 리다가 보험금을 타서 그가 있는 곳으로 온다. 아내와 재회한 그는 평화롭고 행복한 새 삶을 시작한다. 하지만 그가 실행에 옮긴 계획은 기대한 결과를 가져오지 않았다. 게르만 자신을 제외하고는 누구도 피살자의 모습에서 그와 닮은 구석을 보지 못했기 때문이다. 외딴 마을에 숨어든 그는 신경질과 분노와 오만이 뒤얽힌 복잡한 심정에 휩싸인다. 그리고 자기를 정당화하려고, 사건에 대한 자기 관점을 상상의 독자가 받아들이게 하려고 책을 쓴다.

나보코프는 1931년 독일 사회를 떠들썩하게 했던, 보험금을 노린 두 건의 살인 사건에서 소설의 단초를 얻었다(이 사실은 소설에서 신문 보도를 접한 게르만이 보이는 병적인 반응과 아르달리온이 편지에서 그에게 보내는 질책을 통해 암시된다). 주인공 게르만은 표면적인 줄거리상으로는 보험금을 노린 살인을 답습하는 아류 살인자에 불과하다. 그러나 나보코프는 그의 인물의 말대로 진부한 이 범죄 이야기를 풍부한 문학적 인유가 수반된 정교한 서사와 결합시킨다. 소설『절망』의 복잡한 서사의 흐름을 이해하기 위해서는 우선 화자인 주인공 게르만의 속성을 파악해야 한다. 게르만은 신뢰할 수 없는 화자, 자가당착에 빠진 거짓말쟁이이다. 그는 자기 책에서 다루어지는 모든 사실을 완전히 잘못 이해한다. 그러다보니 모든 기본적인 이야기 상황이 양가적인 이중성을 띤다. 게다가 자기정당화를 시도하는 자칭 예술가 게르만은 다양한 서사 양식을 가지고 유희를 벌인다. 그래서 거의 모든 구체적인 에피소드가 에피소드 그 자체인 동시에 패러디의 속성을 띤다. 문학적 패러디는 작품의 구조와 주제의 측면 모두에서 양가적인 서사를 달성하는 수단이 된다.

독자는 살인 사건에 대한 이야기는 부차적인 층위로 밀쳐두고, 텍스트 속에 숨어서 게르만의 거짓을 지속적으로 폭로하며 유희하는 작가의 모습을 볼 것을 요구받는다. 숨은 작가는 게르만 몰래 독자에게 끊임없이 눈짓을 보내 그가 신뢰할 수 없는 화자임을 넌지시 일러준다. 그 덕분에 독자는 점차 분신이 가짜라는 사실과 나르시시즘에 빠진 편집광 게르만의 실체를 알게 된다. (나보코프는 작가와 주인공 화자를 분간하지 못하는 '순진한 독자'를 조롱한다. 아다모비치뿐만 아니라 당대 프랑스의 지성 사르트르조차 나보코프의 조롱의 희생양이었다. 사르트르는 영문판의 중역인 프랑스어판『절망』(프랑스에서 출간된 제목은 '착각La méprise'이다)에 붙인 서평에서 이런 실수를 저질렀다.)

게르만은 기억과 상상 속의 현실과 실제 현실을 구분하지 못한다. 그는 지속적으로 기억을 실제에 투사하고, 꿈꾸는 바를 실제 현실로 주장하며 자신도 독자도 기만한다. 거듭 이야기되는 펠릭스와의 완벽한 닮음도, 이상적인 남자인 자신에 대한 아내의 숭배에 가까운 맹목적인 사랑도 모두 숨은 작가에 의해 주인공 화자의 거짓말로 폭로된다. 내면의 환상과 몽상의 늪에 잠겨 있는 그는 현실을 적절하게 지각하고 자신과 주변 사람들을 객관적으로 평가하는 능력을 상실한 인물이다. 모든 인물이 이중적인 삶을 산다. 게르만의 소설 속에서 그들은 작가인 그에게 필요한 모습을 띠고 또 그의 필요대로 행동하는 반면, 실제 삶에서는 그의 의지에 반하는 모습으로 나타난다.

작품의 서두에서 게르만은 자신을 부르주아의 안락한 일상을 영위하는 사업가로 소개하지만, 사실 그는 소시민의 초라한 운명에 내적으로 만족하지 못하는 낭만적 유미주의자이다. 게르만은 따분한 소시민의 삶의 굴레를 벗어나 자유로운 새 삶을 살기를 갈망한다. 분신과의 만남은 이 갈망을 실현할 기회가 된다. 분신의 출현은 게르만에게 자기 자신한테서 달아날 기회를 준다. 그는 분신 살해를 통해 자신의 닳아빠진 속물적 외양, 자신의 '나'의 저속한 부분을 말살하기를, 그리고 보다 의미 있는 충만한 새 삶을 위해 (분신 속에서) 부활하기를 꿈꾼다.

새로운 삶은 전능한 천재 예술가의 삶이다. 신을 부정하는 게르만은 삶을 창조하여 그 삶의 절대적인 주인으로서의 자유를 누리는 예술가를 신의 자리에 세운다. 그가 보기에 치밀하게 계획된 완벽한 살인은 바로 위대한 예술 창조 행위이다. 분신 살해를 통해 그는 자신의 비범한 천재성을, 신적인 전능한 창조적 재능을 세상에 보여주고자 한다. 그리고 신의 자리를 대신하는 위대한 예술가가 됨으로써 자신의 따분한 삶이 의미와 의의를 지닌 삶으로 변화하기를 갈망한다. 바로 그것이 게르만이 내세우는 살인의 동기로, 그는 돈에 대한 저속한 욕망 때문에 살인을 저지른 것이 아님을 누차 강조한다.

게르만은 창조자의 자질을 타고났다고 고백한다. 그가 내면에서 느끼는 까닭 모를 힘과 공허가 그의 예술가적 자질을 말해준다. 텅 빈 방에 대한 꿈은 창조의 순간이 도래하기까지 예술가가 내면에서 느끼는 공허에 대한 은유이다. 그러나 게르만은 자기 주장과 달리 조화로운 세계를 창조할 신적인 전능함을 지니지 못한 작가이다. 그는 자신의 '나'를 신뢰하지 못한다. 처음부터 자신이 다소 결함이 있다고, 자기소외를 겪고 있다고 느낀다. 그는 자기가 원하는 대로 기억을 조합하는 자유를 누리지만, 그러면서도 까닭 없는 불안에 끊임없이 시달린다. 창조주로서의 자기확신의 결여, 실수의 가능성에 대한 의심 때문이다.

실제로 예술가 게르만의 신적인 완전무결함에 대한 도전은 허무한 절망으로 끝난다. 게르만의 예술로서의 살인에는 스스로 도저히 용납할 수 없는 미적 허점이 있었다. 그는 피살자 펠릭스의 이름이 새겨진 지팡이를 차 안에 남겨두었다. 중요하기에 너무도 단순한 예술적 디테일을 놓친 것이다. 주도면밀한 계획에 실수가 있을 수 없음을 내내 주장하던 게르만은 이 조악한 실수를 발견한 이후에야 패배를 인정한다. 그가 살인자임이 들통 난 것이 아니라 그가 창조한 예술이 실패작으로 판명 난 것이 그를 절망의 나락으로 몰고 간다.

게르만의 절망은 작가로서의 재능에 대한 절망이다. 창조주가 창조하는 세계는 그의 의지대로 움직여야 한다. 게르만이 창조하는 세계는 그가 제시한 법칙에 따르지 않는다. 그리고 사소하고 단순한 디테일 하나가 전체적인 구상을 망칠 정도로 미약하다. 게르만에게는 완벽한 조화를 구현하는 미적 재능이 결핍되어 있다. 이것이 그가 창조한 실재를 신기루로 만든다.

숨겨진 문맥 — 푸시킨과 도스토옙스키

과대망상 속에서 파멸하는 주인공 게르만의 모습 뒤에는 다양한 숨겨진 문맥(서브텍스트)이 자리한다. 작가의 주제 의식은 주인공의 형상에 결부된 숨겨진 문맥과의 유희를 통해 펼쳐진다. 그러니 주인공의 형상을 깊고 폭넓게 음미하기 위해서는 숨겨진 문맥의 의미를 섬세하게 포착해야 한다. 그러나 푸시킨의 『스페이드의 여왕』의 동명의 주인공, 고골의 포프리신(『광인일기』), 도스토옙스키의 골랴드킨(『분신』), 표도르 솔로구프의 페레도노프(『작은 악마』), 그리고 안드레이 벨리의 두트킨(『페테르부르크』) 등 게르만의 '문학적 선배'인 러시아 문학의 '광인'들의 계보를 독자가 모두 떠올리기에는 벅찬 노릇이다. 그러니 얽히고설킨 채 도사리고 있는 보다 미묘한 다른 많은 문맥들에 대해서는 말해 무엇하겠는가! 하지만 게르만의 형상의 진실을 이해하는 데 관건이 되는 핵심적인 문맥은 러시아문학에 조금이라도 조예가 있는 독자라면 어렵지 않게 감지할 수 있다. 바로 푸시킨과 도스토옙스키의 문맥이다.

게르만의 형상의 원형(原型)인 도스토옙스키의 인물들 중 하나는 주인공의 입을 통해 직접 제시된다. 게르만이 라스콜니코프와의 '그로테스크한 유사성'을 느끼는 장면에서이다. 이 장면을 통해 게르만의 형상은 도스토옙스키의 '형이상학적 몽상가들'의 모습에 투영된다. 『죄와 벌』과 더불어 게르만의 형상의 또 다른 중요한 문학적 원천이 되는 도스토옙스키의 작품은 『지하생활자의 수기』이다. 심적 장애에 시달리는 철학자인 도스토옙스키 작품 속 화자의 고백에 담긴 발작적이고 긴장된 어투는 나보코프 작품 속 화자의 신경질적이고 거만한 말씨와 많은 점에서 비슷하다. 『절망』의 초고의 어떤 부분은 도스토옙스키의 두 작품의 문맥을 더 뚜렷이 보여준다. 『죄와 벌』에서 부정확하게 따온 제사(題詞)―"연기, 안개, 안개 속에서 선율이 떨린다"―와 『지하생활자의 수기』에 대한 암시가 뚜렷한 초고 제목 '기만자의 수기'가 그것이다.

작가는 도스토옙스키의 문맥을 의도적으로 노출시킨다. 단순히 도스토옙스키의 인물들과 게르만의 근친성을 보여주려는 의도 때문이 아니다. 도스토옙스키의 문맥은 도스토옙스키의 인물들과 병치되는 가운데 드러나는, 그들과는 다른 게르만의 실체를 폭로하는 증거로 기능한다.

게르만은 도스토옙스키의 부주의한 독자이다. 작가 게르만은 도스토옙스키에게 우월감에 찬 조롱의 시선을 보내지만, 그것은 그의 피상적인 이해의 소산이다. 그에게 도스토옙스키는 "열병으로 인한 발작성 정신이상과 자존감 상실로 인한 일탈 행동 분야의 전문가"이다. 또한 게르만은 도스토옙스키를 "러시아의 핑커턴인 저 유명한 스릴러 작가"라고 부름으로써 그를 코넌 도일, 모리스 르블랑, 에드거 월리스와 같은 탐정소설 작가들과 나란히 세운다.

게르만이 독자로서 도스토옙스키를 피상적으로 이해한다는 사실은 그의 작가적 통찰이 미숙함을 의미한다. 앞서 말한 제사는 나보코프의 주인공 화자가 어리석은 실수를 저지르는 형편없는 범죄자일 뿐 아니라 미숙한 작가임을 보여주는 핵심적인 구절이다. 자신에 대한 연민을 거부하는 게르만은 다음과 같이 말한다.

멈추시오! 여러분, 절대 연민의 한숨을 내쉬지 마시오. 동정은 멈추시오! 여러분 중에는 나를, 인정받지 못하는 시인을 불쌍히 여길 사람들이 분명 있을 테지만, 나는 여러분의 연민을 받아들이지 않는 바이오. "연기, 안개, 안개 속에서 선율이 떨린다." 이건 시구가 아니오. 이건 도스토옙스키의 소설 『피와 침』에서 가져온 구절이오. 미안하오, 『죄와 벌』이오. 그 무슨 회개 따위는 전적으로 논외요. 예술가는 사람들이 자기 작품을 이해하지 못해도 회한을 느끼지 않는 법이오.

게르만이 부정확하게 인용하는 구절에는 실제로는 도스토옙스키와 고골의 이중적인 문맥이 개입되어 있다. 게르만은 도스토옙스키의 구절에서 참회한 살인자에게 보내는 멜로드라마적인 연민의 표현을 보고 오만한 태도로 작가를 비난한다. 자신을 도스토옙스키보다 섬세하고 세련된 예술가로 여기는 것이다. 실상은 그 반대이다. 신이 나서 떠들어대는 나보코프의 화자는 『죄와 벌』의 그 구절이 고골의 『광인 일기』의 구절("안개 속에서 선율이 울린다")을 도스토옙스키가 의도적으로 바꾼 것임을 알지 못한다.

게르만은 도스토옙스키를 피상적으로만 읽으며 텍스트가 지닌 예술적 깊이를 무시한다. 그럼으로써 그는 자신이 위대한 예술가를 닮은 존재가 아님을, 심지어 라스콜니코프와도 닮지 않은, 오히려 고골의 불쌍한 광인과 닮은 존재임을 은연중 표출한다. 게르만이 자신은 분신 펠릭스로 살아가기 위해 음악가로 변모될 거라고 말하며 갑자기 "여름밤이면 기타를 튕기던 러시아의 하인들"을 떠올리는 장면에서 암시되는 스메르댜코프와 게르만의 유사성도 같은 맥락이다.

나보코프는 『절망』의 초고에서 『죄와 벌』의 구절을 제사로 활용하며 부각시키고 있다. 그만큼 그 구절은 화자와 숨은 작가의 '인식적 시야'의 불일치 위에 구축되는 이중적인 서사 구조를 이해하는 열쇠가 된다. "문학과 관련하여 나는 모르는 게 없다"고 자부하며 메타소설적인 서술을 일삼는 게르만은 자신을 모든 시대와 민족을 통틀어 천재적인 예술가의 반열에 포함시키지만, 실제로 그는 천박하게 예술을 모독하는 평범한 인간일 뿐이다.

게르만이 도스토옙스키의 작품에서 고골의 문맥을 포착하지 못하는 것처럼, 다른 작가의 텍스트를 부정확하게 인용하거나 해석하는 것은 그의 실체를 폭로하는 증거로 기능한다. 주인공이 깨닫지 못하는 유비나 모순이 그의 주장에 의혹을 품게 하기 때문이다. 주인공의 실체를 폭로하는 증거로 기능하는 인용 텍스트의 또 다른 중요한 예가 푸시킨의 시구들이다. 도스토옙스키의 문맥과 마찬가지로 푸시킨의 문맥 역시 소설 전체를 관류하고 있는데, 그중에서도 게르만의 실체와 관련하여 중요성을 지니는 것이 두 편의 시 「때가 되었네. 나의 벗이여, 때가 되었어. 가슴이 안식을 구하네」와 「시인과 군중」이다.

게르만은 시 「때가 되었네. 나의 벗이여, 때가 되었어. 가슴이 안식을 구하네」를 읊조리며 자신을 이 위대한 시인과 동일시한다. 자신의 광포하고 천박한 계획을 푸시킨의 '시적 도주'와 동일시하는 것이다. 그러나 게르만은 마지막 시구를 왜곡한다. 푸시킨의 시구는 이렇다.

오래전부터 나는 부러운 운명을 꿈꾸었네.
오래전부터 지친 노예인 나는 도주를 궁리했네.
노동과 순수한 기쁨의 먼 처소로의 도주를.

게르만이 푸시킨의 마지막 시구에서 가져온 표현에는 두 시어가 배제되어 있다. 곧 그가 말하는 "순수한 기쁨의 처소"는 원래 "노동과 순수한 기쁨의 먼 처소"이다.

이 장면은 게르만의 어리석은 '삶의 창조(삶을 창조하는 예술)'의 이상과 푸시킨의 "부러운 운명" 사이에 놓인 본질적인 깊은 차이를 폭로한다. 시인 푸시킨은 "노동과 순수한 기쁨의 먼 처소"로의 도주를 꿈꾼다. 속세의 구속을 벗어난 자유로운 창조적 노동의 세계, '시인의 나라'를 꿈꾸는 것이다. 반면 재능 없는 자칭 예술가 게르만은 외국에서의 궁핍하지 않은 삶, 즉 가까이 있는 "순수한 기쁨의 처소"를 꿈꿀 뿐이다. 그래서 그는 푸시킨의 시구에서 '창조의 원칙'을 제

외시킨다.

같은 맥락에서 중요한 또 다른 푸시킨의 텍스트가 「시인과 군중」이다. 이 시에 푸시킨은 그의 시적 마니페스토를 구현해놓았다. 다음은 마지막 구절이다.

삶의 동요를 위해, 탐욕을 위해, 다툼을 위해
우리는 태어나지 않았다.
영감을 위해, 달콤한 소리와 기도를 위해
우리는 태어났다.

게르만은 '유용한 예술'에 대한 대중의 요구에 맞서 "바람과 같이 자유롭고 쓸모없는 노래"의 이상을 내세우는 푸시킨의 '평화로운 시인'에 자신을 견준다. 그는 대중에게 핍박당하는 천재적인 신예 작가로 자신을 내세운다. 그러나 그의 끔찍한 범행의 동기와 자기미화의 글쓰기는 바로 그를 "영감을 위해, 달콤한 소리와 기도를 위해" 하늘의 부름을 받은 시인이 아닌 속물적인 군중의 일원으로 만든다. 게르만에게는 진정한 예술가에게 필요한 세 가지 자질(영감, 조화의 감각, 기도)이 모두 결여되어 있다. 반면 속물의 자질은 모두 갖추고 있다. 그는 세속적인 명성과 이욕에 사로잡혀 있다. 화자 스스로가 마지못해 자신의 "주된 원동력"인 "사리사욕"을 언급할 때, 푸시킨의 시에 대한 암시는 그가 쓴 '사심 없는 예술가'의 가면을 벗겨낸다.

나보코프는 '예술로서의 살인'이라는 주제 속에 도스토옙스키와 푸시킨의 문맥을 통일시킨다. 게르만의 형상은 라스콜니코프뿐 아니라 푸시킨의 위대한 시인과도 그로테스크한 유사성을 지닌다. 윤리적 관점에서 라스콜니코프를 고통스럽게 한 '비범한 인간과 죄'의 문제는 작가 나보코프에게는 수사적 질문에 불과하다. 작가는 이 문제를 윤리적 관점이 아닌 예술가의 주제 속에서 해결한다. 뛰어난 예술적 재능이 타인의 삶을 침해하고 이용할 특권을 부여하지는 않는다. 양심의 문제 때문이 아니다. 예술가가 누리는 자유는 일상 세계와 창작의 세계의 엄격한 구분을 전제로 하기 때문이다. 바로 이것이 푸시킨이, 그리고 그에 뒤이어 20세기 초 위대한 러시아 시인 알렉산드르 블로크가 "은밀한 자유"라 부른 것이다.

푸시킨의 주인공은 평범한 인간으로서의 삶과 예술적 영감의 순간에 태어나는 시인으로서의 삶이라는 이중적인 삶을 산다. 나보코프의 주인공은 영감의 순간에 푸시킨의 시인처럼 "소란스러운 참나무 숲"으로 가는 것이 아니라 일상 세계에 머문다. 아르달리온이 비웃는 것처럼 날림인 데다 진부한 범죄를 시적 계시가 낳은 탁월한 작품으로 착각하는 게르만은 상황이 지닌 희극성을 깨닫지 못하고 돌이킬 수 없는 파멸을 향해 치닫는다.

'시인과 군중'은 게르만이 처음에 마음에 들어한 제목이다. 이 제목에는 천재적인 예술가인 그를 이해하지 못하는 군중을 멸시하는 태도가 담겨 있다. 하지만 그의 작품은 작가로서의 천재성을 모두에게 인정받고자 하는 몸부림이다. 그의 작품을 이해해주고 평가해주는 사람은 아무도 없지만, 그는 자신이 경멸해 마지않는 군중에게 자기 예술의 평가자가 되어줄 것을 재차 호소한다. 여기에 게르만과 나보코프의 본질적인 차이가 있다. 나보코프는 오직 단 한 명의 독자를 기쁘게 하기 위해 글을 쓴다. 그 독자는 다름 아닌 작가 자신이다.

패러디 소설『절망』

소설『절망』에 숨겨진 문학적 문맥들이 담당하는 또 다른 중요한 기능은 동시대 문학에 대한 패러디이다. 나보코프는 게르만의 형상을 통해 폭넓은 대상에 패러디의 칼날을 겨눈다. 작가의 패러디 대상 목록은 20세기 초반 러시아 문단을 지배했던 다양한 흐름과 유파를 망라한다.

주요 패러디 대상을 열거해보면 이렇다. 우선 주인공은 '사실'에 대한 솔직한 고백을 가장한 채 살인을 저지르고 절망에 이른 자기 자신의 이야기를 쓰고 있는데, 이 이야기의 장르적 속성 자체가 일리야 에렌부르크와 알렉세이 톨스토이 등의 소비에트 작가들이 즐겨 썼고, 그의 문학적 적대자 아다모비치가 옹호했던 '수기 양식' 문학, 즉 삶의 기록으로서의 문학에 대한 패러디이다. 또한 게르만이 자신의 탁월한 작가적 역량으로 내세우는 '다양한 필체를 구사하는 능력'은 1920년대 소비에트 산문에 특징적인 양식상의 불협화음을 패러디한 것이다. 나아가 게르만의 공산주의에 대한 호감 어린 옹호와 장밋빛 미래에 대한 몽상을 통해서는 동반자 작가들과 볼셰비키 작가들에 대한 패러디를 볼 수 있다. 아울러 게르만의 '예술로서의 살인'의 이념속에는 데카당스와 상징주의 문학의 '삶의 창조'의 이상에 대한 패러디가 담겨 있다.

화자의 문학적 일탈 전체가 작가의 패러디 전략을 구현하는 대목도 있다. 바로 3장의 서두이다.

우리 이 장을 어떻게 시작할까? 몇 가지 제안을 할 테니 골라보시라. 첫번째 안이다. 이건 실제 작가나 작가의 대리인에 의해 서사가 전개되는 일인칭 소설들에서 흔히 만나게 된다.
요즘 날은 맑지만 춥다. 맹렬한 바람이 수그러들 기미를 보이지 않는다. 창밖에서 상록수 잎들이 세차게 흔들린다. 한길에서는 우편배달부가 모자를 움켜쥐고 뒷걸음질 친다. 나는 힘겹다……

'장을 여는 가능한 몇 개의 방안'을 제시하고자 하는 게르만의 시도는 동시대 러시아 산문에 가장 널리 퍼진 서사 유형들을 패러디하려는 시도이다. 게르만이 제시하는 세 개의 안 모두 패러디를 위한 양식화이다.

첫번째 안으로 제시되는 '일인칭 수기 양식'은 바로 소비에트문학의 수기 양식을 말한다. 게르만은 이 양식의 예를 제시하는데, 여기에 등장하는 "바람"의 형상이 1920년대 소비에트문학에 특징적인 서두를 연상시킨다. 여기에서 "바람"은 혁명이 야기한 역사의 소용돌이를 뜻하는 '소비에트의 바람'에 대한 패러디이다.

두번째 안에서는 느닷없이 새로운 인물의 형상이 도입된다. 바로 "오를로비우스는 불만스러웠다"라는 구절에서이다. 이 구절에서 유리 티냐노프를 비롯한 1920년대 러시아 형식주의자들의 작품에 특징적인, 서사의 흐름을 끊는(낯설게 하는) 갑작스러운 장면 전환에 대한 패러디를 보는 것은 어렵지 않다.

게르만이 제시하는 세번째 안은 이렇다. "한편……(말줄임표를 통한 초대의 제스처.) (……) 한편…… 말줄임표. 그리고는 사건의 배경이 시골로 옮겨 간다. 한편…… 새 단락." 이 구절은 안드레이 벨리가 그의 '음악적 산문'에서 즐겨 쓴, 모더니즘의 몽타주 기법에 대한 패러디이다.

숨겨진 문맥의 두 기능, 즉 주인공의 실체를 폭로하고, 동시대 작가와 유파를 패러디하는 것은 따로 작동하기도 하지만 많은 경우 불가분 결부되어 동시에 작동한다. 예를 들어, 러시아문학의 전통을 대변하는 두 위대한 작가 푸시킨과 도스토옙스키가 게르만과 병치되는 가운데 게르만의 실체가 드러나는데, 그의 실체는 나보코프가 패러디하는 동시대 작가들의 초상에 중첩된다. 게르만은 도스토옙스키에게 무례하게 투덜대고, 푸시킨과 자신을 동일시하며 러시아문학의 위대한 두 고전 작가를 공히 모독하는데, 전통을 모독하는 작가로서의 게르만의 초상 속에는 동시대 문학에 대한 나보코프의 비판적 시각이 담겨 있다. 이때 게르만의 형상은 독창성이 결여된 채 전통을 모독하는 아류 작가 집단의 집합적 초상이 된다.

이 패러디된 작가들의 집합적 초상의 핵심이 작중 유일하게 섬세한 미적 감각을 지닌 인물 아르달리온이 게르만에게 보낸 편지에서 "음울한 도스토옙스키적 성향(도스토옙시나Достоевщина)"이라 부른 것이다. 나보코프의 패러디의 칼날은 세기 전환기 모더니즘과 1920년대 소비에트문학에서 강하게 일었던 도스토옙스키적 조류, 즉 (그의 관점에서) 도스토옙스키의 아류 작가들을 향하고 있다. 앞에서 열거한 주요 패러디 대상 목록 중 '문학적 도스토옙시나'의 첫 물결에 해당하는 것이 데카당스와 상징주의의 '삶의 창조'의 이상이고, 두번째 물결에 해당하는 것이 '수기 양식'의 소비에트문학이다.

'선악의 구분을 넘어' '창조적 꿈'을 현실에 투사하는 니체적인 초인으로서의 데카당스·상징주의 예술가의 초상은 라스콜니코프의 나폴레옹 사상에 유미주의적 동기(살인에 대한 유미주의자적 숭배, 범죄에 대한 나르시시즘적인 태도)가 결부된 결과이다. 예술과 삶의 구별을 거부하고 예술을 통해 삶을 창조하고자 하는 초인적인 예술가의 모습은 세기 전환기 모더니즘문학에 보편화된 현상이어서 딱히 특정한 패러디 대상을 꼽기 힘들 정도이다. 그럼에도 불구하고 특별히 언급되는 작품은 주인공의 형상과 플롯의 측면 모두에서 『절망』과 두드러진 공통점을 지닌 레오니드 안드레예프의 단편 「사색」이다. 이 작품 역시 자만에 찬 나르시시스트 예술가인 화자가 살인을 고백하는 형식이다.

나보코프에 의해 패러디되는 두번째 '도스토옙시나'인 '수기 양식'에서 문제가 되는 것은 『지하생활자의 수기』의 모방이다. 나보코프에 의해 직접적으로 패러디되는 작품은 일리야 에렌부르크의 『1925년 여름』이다. 이 작품도 일인칭 서사 양식, 분신과 살인의 모티프, 자기 우월감에 찬 조롱의 어조 등 『절망』과 공통점이 많다. 또한 이 작품에는 또 다른 '도스토옙시나'인 도스토옙스키풍의 술집에서의 대화 장면이 넘쳐나는데, 1920년대 산문에서 에렌부르크와 더불어 레오니드 레오노프가 즐겨 썼던 이 기법을 세기 초 러시아 소설의 필수적인 토

포스로 정전화한 작품이 바로 안드레이 벨리의 『페테르부르크』이다. 벨리의 소설 속에서 선술집 장면에 뒤이어 '청동 기마상'과 결부되어 등장하는 '페테르부르크 신화'가 나보코프의 작품에서 게르만의 환각을 통해 패러디되는 이유가 여기에 있다.

'살인의 예술'에서 게르만의 치명적 오점으로 남은 지팡이는 작가 나보코프가 전통을 모독하는 아류 작가에게 준엄한 심판의 매질을 가하기 위해 든 것이다. 그런데 이 지팡이는 작가 자신을 향한 것이기도 하다. 게르만의 형상에는 작가 나보코프의 모습이 투영되어 있기도 하기 때문이다. 우선 눈에 띄는 것이 전기상의 유사성이다. 작가와 주인공 둘 다 베를린에서 되는대로 살고 있는 망명 작가이고, 같은 또래이다. 나르시시즘에 빠져 주변인에게 오만한 멸시의 시선을 던지는 주인공의 기질도 나보코프와 비슷하다. 여기에 더하여 나보코프는 아이러니적 조소, 디테일에 대한 중시, 유머의 감각, 언어유희와 패러디에 대한 애착 등 자신의 작가적 특성을 게르만에게 부여한다. 무엇보다도 예술가에게 신적인 자유를 부여하는 것이 나보코프 자신의 예술적 마니페스토이다. 그래서 과대망상 속에서 파멸해가는 재능 없는 아류 작가의 모습은 나보코프의 자기희화로도 읽힌다.

주인공 게르만의 모습에는 작가 나보코프의 실존적 고뇌가 담겨 있다. 전능한 위대한 예술가임을 강변하며 다른 작가들을 조롱하고 비하하지만 실제로는 망상에 찬 재능 없는 예술가인 게르만의 모습은 작가 자신의 재능에 대한 의심과 예술가로서의 실패에 대한 무의식적인 두려움이 투영된 것으로 볼 수도 있다(자신이 창조한 세계를 믿지 못하는 예술가의 절망은 나보코프의 문학을 관류하는 중심 주제의 하나이다). 또한 삶을 미적인 관점에서만 대하고, 타인의 삶을 예술의 질료로 이용하려다 파멸하는 게르만의 모습은 작가 자신이 옹호한 예술가의 자유의 위험한 이면에 대한 고백이기도 하다(『절망』뿐 아니라 다른 주요 작품에서도 나보코프는 창작의 자유라는 이름으로 삶과 예술의 경계를 허무는 예술가를 준엄하게 심판한다).

『절망Отчаяние』과 『절망Despair』

두 번에 걸쳐 출간된 『절망』의 영문판은 각각 나름의 의미를 지닌다. 러시아어판 출간 이후 곧바로 이루어진 영문 번역은 나보코프에게 영문학 작가로서의 제2의 삶의 출발선이 되었다. 고국의 문학계와 단절되어 많은 독자를 갖기 어려웠던 나보코프에게 러시아어 소설을 창작하는 것은 더이상 의미가 없었는데, '다른 독자'를 찾으려는 시도는 영어 소설 창작 이전에 『절망』을 영어로 번역하는 데서 이미 이루어졌던 것이다.

나보코프가 『절망』을 쓴 지 삼십 년도 더 지나 새로 내놓은 영문 개정판은, 작가 자신의 말에 따르면 "매무새를 고치는" 데 그치지 않고 "『질밍』 자체를 다시 쓴" 것이다. 다소 과장되긴 했지만 이 말은 사실에 가깝다. 아울러 영문 개정판을 출간해야 했던 데는 나름의 불가피한 문화적 배경이 있다.

『절망』의 러시아어판과 영문 개정판을 비교할 때, 우선 눈에 띄는 점은 주인공의 광기라는 주제가 영문 개정판에서는 더 분명한 울림

을 갖는다는 점이다. 또한 러시아어판에는 감춰진 선정적인 디테일
이 영문판에는 과감히 묘사되어 있다. 작가가 영문판 서문에서 "소심
했던 시절에 어리석게 빠뜨린" 구절이라 표현한 부분이 바로 그런 것
이다.

이를테면 영문판에서 선정적인 디테일은 도서관에서 빌려 본 책에
지인의 전화번호를 적어둔 아내 리다의 어수선함에 대해 게르만이 말
하는 장면 다음에 도입된다. 여기에서 게르만은 리다와의 부부관계를
그리는데, 부부관계 중에 그가 겪는 독특한 일탈이 함께 묘사된다. 게
르만은 아내와 사랑을 나누는 동시에 침대에서 점점 멀어져 가며 자
신을 바라보는 체험, 곧 자신의 자아분열 상태에 대해 말한다.

도입된 장면 중 작품에 새로운 뉘앙스를 부여한 또 다른 대표적인
예는 바로 영문판의 결말이다. 러시아어판『절망』은 게르만이 창가로
모여든 청중을 향해 연설을 하려고 마음먹는 장면에서 끝난다. 영문
판에는 실제로 게르만의 연설이 덧붙여져 있는데, 그는 영화배우인
척해서 청중을 기만하며 사건을 영화적 허구로 만들려고 한다.

러시아어판과 영문 개정판의 또 다른 몇몇 차이는 패러디와 유희의
전략상의 변화와 연관되어 있다. 나보코프는 영문판에서 몇몇 문학적
인유를 더 분명히 밝히거나, 아예 배제하거나, 아니면 서구 독자에게
더 잘 이해되는 다른 인유로 대체한다(예를 들어 푸시킨의 「마지막
한 발」의 인유가 영문판에는 셰익스피어의『오셀로』의 인유로 대체되
어 있다). 또 영문판에는 영어 단어의 내적 형태에 기초한 언어유희가
새로 도입되어 플롯의 윤곽을 암시해주는 언어유희의 기능을 강화한
다. 대표적인 예가 리다가 잘못 이해하고 있는 '신비주의자'라는 말과

관련된 언어유희이다. 영문판에서 리다는 신비주의자(mystic)라는 단어에서 안개(mist), 실수(mistake), 지팡이(stick)를 연상하는데, 이 단어들은 모두 게르만의 파멸을 암시한다.

나보코프가 "다시 쓴" 영어 소설 『절망』에서 무엇보다 중요한 변화는 도스토옙스키의 문맥에서 일어난다. 영문판에서 도스토옙스키의 문맥은 러시아어판에서와는 다른 위상을 지닌다. 그것을 가늠하게 하는 대목은 게르만이 자신의 글이 너무 문학적이 되어간다는 깨달음에 당혹해하며 도스토옙스키를 언급하는 장면이다. 러시아어판에서 게르만은 이렇게 말한다. "우리의 이 대화는 왠지 이미 너무 문학적이다. 이건 도스토옙스키의 이름을 간판으로 내걸고 술집을 위장한 고문실에서 이루어지는 대화의 기미가 보인다." 영문판에서 게르만의 말은 약간의 변화를 보인다. 영문판에서는 "도스토옙스키의 이름을 간판으로 내건"이라는 표현이 "도스토옙스키가 정통한"이라는 표현으로 대체되어 있다.

표현상의 약간의 차이가 패러디 전략상의 아주 중요한 변화를 반영한다. 러시아어판 『절망』에서 이 대목의 패러디 대상이 도스토옙스키가 즐겨 쓴 술집에서의 대화 장면을 모방한 동시대의 '도스토옙시나'라면, 영문판에서는 곧장 도스토옙스키를 향해 있는 것이다. 러시아어판에서 도스토옙스키를 비하하는 게르만의 말은 그이 낮은 지적 수준을 보여주는 기능을 한다. 영문판에서 도스토옙스키에 대한 조롱은 숨은 작가의 말이 된다. 단적인 예가 영문판에 새로 도입된 동어반복적인 언어유희인 dusty and dusky이다. 도스토옙스키의 이름에 경멸적인 울림을 부여하는 이 언어유희가 영문판을 관류하고 있어서 도스토옙스키를 비하하는 말은 이제 화자 게르만의 인식적 한계에만 관계된 것일 수 없게 된다.

나보코프가 도스토옙스키의 문맥의 변화를 골자로 한 영문 개정판을 내놓은 배경에는 러시아문학이 처한 위기에 대한 그의 인식이 자리하고 있었다. 그 무렵 나보코프는 소비에트문학에서도 망명문학에서도 러시아문학의 위대한 전통을 계승할 새로운 재능을 찾을 수 없었다. 그래서 그는 러시아문학 전통에서 마지막으로 살아남은 대표자 역할을 자임한다. 이때 도스토옙스키에 대한 노골적인 공격은 미국 사회에서 도스토옙스키의 이름이 러시아 문화에 대한 심각한 오해와 훼손을 야기하고 있다는 판단에 따른 것이다.

프랑스 실존주의자들의 영향을 받은 1950~60년대 미국 지식인들은 도스토옙스키를 실존주의의 아버지이자 유일하게 천재적인 러시아 작가로 숭배했는데, 나보코프는 이런 문화적 분위기에 격분한다. 도스토옙스키의 선풍적인 인기가 러시아 문화의 유산 전체를 신비주의적인 영혼의 구도(求道)로 귀결시키고 있었기 때문이다. 나보코프가 보기에 1960년대 서구 사회에서 도스토옙스키는 러시아 문화의 전통에 대한 획일화된 이해를 낳았다. 러시아문학 전통의 최후의 보루를 자임한 나보코프에게 도스토옙스키는 당면한 적이었다. 그래서 나보코프는 『러시아문학 강의』에서 도스토옙스키를 이류 작가로 깎아내리는 한편, 무비판적으로 도스토옙스키를 숭배하는 시류에 맞서 싸우는 무기로 『절망』의 영문 개정판을 사용했던 것이다.

하나이지만 둘인 소설『절망』은 역자를 러시아어 소설『절망Отчая-
ние』과 영어 소설『절망Despair』 중 무얼 선택해야 하나 하는 고민에
빠뜨렸다. 이 책은 저마다 나름의 특색과 매력을 지닌『절망』의 두 판
본 중 러시아어판 원작을 옮긴 것이다. 자기 문학의 뿌리에 대한 작가
의 기억과 향수가 보다 풍부하고 생생하게 담긴, 전통에 대한 문학적
기억이 보다 균형 잡혀 있는, 또 문학적 기억을 활용하는 숨은 작가의
역할의 완성도가 보다 높은 원작『절망Отчаяние』과 독자를 만나게
하고 싶었기 때문이다. 역자가 번역 대본으로 삼은 것은『Отчаяние:
Роман』(СПб.: Издательский Дом "Азбука-классика", 2009)
이다.

역자는 번역 과정에서 두 판본을 꼼꼼히 비교했다. 영문판을 참조
하였고, 가독성을 위해 문장을 다듬는 과정에서도 원문의 뉘앙스와 호
흡을 유지하고자 노력했다. 정확한 번역과 나름의 상세한 해설을 위
해 (그레이슨J. Grayson, 다비도프C. Давыдов, 돌리닌A. Dolinin,
란친A. Ранчин, 레빈톤Г. Левинтон, 믈레츠코A. Млечко, 멜니
코프Н. Мельников, 볼로진С. Воложин, 부레니나O. Буренина,
사모루코바И. Саморукова, 사부로바O. Сабурова, 사하로프В.
Сахаров, 샤두르스키В. Шадурский, 스미르노프И. Смирнов,
카넵스카야M. Каневская, 코파소바M. Копасова, 코널리J.
Connolly, 프로퍼C. Proffer 등) 많은 연구자의 도움을 받았음은 물론
이다. 그래도 막상『절망』을 떠나보내자니 기쁨보다는 걱정이 앞선
다. 나보코프를 번역한다는 것은 그야말로 '절망'과의 싸움이다. 두려
운 마음으로 독자들의 질정을 기다린다.

책이 나오기까지 우여곡절이 많았다. 그 과정에서 많은 분에게 마음의 빚을 졌다. 그분들에게 그리고 역자의 원고가 빛을 보게 해준 문학동네에 깊은 감사를 드린다. 원고를 꼼꼼히 읽고 역자에게 즐거운 고통을 안겨준 문학동네 편집부에 대한 고마움 역시 각별하다.

최종술

1. 러시아(1899~1919)

1899년   4월 22일 수도 상트페테르부르크의 귀족 명문가에서 아버지 블라디미르 드미트리예비치와 어머니 옐레나 이바노브나 사이에서 장남으로 출생. 할아버지 드미트리 니콜라예비치는 알렉산드르 2세와 3세의 치세에 법무상을 역임했고, 아버지는 관료가 되기를 거부하고 법학자의 길을 걷다가 정치에 입문하여 입헌민주당(카데트) 지도부의 일원이 된다.

1899~   자유주의적 기풍의 유복한 가정에서 다방면에 걸친 최상의
1910년   가정교육을 받으며 성장. 러시아어 외에 영어와 프랑스어를 익혔고(영국 숭배자였던 아버지의 영향으로 러시아어보다 영어를 먼저 익혔다), 테니스, 자전거, 권투, 체스 등 다양한 운동을 배웠으며 곤충학(특히 나비 채집과 관찰)에도 몰두한다. 체스와 나비 연구는 평생에 걸친 관심사로 나보코프의 삶과 문학에 깊숙이 관여하게 된다.

1911~   테니셰프 학교(Тенишевское училище)에서 수학. 이 시
1916년   기에 이기적이라고까지 부를 수 있는 우월 의식에 찬 개인주의적 성향이 발현된다. 어린 시절 상트페테르부르크의 삶이 남긴 인상은 나보코프의 창작에 큰 역할을 한다. 특히 나보코프 가족이 여름을 나곤 했던 교외의 모습은 작가의 기억 속에 지상낙원으로, '그의 러시아'로 영원히 남는다.

1914년	첫 시를 씀.
1916년	『시집 Стишки』을 자비로 발간하며 문학에 입문.
1917년	아버지가 부르주아 임시정부에 입각. 볼셰비키 혁명으로 임시정부가 붕괴되자 나보코프 가족은 크림으로 이주.

2. 유럽(1919~1940)

1919년	크림이 적군에게 장악되고 내전이 적군의 승리로 끝나자 3월에 배를 타고 영원히 러시아를 떠난다. 콘스탄티노플을 거쳐 런던으로 간다.
1919~ 1922년	동생 세르게이와 함께 케임브리지 대학에서 수학. 러시아 문학과 프랑스문학을 전공. 운명의 극적인 전환은 시인 나보코프의 창작에 강한 동기를 부여한다. 전 생애를 통틀어 망명 초창기에 가장 많은 시를 쓴다.
1920년	8월에 가족이 베를린으로 이주. 아버지가 러시아어 신문 〈키 Руль〉의 편집자가 된다. 〈키〉에 나보코프의 첫 번역과 첫 산문이 실린다.
1921년	필명 '블라디미르 시린'으로 작품을 발표하기 시작.
1922년	3월 28일 베를린에서 아버지가 러시아 극우파 테러리스트에게 암살당한다. 아버지의 죽음은 나보코프의 운명을 송두리째 흔든다. 스스로 삶을 개척해야 했던 나보코프의 전업 작가로서의 삶이 시작된다. 6월에 케임브리지 대학을 졸업하고 베를린으로 이주.
1923년	3월 8일 어머니가 프라하로 이주. 베를린에서 미래의 아내 베라 예프세예브나 슬로님을 만난다. 베를린에서 시집『송이 Грозды』와『천상의 길 Горний путь』출간.

1924년	첫 장편희곡『모른 씨의 비극Трагедия господина Мо- рна』집필.
1925년	4월 25일 베라 슬로님과 결혼. 첫 장편소설『마셴카Машень- ка』집필.
1926년	베를린에서『마셴카』출간. 두번째 희곡『소비에트에서 온 사람Человек из СССР』집필.
1928년	베를린에서 소설『킹, 퀸, 잭Король, дама, валет』출간.
1929년	문예지『현대의 수기』에 소설『루진의 방어Защита Лу- жина』발표. 이 작품의 첫 부분을 읽은 어느 망명 문인의 회고에 따르면,『루진의 방어』는 "망명 세대 모두의 삶을 정 당화하기 위해 불사조처럼 혁명과 추방의 불길과 재에서 태어난 위대한 러시아 작가의 작품."
1930년	베를린에서 단편집『초르브의 귀환Возвращение Чорба』 과『루진의 방어』출간.『현대의 수기』에 소설『스파이Со- глядатай』게재.
1931년	『현대의 수기』에『공적Подвиг』연재.
1932년	파리에서『공적』출간.『현대의 수기』에 소설『카메라 옵스 쿠라Камера обскура』연재 후 파리에서 단행본 출간.
1933년	베를린에서『카메라 옵스쿠라』단행본 출간.
1934년	『현대의 수기』에 소설『절망Отчаяние』연재. 5월 10일에 외아들 드미트리가 태어남.
1935년	『현대의 수기』에 소설『사형장으로의 초대Приглашение на казнь』연재.
1936년	베를린에서『절망』단행본 출간.
1937년	나치의 위협을 피해 파리로 이주. 프랑스 문예지 〈NRF(La Nouvelle Revue Française)〉에 푸시킨에 관한 프랑스어 논 문 발표. 프랑스 잡지들에 프랑스어로 번역한 푸시킨 시 발

표. 『현대의 수기』에 소설 『재능Дар』 연재(체르니솁스키에 관한 4장을 제외하고 발표). 런던에서 나보코프가 영어로 옮긴 『절망Despair』 출간.

1938년   파리와 베를린에서 『사형장으로의 초대』 단행본 동시 출간. 첫 영어 소설 『서배스천 나이트의 진짜 인생The Real Life of Sebastian Knight』 집필.

1939년   3월 2일 어머니 작고.

3. 미국(1940~1960)

1940년   5월에 독일 점령군을 피해 미국으로 이주. 뉴욕의 자연사박물관에 일자리를 얻는다. 비평가 에드먼드 윌슨의 추천으로 〈뉴요커〉에 기고.

1941년   소설 『서배스천 나이트의 진짜 인생』 출간. 웰슬리 칼리지에서 7년간 러시아문학 강의.

1942년   하버드 대학의 비교동물학 박물관에서 6년간 연구원으로 활동.

1944년   고골 연구서 『니콜라이 고골Nikolai Gogol』 출간. 푸시킨, 레르몬토프, 튜체프의 시를 번역한 시집 『세 명의 러시아 시인Three Russian Poets』 출간.

1945년   미국 시민권 획득.

1947년   소설 『좌경선Bend Sinister』과 단편집 『아홉 편의 단편Nine Stories』 출간.

1948년   코넬 대학 문학부 교수로 재직하며 10년간 러시아문학과 유럽문학 강의.

1951~   하버드 대학에서 강의. 후에 네 권의 강의록 출간. 『문학 강

1952년	의『Lectures on Literature』(1980), 『율리시스 강의Lectures on Ulysses』(1980), 『러시아문학 강의Lectures on Russian Literature』(1981), 『돈키호테 강의Lectures on Don Quixote』(1983).
1951년	회상록『확증Conclusive Evidence』출간.
1952년	고골 선집에 부치는 서문 집필. 파리에서 러시아어 시선 『시. 1929~1951Стихотворения. 1929~1951』출간. 『재 능』무삭제판 출간.
1954년	러시아어 회상록『다른 해변Другие берега』출간.
1955년	파리에서 소설『롤리타Lolita』출간.
1956년	1930년대에 러시아어로 쓴 단편 모음집『피알타에서의 봄 과 다른 단편들Весна в Фиальте и другие рассказы』 출간.
1957년	소설『프닌Pnin』출간.
1958년	나보코프가 영어로 옮기고 역자 서문을 붙인 레르몬토프의 소설『우리 시대의 영웅Hero of Our Time』출간. 1930년대 에 쓴 단편 모음집『나보코프의 한 다스Nabokov's Dozen』 출간. 뉴욕에서『롤리타』출간.
1959년	영어 시집『시Poems』출간. 『롤리타』의 성공으로 대학 강 의를 접음.

4. 스위스(1960~1977)

1960년	스위스의 몽트뢰로 이주. 나보코프가 영어로 옮기고 상세 한 주석을 단『이고리 원정기The Song of Igor's Campaign』 출간.

1962년	스탠리 큐브릭이 감독한 영화 〈롤리타〉 상영. 소설『창백한 불꽃*Pale Fire*』출간.
1964년	산문으로 옮기며 방대한 주석을 단 푸시킨의『예브게니 오네긴*Eugene Onegin*』출간.
1967년	영문 회상기 개정판『말하라, 기억이여*Speak, Memory*』출간. 단편집『나보코프의 4중주*Nabokov's Quartet*』출간.
1969년	소설『아다 혹은 열정. 가족 연대기*Ada or Ardor : A Family Chronicle*』출간.
1971년	러시아어와 영어로 쓴 시와 체스 문제가 수록된『시와 문제 *Poems and problems*(Стихи и задачи)』출간.
1972년	소설『투명한 물체들*Transparent Things*』출간.
1973년	단편집『러시아 미인 외 단편들*Russian Beauty and Other Stories*』출간. 에세이와 인터뷰 모음『굳건한 견해*Strong Opinions*』출간.
1974년	소설『어릿광대를 보라!*Look at the Harlequins!*』출간.
1975년	『재능』의 개정판 출간.『독재자는 파괴되었다 외 단편들 *Tyrants Destroyed and Other Stories*』출간.
1976년	나보코프가 영어로 옮긴 러시아어 단편집『석양의 디테일 외 단편들*Details of a Sunset and Other Stories*』출간.
1977년	7월 2일 스위스 몽트뢰에서 영면.

문학동네 세계문학전집 발간에 부쳐

세계문학은 국민문학 혹은 지역문학을 떠나 존재하는 문학이 아니지만 그것들
의 총합도 아니다. 세계문학이라는 용어에는 그 나름의 언어와 전통을 갖고 있는
국민문학이나 지역문학의 존재를 인정하면서 그것을 넘어서는 문학의 보편적 질
서에 대한 관념이 새겨져 있다. 그 용어를 처음 고안한 19세기 유럽인들은 유럽
문학을 중심으로 그 질서를 구축했지만 풍부한 국민문학의 전통을 가지고 있는
현대의 문학 강국들은 나름의 방식으로 세계문학을 이해하면서 정전(正典)의 목
록을 작성하고 또 수정한다.

한국에서도 세계문학 관념은 우리 사회와 문화의 변화 속에서 거듭 수정돼왔
다. 어느 시기에는 제국 일본의 교양주의를 반영한 세계문학 관념이, 어느 시기에
는 제3세계 민족주의에 농조한 세계문학 관념이 출현했고, 그러한 관념을 실천한
전집물이 출판됐다. 21세기 한국에 새로운 세계문학전집이 필요하다는 것은 명
백하다. 우리의 지성과 감성의 기준에 부합하는 세계문학을 다시 구상할 때가 되
었다.

문학동네 세계문학전집은 범세계적으로 통용되는 고전에 대한 상식을 존중하
면서도 지난 반세기 동안 해외 주요 언어권에서 창작과 연구의 진전에 따라 일어
난 정전의 변동을 고려하여 편성되었다. 그래서 불멸의 명작은 물론 동시대 세계
의 중요한 정치문화적 실천에 영감을 준 새로운 작품들을 두루 포함시켰다.

창립 이후 지금까지 한국문학 및 번역문학 출판에서 가장 전문적이고 생산적
인 그룹을 대표해온 문학동네가 그간 축적한 문학 출판 경험을 바탕으로 새로운
세계문학전집을 펴낸다. 인류가 무지와 몽매의 어둠 속을 방황하면서도 끝내 길
을 잃지 않은 것은 세계문학사의 하늘에 떠 있는 빛나는 별들이 길잡이가 되어주
었기 때문이다. 우리가 자부심과 사명감 속에서 그리게 될 이 새로운 별자리가 독
자들의 관심과 애정에 힘입어 우리 모두의 뿌듯한 자산이 되기를 소망한다.

문학동네 세계문학전집 편집위원
민은경, 박유하, 변현태, 송병선, 이재룡, 홍길표, 남진우, 황종연

세계문학전집 071

절망

1판 1쇄 2011년 5월 25일
1판 11쇄 2024년 7월 25일

지은이 블라디미르 나보코프 | 옮긴이 최종술

책임편집 고우리 | 편집 임선영 오동규 | 독자모니터 선혜진
디자인 김이정 김선미 이주영 최미영 | 저작권 박지영 형소진 최은진 서연주 오서영
마케팅 정민호 서지화 한민아 이민경 안남영 왕지경 정경주 김수인 김혜원 김하연 김예진
브랜딩 함유지 함근아 고보미 박민재 김희숙 박다솔 조다현 정승민 배진성
제작 강신은 김동욱 이순호 | 제작처 영신사

펴낸곳 (주)문학동네 | 펴낸이 김소영
출판등록 1993년 10월 22일 제2003-000045호
주소 10881 경기도 파주시 회동길 210
전자우편 editor@munhak.com | 대표전화 031)955-8888 | 팩스 031)955-8855
문의전화 031)955-1927(마케팅), 031)955-1916(편집)
문학동네카페 http://cafe.naver.com/mhdn
인스타그램 @munhakdongne | 트위터 @munhakdongne
북클럽문학동네 http://bookclubmunhak.com

ISBN 978-89-546-1478-8 04890
      978-89-546-0901-2 (세트)

잘못된 책은 구입하신 서점에서 교환해드립니다.
기타 교환 문의 031) 955-2661, 3580

www.munhak.com

● 문학동네 세계문학전집은 계속 출간됩니다